クリストフ・ハイン

ホルンの最期

津村正樹 訳

同学社

ホルンの最期

第一章

思い出すんだ。

やってみます。

思い出してくれないと。

もうずっと昔のことです。何年も昔の。

おまえが忘れているはずはない。つい昨日のことなんだから。

僕はまだ小さかったんです。

おまえは見たんだ。全部を見たんだ。

僕は子供でした。

つい昨日のことだ。

そんなことはありません、何年も昔のことです。よく見てください、僕の髪には白髪が混じっています。

俺をよく見ろ。過ぎたのは一日くらいのものだ。思い出してくれないといかん。

あなたはブルク*で働いていた……

そうだ、ブルクでな。そして、それから。

父さんがブルクに行っちゃいけないって言ったんです。あれがあってから。

つづけろ！　思い出すんだ！


（*ブルク＝城塞）

ドクター・シュポデック

あの年はジプシーが来るのが遅かった。イースターが過ぎて四月になり、みんな、ジプシーはほかの町に行ったと思って喜んでいた。ところが五月の終わりの木曜日のこと、町の真ん中のブライヒャー草地にまたしても彼らの家馬車がとまっていたのだった。そして菩提樹の間に張られたロープにはジプシーの、長くてうす汚れた洗濯物がはためいていた。

その日の午後には町長がそこへやってきた。町長代理のバッハオーフェンと女秘書が一緒だった。この時刻にはもう小学生たちがそこに集まっていた。あと二時間でも早かったら町長は、自分の滑稽な登場をこっそりすませることもできていただろうに。ところが間抜けなものだから、惨めなジプシー女たちに、子供たちの目の前で、湿ったタオルみたいに絞られて、追い払われたのだった。ジプシーのボスに犬用のムチで叩き出されでもすればよかったのに。私がジプシーだったらそうしていたところだ。しかし、ボスは一度も顔を見せなかった。彼は町の代表の相手を女たちに任せて、馬車の前に繰り広げられているつまらない騒ぎのことなど気にもとめなかった。そうやって本能的に彼がとった対応は正しかった。町の人間たちは彼らを追い出す口実をどうにかして見つけ出そうとしていたのだから。そういうわけで結局は、ちょっとした叫び声と、小学生たちの笑い声と、町長の赤くて、汗をかいた間抜け面で終わってしまった。

卒中になりますよ、と私は町長に一年前に言い渡しておいた。それ以来診察に来なかった。おそらくは入植地の医師のディッツェンのところにでも行っていたのではないだろうか。あるいは、郡に顔を出さなくてはいけないような折にでも診察してもらう医者がヴィルデンベルクにいたのかもしれない。そうであったとしても当時私は、彼が枕によだれを流しながら横たわっているようなことにでもなったら、私を呼びに来てほしいと思った。そのような落ち着きのない目をして、私に赦しと助けを乞うことになるのを私は願った。そうなると自分にはもう彼を助けることができないということで、私はずいぶん嬉しい思いをすることだろう。その命を長らえさせるために私は、自分にできうる限りのことを何でもしてやることだろう。途方に暮れて生きのびていく彼の命のかすかな炎がさっさと消えてしまって、その最終的な苦悩が早めに終わったりしないことを、私は倦むことなく案じていたかった。神を前にしても私はそのことの責任を胸を張って引き受けることだろうし、告解でもそう述べるだろう。ようやく宥めることのできた私の不快感に対しては神父も赦しを拒むことはできないところだろう。そしてそんなことをしても私には、自分が満足を感じるわけでもないこと、そして私の屈辱感が、私の死の時まで、あるいはもっと早くかもっと遅くに私を壊してしまうまで、ただ募っていくばかりだということがわかっていた。というのも、私の魂を一握りの犬の糞になるまで押しつぶしていたのは何もクルシュカッツのあのぶくぶくの哀れな間抜け面ではなかったからである。私が死ぬのはこの町のせいなのである。私はこの町を、ここに住み始めてからずっと、この世に生を受けてからずっと嫌悪してきた。そして、父がここに診療所を買ってくれて、その父から、私に教育を受けさせたのはただこの町のためなのだと言われて以来、この町を憎んでいる。父がその生涯にわたってこの町に対して行った罪を私に償わせようというその目的のためだけに私に大金をつぎ込んだということを知らされて以来、そうである。

父が死んで久しいのに、そして貧乏の耐え難さとそのへばりついてくるような惨めさが解消されて、どこへでも好きなところに逃げていけるというのに、今も相変わらずここに住み続けているが、それは、もうひとつ別の償いのためである。父が私に遺した任務はこれから果たしていく。最後まで果たす。それは私自身のためである。父から受けた屈辱のためである。父を安らかに眠らせるわけにはいかない。また、この町から受けた侮辱、つまり私が仕方なく感謝して受けざるをえなかった無料給食や慈善のためである。昔のことではある。しかしこれらは、たとえ水に流して赦すことはできても、忘れることはできない。引き続き新しい不正を引き起こすもとになっているこの町の臆病さを私は忘れることができない。ホルンみたいな男が死んだとなっては、この町が聖書の中のゴモラのように絶滅させられても当然である。

ジプシーの件は私の娘から聞いた。

昼寝のあと私は書庫に籠もることにしていた。数年前から私は午後はいつも二時間書庫にいて、収集した本のページをめくっている。読んでいるわけではない。そのような忍耐力は残っていない。架空の人間たちのあとを追ったり、嘘っぽい会話に耳を傾けたりなんてことはもううんざりである。現実めかした生活の、無理をしたわざとらしい身振りなど。

私が書庫に行くのは一人になりたいためである。あてどない思考の流れに身を任せ、煙草をくゆらせ、そして人間の声から遠ざかるためである。信心ぶった妻のおしゃべり、尾ひれだらけの娘の馬鹿話、この娘はまちがいなく妻と肩を並べる偽善者になる。それと、クリスティーネの卑下するような小声もあるし、懇願してくる厚かましい患者たちの要求の声もある。ただここで、この私の書庫に一人でいる時だけは、あれやこれやの煩わしさから解き放されて、あてどなくさまよう思考に耳をすませていることができる。四年前からこれは私の習慣になっているが、死ぬまでやめるつもりはない。そして私が自分で勝手に決めているように、穏やかにそして人知れず心不全によって死ぬことになっても、あるいは死なないまでも、生への嫌悪感のために精神を病むことになるとしたら、それらの心身の変化はこの書庫で起きてほしい。昼寝のあと、そしてクリスティーネがお茶に呼びに来て、私が妻と娘に身を委ねなければならなくなる前の時間に。何が私の身に起ころうとも、それは誰もいないこの部屋で起こってほしいものだった。

あの日私は何も言わないで黙ってお茶の席についた。クリスティーネがお茶を注ぎ、ケーキを出すのを私たちはじっと見ていた。彼女が腰を下ろしてやっと妻が、ジプシーがやってきたことを話した。娘のヨハンナはブライヒャー草地に行ったということで、学校の友達たちとそこで見たことを喋りたてた。

ジプシーの到着は毎年繰り返される見ものだった。色とりどりのぼろ布をまとい、灰色の縮れ毛や黒い房毛をした肌の浅黒い一団の眺めは、すり切れた実直さと、変化させようもなくかっちりと維持された時間の流れの中にあるこの町に混乱をもたらしはしたものの、遙かに旅をしてきたこの惨めな民が感じさせる理解しがたい遠さや異質さや、理解不可能な喉頭音の金切り声に、心惹かれたり腹を立てたりしながら、町は結局は幾度となくそれに乗せられてしまうのだった。

もうこの頃には町中がジプシーの話で持ち切りになっていると私は信じて疑わなかった。この町でそれ以外にどんな話題がありえようか。五月の終わりといえば、まだホルンが生きていたのだから。

「途方に暮れているような様子だったわ」と、娘が町長のことを言った。「でもひょっとしたら女たちのことが怖かっただけなのかもね」

娘はケーキをもう一切れ取り、それを食べ終わると、見ていていらいらするくらいゆっくりと、そして余すところなく指をなめ回した。

「馬鹿な」と私は、ようやく会話がとぎれた折に口を挟んだ。「あの男は怖がるなんてことは知らんさ。徹底的に診察をしてやったからわかる。そんな感情なんて持とうと思ってもでききゃしない男なんだ」

娘はわざとらしくくすくすと笑った。この娘と妻と一緒にいてこれまでずいぶんと多くの時間を無駄遣いしてしまったこと、そしてこれからも意味もなく馬鹿みたいに浪費することになることを思うと私は、自分のことが哀れで軽蔑すべきものに感じられた。

トーマス

放課後、僕はパウルと一緒にブライヒャー草地に行った。ジプシーが見たかった。話はパウルから聞いていた。朝、学校に来る途中に見つけたということだった。

ブライヒャー草地にはもう子供たちがずいぶんと、そう、二十人ほどやってきていた。みんなはそこに黙って立って、ジプシーたちのいる方を、馬車とたくさんの馬を眺めていた。暑い日で、ジプシーの女たちは家馬車の前に腰を下ろして洗濯をしていた。色あせた旗みたいな大きな四角い布が草の上に干してあった。男たちの姿はほんのときたま見えるだけで、ドアのところに現れると大きな声で荒々しく名前を呼んだ。すると女たちのうちの一人が中に入っていき、やがてまた戻ってきた。

ボスの姿が見えたのはようやく町長が、ジプシーをブライヒャー草地から追い立てようとやってきた時だった。ボスはものすごく太った男だった。あまりに太っていて、靴ひもも自分で結べないほどだった。ほとんど馬車から外へ出てくることはなかった。これまで町に足を踏み入れたことは一度もない。買い物はいつも女たちがやっていた。時折夕方、家馬車の間に腰を下ろして煙草を吸っていた。そんな時、僕らは、ズボンの赤い飾り帯の上にはみ出ているその太った裸のお腹を見てたまげたものだった。そして毎年、この町にやってくる時はいつもこのボスは、ブルクで働いているあの老人のゴールさんの家を訪ねるのだった。どうしてそれがよりによってゴールさんなのか、誰も知らなかった。父さんは、お互いぴったり来る相手が見つかったのさ、と言っていた。

何か仕事をもらえないかジプシーに訊かなくてはと、パウルは言っていた。去年パウルはあの太ったボスのために仕事をしていた。ちょっとした使い走りをしてやっていたのだ。そのお返しにジプシーに食事をよばれ、帰る時には四枚の大きな外国コインをプレゼントにもらっている。パウルはトルコのコインだと言っていた。それはすごく高価なものなので、ジプシーたちは盗んだんだ、と言っていた。僕だけにそれを見せてくれて、誰にも言ってはいけないと口止めされた。誓うより仕方がなかった。

パウルと僕はジプシーの陣地の前に立ち、ボスのどでかい太鼓腹が現れて、この一族の頭《かしら》から仕事をもらうチャンスがやってくるのを待った。でも、見えるのは女ばかりだった。けたたましく叫び合っては体を揺すり、踊り続けているような若い女たち。そして、しわくちゃな褐色の顔から魔女みたいなまなざしを向ける、ふきげんに黙り込んだ婆さんたち。

三時に町長がバッハオーフェンさんと若い女の人を連れてやってきた。この女の人は郊外の入植地に住んでいる人だった。二人はジプシー女たちのところに行って話をしていたが、遠くて何と言っているのかわからなかった。そして一人の若いジプシー女が家馬車に入っていった。町長は僕らの方を向いて、消えろと言った。でも誰一人その場を動こうとしなかったので町長はもう一度叫び、拳固を振り回して脅したが、こっちまでやってこようとはしなかった。大きい子たちが何人か笑った。だから僕も動かないでいた。僕は町長が言ったことを気にしていない風を装い、そして町長が僕のことに気づかなければいいがと思った。

その若いジプシー女は家馬車の入口に出てきて首を振った。町長は彼女のところに行って一枚の書類を渡し、自分の言っていることを相手が理解していないことがわかっているはずなのに、説得しようとしていた。ジプシー女たちの中には僕らの言葉がわかるものはいなかった。ボスだけがちょっとばかり話すことができ、僕らの言うことがわかった。それとあと、口ひげの生えた魔女みたいな婆さん。その若いジプシー女は何やら意味のわからない言葉を叫び、ほかのジプシー女たちも町長に向かって金切り声でわめきたてた。それは草地の上のちょっとした見ものだった。町長はどなり、女たちはけたたましく叫び、犬たちはきゃんきゃん吠えたてた。町長についてきていたバッハオーフェンさんは何も言わずに、町長の上着をつまんで引っ張っていた。そして暗い顔をして僕らの方を見ると、手を振って追い払おうとした。

いつとはなしにボスが入口に現れた。裸の上半身に赤いチョッキを着て、長いこと空を見ていた。それからつばを吐き、小さな階段を慎重に降り、家馬車の周りを回り、もう一度つばを吐いて、また中に入っていった。この一連の動作を彼は、町長に一瞥もくれないでやった。

「今に刺すかもよ」とパウルは、この太ったジプシーが家馬車の周りを歩いている時、僕の耳元で囁いた。

「誰が?」と僕は尋ねた。

「ジプシーがさ」とパウルは言った。「やつらはめちゃくちゃナイフがうまいんだ。父さんは見たことがあるんだ」

「そんなことしたら刑務所行きじゃないか」と僕は答えた。

「ばっかな」とパウルは軽蔑したように息巻いた。「ジプシーは刑務所なんかには行かないんだよ。すばしこくて捕まらないのさ」

僕らの町の町長が大きなジプシーの爺さんにざっくりやられるのをじきに目にすることになるのだと考えると、体ががちがちになった。でももうジプシーは家馬車の中に戻っていた。

町長とその連れは引き返した。興奮して叫びたてるジプシー女たちの間を通って帰らざるをえなかった。僕らの近くを通り過ぎる時、町長の赤い額に汗がにじんでいるのが見えた。大きい子たちが言うのには、町長はジプシーに、郊外のフルート草地に移るようにと要求したそうである。僕にはそれは聞こえなかった。町長が何を言ったのかまるで聞き取れなかった。

一時間もするとそこにいるのはパウルと僕だけになった。ほかの子供たちは、何も起こらないので立ち去っていた。僕らは何歩か近づいていったが、まだ距離を取っていた。二匹の鼻の尖った犬がいたからである。ひなたぼっこをしながら注意深い目をして絶えず僕らのことを窺っていたのだ。ボスがもう一度出てきたら、働かせてくれるように頼めるのだけどと思いながら、待っていた。

去年、パウルは毎朝、学校の始まる前に、ボスのために靴を結んでやり、そのお駄賃として、厚いベーコンの載ったパンをもらっていた。そのベーコンパンを休み時間に校庭で売るのである。誰もが一度はジプシーベーコンというものを食べてみたいと思っていた。パウルは、そのベーコンの材料は太らせた猫の肉だと言っていた。ジプシーは骨をしなやかに保つために猫を食うのだと。僕は吐き気がしたが、やっぱりそのベーコンパンをひとつ買って、校庭でオエッと言いながら噛み下したことがある。それから二日間というもの、自分が猫の肉を食べたと思うと、気持ちが悪かった。

僕らは黙って待ちながらジプシー女たちを観察していた。するとゴールさんがやってきて、そばに立った。僕の頭を撫でて頷いてみせた。

ゴールさんとはブルクの博物館での知り合いだった。午後、僕はよくそこへ行った。ホルンさんが許可してくれたので、新しい陳列室の設置の手伝いをしていたのだ。ゴールさんもそこで働いていた。絵描きで、一日中一言も喋らなかった。口がきけなかったのではなく、時に二言三言一風変わったことを口にすることがあったが、たいていは黙っていた。娘さんと暮らしていて、その世話をしていた。娘さんは知的障害者だった。実は僕らは彼女のことを馬鹿と言っていたのだが、父さんにはそんな言い方をしてはいけないと言われていた。とても重たい病気なのだ、そんな汚い言葉を使うようになってはいけないと。僕はゴールさんがブルクで自分の絵を白壁に描き写すのを何度か手伝ったことがあった。

ゴールさんは僕らの横に立ってジプシーたちを眺めていた。帽子を脱いで、それを、胸の前で折り曲げた腕に持っていた。ジプシー女の一人がゴールさんを見て、明るい叫び声を上げた。ボスがドアのところに出てきて、ゴールさんを見つけると、大仰に両手を広げた。

「友よ」と大声で叫んだ。

ゴールさんの目が輝き出すのが見えた。ジプシーの爺さんは短く、命令するのに慣れた手つきでこっちへ来いと合図をし、そして自分も家馬車の階段を降りてきた。向かい合って立つと、ジプシーは両手でゴールさんの肩を摑み、揺さぶり、先ほどと同じ親愛の情を込めて、同じようにどよめくような声でもう一度「友よ」と呼んだ。

彼はゴールさんを自分の腕に引き寄せて抱きしめた。ゴールさんはあいかわらず前で折り曲げた腕に帽子を持っていた。大きな体のジプシーがゴールさんを腕から放すと、ゴールさんは困ったように微笑みながらフェルト帽子をぽんぽんと叩いて直した。ジプシー女の一人が酒瓶とグラスを持ってきて、ボスとゴールさんは立ったまま黄色っぽい飲み物を一口飲んだ。それからゴールさんはジプシーに手を差し出した。そして二人は別れた。

僕らのそばを通り過ぎる時、ゴールさんはへこみを直した茶色のフェルト帽をかぶった。心ここにあらずで、夢見心地のようだった。その小さな落ちくぼんだ口は、とてつもない幸せの光に照らされているようだった。ジプシー男は家馬車の階段の上に立ち、見送っていた。そして中に入っていった。これではもう、あの男と話すことはできはしなかった。これ以上待っていても仕方がなかった。パウルはあの絵描きの爺さんのあとをこっそり家までつけていこうと言った。僕は乗り気にはなれなかった。ゴールさんのことはよく知っていたから、そんなことはしたくはなかった。だけどほかに何をすることも思いつかなかったので、結局あとをつけていくことになった。

パウルと僕がようやくジプシーのボスと話すことができたのは二日後のことだった。僕らは自分たちの望みをわかってもらうまで、同じことを繰り返し言わなければならなかった。毛むくじゃらの手で太鼓腹を優しく撫でさすりしながら、彼は目を細めて僕らの方を見ていたが、こう言った。

「女たちに言え。若い衆に仕事をやるだろう」

　そして声を変えて、荒々しく彼は女たちに、自分たちの言葉で何かを叫んだ。それを受けて女たちは金切り声を上げて笑いこけ、上半身を揺らした。僕らは女たちのところへ行った。僕の顔は真っ赤だった。そして、女たちにさらに甲高い声で笑われるのじゃないかと思って、逃げ出すこともできないでいた。目配せをして僕はパウルに、どうしようかと尋ねたが、彼は赤い顔をして、まるで根を生やしたか、石になったかのように、じっと地面を見つめていた。

　一人の老婆が僕を撫でて、頬をつねった。その手は茶色で骨張っており、痛かった。顔を上げるとそのすさまじい歯が見えた。黒くて、歯根だけになった歯。そして、上唇の上とあごに密生したひげ。その老婆は僕に仕事を指示してくれた。僕の仕事は、山羊たちが草を食べ尽くすたびに、つないである杭を打ち直すことであった。山羊たちのひもをつないでいる長い鉄の棒があり、それを地面から引き抜いて、れんがでまた打ち直すのである。そして草を食べているあいだ羊たちが洗濯物の方に行かないように、そして陽に干してある大きな黒い鍋のところに行かないように見張っていなければならなかった。パウルはジプシー女たちのところに座っていた。彼の仕事は、女たちに呼ばれると、バケツや水の入った缶を運んでいくことだった。そして馬たちの見張りだった。でもたいていはただジプシー女たちの間に座って、彼女たちを眺めていた。

六時の鐘が鳴ったので僕らは引き上げることにした。明日また学校が終わったらすぐに来ますと言った。ジプシー女たちは頷いて、笑った。僕らの言ったことが通じているのかどうか、僕にはわからなかった。

「ほんとに明日また行くのかい?」と僕はパウルに尋ねた。

彼は頷いた。

「何ももらわなかったじゃないか」と僕は文句を言った。

「まだやってきたばかりだからな」とパウルは答えた。「一、二日すりゃしこたま盗み込んでるさ。そうなりゃ、払ってくれるさ」

ゲルトルーデ・フィシュリンガー

私は息子をつかまえておくことができませんでした。

息子がジプシーたちのところに行っていることはわかっていました。ジプシーに仕事をもらっていると教えてくれる人がいましたから。息子とあの男の子、当時友達だった薬剤師の子です。私が話そうとするとパウルは何も言わないで部屋を出ていきました。結局つかまえておくことができませんでした。店がありましたし、晩は晩で家の用事がありました。それにこのふくれあがった脚では、男の子のあとをつけて町を歩いて回るわけにもいきません。父親はいませんでした。

パウルはあの頃もう家に遅く帰ってくるのが癖になっていました。夕食のあといなくなり、十時とか十一時になってようやく戻ってくるのです。私はベッドに横になり、息子が玄関の鍵を開け、そして階段を上がってくるのを待っていました。いつか警察がパウルを連行してくるのではないかと思ってびくびくしていました。まだ十四歳だったというのに。戻ってくるとパウルは私の部屋を覗くこともなく、自分の部屋に行きました。でも私はそれで安心して、両脚の脈も静かに、そして規則的に打つようになりました。

息子が夜何をしているのか、どこをほっつき歩いているのか私にはわかりませんでした。どんな友達がいるのかも知りませんでした。私が知っているのはただ、この時間には間違いなくとっくに家に戻っているに違いない薬剤師の息子さんくらいのものでした。

パウルがお酒を飲んでいることは知っていました。空瓶をパウルの部屋で見つけたことがありました。私は神様に、父親みたいにだけはならないようにとお祈りをしました。何も話してくれないものですから困り果てました。ホルンさんにパウルと話をしてみてくださいと頼んだことがあります。でもただ肩をすくめて、その疲れたような、すべてを理解しているような微笑みを浮かべて、すみませんとおっしゃっただけでした。ホルンさんがパウルにちゃんと話をしてくれることはないでしょう。それなのに私は、ただ、ひょっとしたらパウルに言葉をかけてくれるかもしれないという望みから、部屋を貸したのです。私からパウルに話すことは今ではもうできません。何を言っても聞いてはくれません。

ホルンさんが町に来られたのは四、五年前のことでした。店に入ってこられたのは、私がちょうど小麦粉を袋に詰め直していた時でした。店の真ん中に立ったまま、私が向き直るのを辛抱強く待っておられました。棚を見て回ることもなく、カウンターの上のガラス棚に目をやられることもなかったので、買い物の用事ではないのだとわかっていました。それで私はそのまま小麦粉を詰めました。何か尋ねたいことがあるのだと思いましたが、質問されることもなくゆっくりと店の中に立って私の方を見ておられました。私は体を起こして、手とエプロンについた粉を叩いて払いました。ホルンさんの方に目をやると、尋ねたいことがあるわけでもないのだとわかりました。ボート用の桟橋に行きたいとか、ここで一番のレストランを探しているといったふうでもありませんでした。ちょっと変わった灰色っぽい肌をなさっていて、その目には広く、ほとんど黒と言ってもいいくらいの隈がありました。それを見て私は、おそらくは長患いのあとに違いないと思いました。黄疸とか結核とか。

ホルンさんは、フィシュリンガーさんですか、と尋ねられ、町長の秘書に教えてもらったんです、と付け加えられました。ホルンという名前で、又貸しをしてくれる部屋を探しているということでした。そう言われると口を閉じて、穏やかで表情のない顔で私をご覧になりました。私はびっくりしました。ついぞ人に部屋を貸すなんてことはありませんでした。夫が家を出ていってからもそんなことは思いもしませんでした。

「息子がいるんです」とその時私は答えました。「十歳なんです。歳が行ってからの子供なもので」「あなた方の生活の邪魔をするつもりはありません」と答えられました。「要るものはベッドがひとつと、しっかり明るい電気スタンドくらいのものです。あとは朝少々お湯がいただければ」

私はホルンさんを眺めて考え込んでいました。

「目が悪いものですから」と、あの人は詫びるように付け足されました。

そんな時でもあの人には、愛想よくしようとか、親しみやすく見せようとかする様子はありませんでした。

「そうではありません」と私は言いました。「私が心配しているのは、あなたに邪魔されることではなくて、うちの息子があなたにご迷惑をおかけするんじゃないかということです。しつけができていないんです。仕方なくしょっちゅうほったらかしにしていたものですから」

「私の方から要求することなどはありません」と言われました。

こうして、そして私が承諾したというわけでもないのに、あの人と私にとってはこの件は落着したようでした。昼休みに家と部屋とを見せてやり、鍵を渡しました。晩、私は折りたたみ式ベッドを据えつけて、レコードプレーヤーと裁縫道具箱を寝室に移しました。ガラス器用の棚はそのままおいておきました。その中に入っているモカ用コーヒーカップセットとワイングラスは、年に一度くらいしか使うことはありませんでしたし、こうして居間を貸したとなっては、そんなものを使う機会はさらに少なくなってしまうだろうと思われましたから。

ホルンさんがおっしゃるには、一年以内に町が住まいを手配してくれる手はずになっているとのことでした。ブルクの博物館で働くことになっていて、この家に住まわせてもらうのも一年以上にはならないだろう、とおっしゃっていました。ところが、その年が過ぎても家は見つかりませんでした。そして二年目が過ぎ、結局あの人はあのような恐ろしい死に方をなさるまで私のところにお住まいでした。

物静かな間借り人でした。私は時折その物音を聞こうとして、男の人の足音とか、古い革製の安楽椅子の軋む音とか、風呂の水の流れる音とかを聞こうとして耳をすますことがありました。この家には男の人が一緒に住んでいるのだということを感じたかったからです。でも、あの人は動く時も音を立てないようでした。あの人が入ったあとの風呂場を覗いても浴槽の周りには水滴ひとつついていませんでした。私は朝食と夕食とを作ってやっていましたが、あの人は一緒に食事を台所でとることは辞退されました。どんな形であれ、私たちの重荷になることは望まれませんでした。その慎み深さは厳格でそして例外がありませんでした。それが、恥ずかしがりや傷つきやすさからではなく、無愛想とか高慢からくるものであったとしても、あれ以上に拒絶的な態度はありえなかったでしょう。自分があの人にとって何らかの意味を持っているのかもしれないとほとんど信じられるように思われたあの半年間でさえ、あの人は私からは計り知れないほど遠くにおられました。

部屋を借りたいというホルンさんの希望に私は同意しましたが、それは、あの人がいることでパウルが仕方なく、もっと親しく私と話をしてくれることになるのではないかと思ってのことでした。

他人のホルンさんが息子への入口を見つけてくれるのじゃないか、随分昔に私が見失ってしまった入口を見つけてくれるのではないかと希望を抱いたのでした。そしてあの人の入居に私が同意したのは、ずいぶん長いこと息子だけと暮らしてきて、もうそろそろ家に男の人がいてもいいのではないかと思ったせいでもあります。たまにしか会わなくても、あの人が一人で食事をとっても、心安く私と一緒にお茶を飲んだり、ちょっとおしゃべりをしたりすることが決してなかったとしても、そんなことは私にとっては何ということでもなかったでしょう。私がほしかったのは、朝の気持ちのいい挨拶、そして、同じ家の廊下で顔を合わした時のちょっとした微笑みくらいのものでした。ところが一週間経っただけで私には、優しさを期待するのだったらあの部屋に丸太でも置いておいた方がまだましなくらいだということがわかりました。

あの人は最後まで私の店にたまたま紛れ込んだ他人のままでした。私を客観的に観察し、私から遠ざかっていき、そして自分にふさわしいものを手に入れようとして冷静に待ち続けておられました。四年以上も私の家に住んでおられました。私たちの間に大声とか怒声が起こったことは一度もありません。でも私はあの人のことを考えるといつも、家の鍵を渡したあの日のことを忌々しく思います。放り出すわけにはいきませんでした。理由が見つかりませんでした。きちんとしていて、礼儀正しい人でした。私に対して親切であってくださいなどとあれ以上の要求などはできるはずはありませんでした。自分自身に対してさえあの人はひとかけらの愛着も持ってはおられなかったのですから。私があの人をうちに受け入れたのはパウルのことを思ってのことでしたが、息子は私からさらに遠ざかり、ホルンさんは助けてくれようとはしませんでした。そしてそんなことは要求もできませんでした。

部屋を借りることになって、トランクの中身を出して、部屋に置いてあったものすべて、テーブル、絵、重たい革の安楽椅子を何も言わずに受け入れて、その時にあの人は「私の方から要求することなどはありません」と言われました。それについてはそれ以降もほとんど変わることはありませんでした。一週間もしないうちに私は、あの人がその言葉で言いたかったのは、自分に対しては何も要求しないでくださいということだったのだとわかりました。

クルシュカッツ

今頃になって、それもあのホルンなどという男のことについて口にするなど馬鹿げているし、ろくでもない話である。神に対する冒瀆である。古くさい言い方になってしまうが、これくらいしかぴったりこない。

あの年に起こったことの経緯はしっかりと頭の中で組み立ててみることができる。それについては何ら心配はない。おそらくはあまりに完璧に思い出せるものだから、それにまつわる何の意味もない細々《こまごま》したもの、ほこりまみれで黄色くなって、しまい込まれたファイルとかが我々の夢想を膨らませて、我々の記憶をさいなむ。

その一秒一秒さえ思い出せるほどである。こんなことを言うのは、人並み外れた自分の記憶力を自慢したいからではない。(こんな能力などは人を幸せにする自然の賜物なんてものではない。よく眠れることと、よく覚えていることというのは相反することだからだ。記憶がいいから得するなどということは何ほどのこともない。結局ひとつの才能などは、それにふさわしい対応物が見つからなければ、何の役にも立たないものである。草が実際に成長していく音が聞こえたり、地球の自転を感じることができたりしたとしても、それで自分自身を含めてみんなをただ不安に落とし込むだけだとしたら、何の意味があるだろうか。だから私は黙っていることにしている。私が一緒に暮らさざるをえない、ここのおしゃべり好きのぼけ老人たちはどっちみち私のことなど理解できるはずがないんだし)

つまり、私はひととおりのことはやってのけられる。つまり、事実のほとんど完璧なリストを作ることはできる。それは間違いない。むしろ問題にしたいのは、そういったことをやること自体の意味である。そんなことをやってその結果が、たくさんの、部分的にはお互いに矛盾するさまざまの真実があるということにでもなったら、それは、惨憺たるジョークだ。しかしそれ以上に私が心穏やかならぬのは、そうやって真実を見出しても、あるいは、さまざまに、筋が通り完璧な、そして矛盾のないイメージができ上がっても、それを受け取る人間などいないと思うからである。あれはもうすんだことだ。

私は今七三歳。私が人生で体験したことを、それに関心も抱いていない後世のために一言で言い表さなくてはならないとすれば、こう言うところだ。歴史なんてものはない、と。歴史なんてものは、自分が死ななくてはならないという事実と折り合いをつけるための便利な形而上学で、死の虚ろな髑髏《どくろ》にかぶせられたきれいなベールでしかない。歴史なんてものはない。過ぎ去った時間のまわりにどんなにたくさんその構成要素を集めてこようが、その小さな陶器のかけらの集まりや黒ずんだ写真の数々をきちんと並べたり、それに命を与えたりするのは我々の息の吹きかけでしかないのだし、我々は自分の貧弱な頭の浅はかさで対象を歪め、そうして根本的なところで誤解をしてしまうからである。人間は、死というものの耐え難さを背負って生きていけるように、神々を作り出した。そして時間の喪失に意味を与えて、無意味なことが理解可能なものに、そして耐えうるものになるように、歴史という虚構を作り出した。後ろの歴史、前の神、それは、直立歩行を可能にするコルセットである。死んでいくものは喘ぐが、あれは現実認識が徐々に目覚めているのだと私は思う。死者はコルセットを必要としない。

こんなコメントをして自分の思い出から逃げようとしているわけではない。こんなことを前もって言っておくのは、私が自分の思い出を信頼していないからであり、あらゆる思い出なるものを信頼していないからである。

私の思い出を聴こうとする耳を私が信頼していないからである。人には何もわかってもらえないし、人が私の言葉に理解可能な意味を与えようと努力したところで、私の話すことを自分たちの生き方から勝手に肉付けしてしまうしかないのである。そして、理解不能なことに耐えたり、それを受け入れたりすることがないので、何も理解することができないのである。

前もって言っておくが、こんな考えを抱くようになったのはようやく最近になってからのことである。あの頃の私は忙しすぎて、素早く簡潔な決断という明確な目的へ向かう以外の方法で、何かについて深く考えるなんてことはできなかった。後悔しているわけではない、それは必要なことだったのだから。それに、今では確信を持って言えることだが、あの頃は何かを心《しん》から考え抜くなんてことはできなかった。この世に関してちょっとした、まずまずちゃんとしたことが言えるには、少なくとも六十年間は生きていなくてはならないし、あまりに苦しすぎたり、辛すぎたりするような病気にかかっていないことが必要条件である。

付け加えておくが、ここで一緒に暮らしている、しょっちゅうばたばたしている老人たちの間では私は好まれていない。偏屈とか、あるいはおそらく狂人として通っている。こんなことまで言っておくのは、私がこれから詳しく述べることに深い疑念を持って対する自由を、何人にも確保しておかんがためである。自分の思い出の信憑性を主張しようというわけではない。逆だ。結局私が思い出そうとしてみるのは、人が僭越にも私の人生として思い描くかもしれないことをいささかなりとも知っておくためである。

ジプシーがやってきたのは五月二十三日、木曜日のことだった。そしてホルンが発見されたという知らせを受け取ったのは九月一日、日曜日のことだった。子供たちが森で見つけた。警察が現場を確保し郡役所に報告してきた。初期捜査の段階では他殺の線も排除されてはいなかった。これは役所で形式上必要とされる推測にすぎないのであって、何も根拠があったわけではない。私の記憶では、彼の死がどのようなものであったかに関しては町では誰一人疑念を抱くものはいなかった。

ホルンの死とジプシーのこの町への滞在と、この二つのことがあとで結びつけられるようになったが、それは妥当なことではない。片方が話題になる時は必ずもう一方が取りざたされるというおかしなことになったが、この二つの間には何の関係もありはしない。あれはジプシーがこの町に滞在した最後の夏だった。だから、一族がもうやってこないと確認されたことからくる安堵感と、あの変わり者のホルンとその腹立たしい死に対する驚きとがあって、それらがお互いに何の関連もないこの二つのことを結びつけたのだろうと思う。ホルンが死んだのはそのような死を予定されていたからだし、ジプシーたちが町を出ていったのは、それまで毎年秋には去っていっていたのと異なるところはない。

五月にジプシーの出現が報告されると私は、それまでの年と同じく、そしてそれまでの前任者と同じく彼らのところに行って、ブライヒャー草地を立ち退くように要請し、町の郊外にあるフルート草地に宿営するように依頼した。

ブライヒャー草地は町の所有地であり、町の条例によってテントも家馬車もそこには設置してはならないことになっていた。これは十年前に議決されたことである。それは、ジプシーがグルデンベルクに初めて再来し、前年と同じこの草地に居を構えた年に提出されたものであった。この決議に従って私はこの年もジプシーにこの禁止事項を通知した。それでいて私には、そんなことをしても何の効果もなくて、ジプシー一族はこの夏も我々の町のど真ん中に住むことになるであろうということがわかっていた。用務員をやることもできたのだが、自分で足を運んだ。自分で行ったのは、効果がないことを確信していたからであり、それでもそのことで非難されたくなかったからでもある。

「警察に頼むことですよ。連中を郊外へ追い払ってくれますから」

何の戦果もなしに町役場に戻ってからこんな提案をしたのは、うちの町会議員の一人で町長代理をやっているバッハオーフェンだった。

「わかっちゃおるだろうが、わしはそんなことはしやせんぞ」と答えて、私は首筋の汗をぬぐった。

「これじゃあ笑いものですよ」

「そんなことはありゃせん、同志バッハオーフェン」

驚いたように彼は私を眺め、説明を待っていた。汗みずくのシャツにゆるんだ銀色のネクタイが曲がっていた。口がちょっと開いていた。息づかいが聞こえ、驚いたようなねずみ色の目が見えていた。私は返事をしながら、彼の汗のにおいをかいだような気がした。自分もそれに劣らずくさいのだろうが、そのにおいはたまらなかった。「笑いものになるなんてことはありえん。職務が要請する馬鹿をわしはやっとるのだから」

その顔から微笑みが一瞬消えた。ネズミのようなその目が細まって二本の筋となり、その裏に突然緊張が宿った。厚いまぶたとほとんど白とも言っていいくらいの色のまつげの向こうがかすかにきらめいたが、それは、彼の頭脳の中の小さな鉄筆が動き始め、私の言葉をその記憶の金属盤に、仮借なくまた抹消しえぬものとして刻み込んでいることを示していた。

「だったら私からの職務上の要請として警察を派遣してください」

私は自分の執務室に入るドアを開けた。敷居のところに立って私は彼の方に向き直り、そして返事をした。「バッハオーフェン、君にはわからんだろうが、卑劣な行動が時には必要なこともあろうが、それにもやはり限度というものがあるのだよ」

私はドアを閉めた。耐え抜いたことでほっとしていた。そしてデスクの後ろの椅子にどっかと腰を下ろした。心臓が痛かった。左の胸の上をさすった。下の引き出しには封を切ったたばこが入っていた。一本火をつけた。自分の心臓にとってはそれが毒だとはわかっていたが、それは私の痛みを取ってくれる毒であった。

バート・グルデンベルクに来てから三年目のことだった。

初めてこの町に足を踏み入れ、よそ者として、丁重にしかし関心なさげに情報と宿とをあてがわれた時、指令書をカバンに入れた私には、数ヶ月もすれば自分が後ろ指をさされることになるだろうとはわかっていた。こんなに小さくて、架空の、しおれていきそうな伝統に拠り所を求め、もっぱら療養客を飯の種にしているような町にあっては、それもいたしかたなかった。その療養客というのも、のどかで心温まる場所を求めてやって来ながら、結局はゼラニウムの咲く前庭の静かさとか、崩れゆく家々や草ぼうぼうの小道が見せる忍耐強いまどろみなどでよしとすることになるのだった。こんな町ではいたしかたのないことだった。遙か遠くの、一度として目にしたこともないお上《かみ》から下される、自分たちには理解もできないような決定を受け入れ、嫌々ながらそして怒りを隠してそれを遂行することに慣れているようなこの町だから。

あの日、私は町役場で自己紹介し、町長のフランツ・シュネーベルガーに自分の書類と県の指令書を手渡した。三月に私は町議会議員に任命され、六月にはシュネーベルガーが定年前の年金生活を要請し、上からの指示に従って私を後継者に提案した。町議会は満票で彼の推薦を受け入れ、その結果、県庁所在都市からやってきたよそ者の私が、ほとんど何も知らない、そして私に好意を抱いてもいない田舎町の町長となったのである。この町の名士たちは、多くの私の前任者たちの運命が同じように私に降りかかることを待ち構えていた。つまり、漠然としか提示されていない上からの指示を土地の実情に適合させようとする私のやり方に茶々を入れ、あれやこれやを誤りと指摘し、私のことをセクト主義者とか何らかの種類の害虫として暴いてやろうと待ち構えていた。

選挙のあと、私は新しい自分の執務室に座り、お祝いを伝えたりこれからの仕事の取り決めをしたりするために同僚たちがやってくるだろうと思って三時間待っていた。しかし私の部屋にやってきて握手を求めたのは党書記一人だけだった。その男があまり私の力にはならないことはわかっていた。この町は初めての男だったし、私と同じくよそ者で、私より評判がいいとも思われなかったからである。

この日私の執務室には彼以外のものは顔を見せなかった。夕方四時頃に電話が鳴った。妻が私に、具合はどうか、どんな決定がされたかと尋ねてきたのである。

「どうにもわからんよ」と私は正直に返事した。

彼女は驚いていた。「じゃあ、あなた任命されなかったの?」

私はがらんとした部屋を見渡し、誰も座っていないお客用の安楽椅子、中身を片づけられた仕切棚、そして椅子の後ろの二枚の写真と私のデスクを眺めた。デスクには受話器が二台と、もみ消された煙草の入った灰皿しか載っていなかった。そして私は答えた。「ここじゃあみんな、わしがちょうど今綱の輪っかの中に首を突っ込んでいるに違いないと思っているみたいだよ」

私は黙って彼女の声を待った。ややあって妻は笑い始め、そして言った。「わかったわ。これから荷造りをして、三日後にはそっちに着くわ。でも約束してね、その田舎町には私は骨を埋めなくてもいいって」

日が暮れ始めるまで私は何することもなく部屋に座ったままでいた。出ていく時、秘書に、誰か面会に来なかったかと尋ねた。

「どなたかお待ちでしたか?」と同情に満ちた声で彼女は尋ね、私を好奇の目で見た。私は首を振った。

その一週間後に私は町でホルンと出会った。酪農場の前の歩道で行き会ったのだ。彼は帽子を取って軽く会釈し、黙って通り過ぎようとした。私は彼を見て驚いたので声をかけた。彼の言うには、一年前からここに住んでいるとのことだった。

「何という偶然だろう」と私は言いながら微笑みを浮かべた。

ホルンは軽く頷いて何も言わずに私をじっと見つめた。それは党の委員会の席上で私を見ていたのと同じ傷ついた目つきだった。提示された処置に対していっさいの理解を見せない目、確かに苛酷なものではあったが必然的なものでもあったその決定に対して一切れの理解も示していないその目つき。私は当時、彼に党指導部の決議をわかってもらうために最大限の努力をした。私はこう言った。我々は主観的には君にはいっさい落ち度はなかったと確信している。しかし君はその盲信性と、党派性原理の軽視によって我々に多大の被害を与えた。共同的大義と大目的のことを思えば、そして君のブルジョアイデオロギーへの臆病な譲歩のことを考慮すると君は自分の失策をその結果をひっくるめてすべて自分で負わなければならない。そう言うと私は個人的な見解を付け加えた。君の立場だったらひょっとしたら私もあれ以外の態度は取れなかったかもしれない。しかし、その場合でも私は、今回と同じように決然たる有罪判決を君から受けたいと思うだろうと。

「私の同意を求めないでください、同志」と彼は答え、ドアをバタンといわせて部屋を出ていった。

そしてその彼が今また私の前に立っていた。そしてその冷たく据わった目を見て、彼が何ひとつ忘れていないことを知った。何も忘れておらず、何もあれから学んでいない。

「すごい偶然だな」と私は倦むことなく心を込めて繰り返した。「同じ田舎町に我々は吹きやられたんだな」

私は彼の上着の袖を触った。「思いもよらなかった再会を祝して一杯やらんかね」

彼は、上着の前が開くくらい力を込めて一歩身を引いた。そして、党委員会の席で返事をしたのと同じ傷つきやすい声でこう言った。「いやです、町長」

第二章

そしてそれから？　それからどうした？

僕はあなたが怖かった。

怖かった？

あなたは不気味な感じでした。あなたのことがわからなくて、怖かった。

俺のことが？

そう。あなたについては……

誰が言ってた？　思い出せ。

もう覚えていません。

忘れたはずはない。思い出してくれないといかん。

あの時はまだ子供だったんです。

昨日のことだ。思い出してくれないといかん。ようやく俺も思い出しているのだ。

死人は忘れることはありません。

死人も忘れることがあるんだ。死人なんて生きていた時よりもいいことなんてちっともない。

でもそんなふうに聞いたんです……

そんなことは気にせんでいい。思い出せ。思い出してくれないといかん。

僕らはゴールさんのあとをつけていった。彼は片手に買い物袋を持ち、もう一方の手に帽子を持っていた。風車のある丘をゆっくりと上っていった。上で小さなたばこ屋に入った。僕らは数軒先まで行きすぎて、彼が出てくるのを待った。エジプトたばこを買ったに違いないよ、と僕はパウルに囁いた。ゴールさんは一日中それを吸っていて、そのためにその指は黄色い角質に覆われていた。

療養施設では客が数人三々五々散歩しているだけだった。こんな天気の時には皆涼しい室内に残っているのだ。密生した樹木とほこりをかぶった花壇、そして色とりどりの花の絨毯の中に、それらを引き裂くように、がらんとした、さびだらけの野外音楽堂があった。災いを予告する亀裂のように、あるいは暗いじょうごのように、沈んでいく夕陽の輝きをその金属製の表面に戯れさせていた。

ゴールさんが施設の横を通り過ぎる時、大きな声で独り言を言っているのが聞こえた。考えごとにひたっているように、しかし止まることなく彼は歩き続けた。町の縁の入植地を通り、町の背後で交差している街道を越え、自分の家に続くわだちのできた砂の道を、頭を上げて、しゃんとして歩いていった。しかし見るからにきつそうだった。

僕らは足を止めていた。ここまで来ると人気《ひとけ》がなかったので、目立つのを避けたのである。

ゴールさんの家は砂の道の行き止まり、草や堅い地衣類の生えた荒野のまっただ中にあった。煉瓦造りの建物のすぐ後ろには松の森が迫っていた。ゴールさんは大人になった自分の娘と一緒に暮らしていた。お客が来ることは絶えてなかった。時折森を散歩している療養客が彼の庭の垣根に立ち止まって、話しかけようとすることがあった。年に一度、石炭馬車がやって来て、一山の黒光りする豆炭を垣根のそばにふるい落とした。郵便配達人でさえここまでやって来ることはまれだった。

ゴールさんが庭の戸を開けると甘えた声で犬が鳴いた。老人はその犬のところに行ってうなじの毛を撫でた。そして家に入っていった。僕らは中庭に通じる小さな門を通り過ぎて用心深く森側の庭へ近づいていった。そこには彼の娘が座っていた。紙箱の中に入ったボタンを庭のテーブルにばらまいてそれで遊んでいた。一心にボタン遊びに興じていたので僕らのことに気づかなかった。僕らはシダの陰に隠れて彼女を観察し、大声で笑い出したいのをこらえるのに苦労した。

ゴールさんが家から出てきた。手に古い上着を持っていた。指でその上着の肘と背中のすり切れたところを触っていた。歩きながらそれを着た。ようやく彼が目の前まで来た時、娘は父親に気がついた。

「ジプシーが」と娘は叫んだ。「ジプシーが」

興奮して彼女は腕で町の方を指した。

「わかっているよ」とゴールさんは言った。「父さんは見たんだから。興奮しないで」

彼は優しく話した。でも娘の方は彼の言うことを聞いていないようだった。あいかわらず娘はやせた腕で町の方を指していた。ゴールさんは残飯を持ってきて犬のえさ鉢に入れた。娘はそのあとについていった。

「部屋にお入り」とゴールさんは辛抱強く言った。「風邪を引くよ」

娘は彼の腕を摑んだ。「ジプシーが」

「おまえ、見たのかい？」とゴールさんが尋ねた。

娘は得意そうに頷き、期待に満ちた目で父親の目を覗き込んだ。

彼は娘の手を軽く叩いた。「いいんだよ。万事オーケーだよ。うちへお入り」

彼はにわとり小屋に入る落とし戸を開けた。汚れた水皿を空けて、新鮮な水をいっぱいに入れた。上着のポケットから小さくちぎったパンくずを取り出して、にわとりに投げた。そして娘の椅子とテーブルを家の中に運んだ。僕らには明かりをつけた居間で彼が娘と話しているのが見えた。そのあとで、改築された屋根裏部屋に明かりがともった。あの上階にゴールさんはイーゼルを立てているのである。毎日絵を描いている。僕にそう言っていた。誰にもその絵を見せたことはない。ただ自分自身のために描いているのだった。

僕はブルクで初めて彼と握手をして、その絵描きの仕事の手伝いをやらせてもらうことになったが、そのずっと前からゴールさんのことを知っていた。療養公園を回るうちの散歩で知っていたのである。僕が弟と一緒に両親のあとをいやいや歩きながら日曜日の午後の退屈に絶望している時、ゴールさんは帽子を片方の膝にちょこんと載せて金魚池の前のベンチに腰を下ろしてぼうっと水面を眺めていた。父さんはいつでも通り過ぎる時は挨拶をしていた。挨拶を返されることは一度もなかったけど。何メートルか先まで進むと、父さんは決まってこう言った。「お気の毒な方だ」

あるいはこう言うこともあった。「ひどい、ひどいことだ。才能のある人なのに」

それから父さんは僕らの方に向き直ると薄い唇でこう言った。「ちゃんと挨拶はしたかい。それが礼儀なんだからね」

それから父さんはいつもさらに一言二言母さんに言って、それから僕らは歩き始めるのである。決まって僕らはこの公園で、学校で音楽の授業を担当している療養オーケストラの指揮者と、中央広場で診療所を開いているシュポデック先生に出会った。出会うと僕らはこんにちはと言って頭を下げなくてはならなかった。その時、父さんは僕らの頭を痛いくらいの力で摑んでさらにもう少し深く下げさせた。それが礼儀だったから。この医者の娘にも僕らは手を差し出さなくてはならなかった。彼女は、僕が敵意むき出しで見つめているのに、膝をかがめてお辞儀をした。この子はクラスでは好かれておらず、話すものもいなかった。それからようやく両親は散歩を続け、僕らはその三、四歩あとをついていかねばならなかった。それというのも、父さんに言わせると、僕らがやるべきことは走ったり汗をかいたりすることではなくて、ゆっくり歩いて英気を養うこと、そしてちょっとばかり新鮮な空気を吸うことだったからである。

散歩の途中で僕らはよく、シュポデック先生や他の知り合いにもう一度出くわすことがあった。そんな時、両親は改めて何度も頭を下げて挨拶をしたが、僕はそこいらの石ころとか、自分の晴れ着のボタンだとかに興味をひかれているようなふりをした。目を上げなくていいように、そして何度も繰り返される挨拶のばつの悪さから逃れるためだった。

やっと公園をあとにする段になると父さんは決まって、新しい顔がまたひどくたくさん目についた、と言って嘆いた。母さんが、あれはきっと療養客ですよと口を挟むと、決然として、そして反論を許さないように「いや、そうじゃない、あれは療養客じゃない。あれは入植地の人間たちだ。もうじき誰の町だかわからなくなってしまうよ」

僕はこんな日曜日がいやでたまらなかった、そののろくさした眠そうな感じが。この日曜日というものは鉄の輪のように僕のすべての白昼夢の周りに漂い、僕を息苦しくさせた。僕はとても従順だったので、大人みたいな振る舞いを心得ているといってほめられた。一生この散歩を続け、気が滅入る退屈なこの公園の施設を見て回り、いつも同じ道を楽しくもなく歩き回るということを想像すると、心が不安になった。大人になった時のこと、将来の職業、これからのすてきな生活のことを思い浮かべるといつでもその考えの中にこの日曜日の散歩が混じり込んでくるのだった。それは脅迫的な墓石みたいなもので、野性的に伸びていこうとする僕の夢を押しとどめ、地上の重力を押しつけてくるのだった。

ようやく家に戻ると、さっさとよそ行き用のいいズボンを履き古したやつに履き替え、それから一、二時間だけ外に行くお許しが出るのだった。お小言が待っていたり、罰が言い渡された時以外は。

罰はたいてい禁足だった。父さんが判決を言い渡すと、僕は一日、あるいはまる一週間も自分の部屋で過ごさなくてはならなくて、ただ食事の時と学校に行く時しか外に出ることができなかった。

この禁足と日曜日が重なった時はいつも僕は、部屋に残っていてもいいと言ってもらえることを願った。一人で家に残ることは魅惑的なことに思われた。誰かがいきなり入ってきて叩き起こされるのではないかと心配することもなくベッドに横になっていることができる。本も読めるし、大声で独り言も言える。どの部屋もぶらついて回れるし、両親の寝室で大きな三面鏡の前に座ることも、あるいは父さんの書斎で戸棚とか机を探し回ることだってできる。それなのに父さんは決まって、下に降りてきて一緒についてこいと命令した。そうして、一人でいられるという希望はぱちんとはじけて、やっぱりあのべとつくような日曜日の午後が降りかかってくるのであった。

ゴールさんにブルクで再会した時、僕の家族のこと、そして前に出会ったことが話に出るのではないかとびくびくしていた。日曜日毎に味わう屈辱に一言でも触れられたらがまんできなかっただろう。でもその時ゴールさんは何も言わず、そのあとも公園のことには触れなかった。だいたいほとんど口をきかない人だった。とても年を取っていて、手入れの行き届いた手と黄色い指先をしていた。両手の羊皮紙のような色の肌には毛がちょっとした房になって生えていた。毎朝町まで歩いてきて、ゆっくりと慎重にブルクへのつづら折りの道を上っていった。午後、仕事を終えると、買い物をして、その買い物用の網袋を持ってうちへ帰っていった。

あいかわらず僕はパウルと垣根の後ろに座って明かりのともった窓をじっと見やっていた。森の陰はどんどんと、落ちかかる夜の赤く輝く雲の叫びの下を穏やかにそして音もなく迫ってきた。顔が熱かった。この老人のあとをつけて探ってきたことが恥ずかしかった。彼がブルクの部屋の白壁の前に黙って立ち、繊細で落ち着いた筆の運びで丹念に漆喰に色を付けている姿を思わずにはいられなかった。ある時、もう二時間も、一言も交わさずに肩を並べて仕事をしたあと、ゴールさんは僕の方に向き直って微笑み、そして言った。「坊や、私はもうどうしようもなく疲れてしまったよ。死が私のことを忘れてしまってるんじゃないかと心配だよ」

僕はパウルの方に手を伸ばして、家に帰らなくちゃと囁いた。年寄りのゴールさんが僕に言ったことについてはパウルには何も言わなかった。

ドクター・シュポデック

クリスティーネが入ってきて私の机の上に名刺を置いた。

「先生、どなたが来られてると思います？」

「言ってごらんよ、クリスティーネ」

「今度の町長さんですよ。控え室でお待ちです」

「待たせとこう、クリスティーネ。君にはやってもらわなくちゃならないことがあるんだから」

クリスティーネは座り、私は、要点をノートしていたものを口述した。それは私にとって重要な病歴を日々集めているものだった。ここまで詳しく記述しておくのは尋常ではなく、厳密さにこだわる私の性格ゆえだった。ノートされたもののうち治療に必要な既往歴に関わるものは極めてわずかだった。コメントの数々はただ私の個人的な病歴収集のためだった。

クリスティーネは丸っこい、いささか子供じみた女の子の字で、理解もできない言葉をカードに書き込んでいった。近視みたいに顔を近づけていた。舌の先がゆっくりと唇のあっちこっちに動いていた。しばらく私が中断していると、彼女は頭を上げて私を見た。

「町長さんをお待たせしてはいけませんよ、先生」

「どうしてだい、クリスティーネ。残念ながら職業上の慣習柄、診療所の看板の診察時間の横に、私はこの町の町長の診察はしたくありませんなんて書き加えるわけにもいかないのだから。この男を待たせておくくらいのささやかな喜びはもらってもいいのじゃないかい」

「町長さんは先生に何も悪いことしていないじゃないですか。町長さんのことご存じでもないのでしょう」

「そのとおりだよ、クリスティーネ。私は町長のことを知らない。だけど、来てくださいって頼んだわけでもないよ。この手の人間とは関わりたくないんだ。表に出した診療時間には診療せざるをえないという私の弱みにつけこんで、会いに来てるんだ。むかつくよ」

「先生、そんなことは間違っています」

「そうだね、クリスティーネ」

クリスティーネが何も言い返さないので私は続けた。「私は間違ってるよ。だけど私はきみより三十歳も年上なんだよ。だから、自分の体験をよりどころにしたって許されるだろうさ」

クリスティーネは何も言わず、私が口述することをその丸っこい無邪気な文字でカードに書き続けた。

「あなたもお忙しい方ですな、先生」私がクリスティーネに町長を招じ入れることを許すと、町長は挨拶してこう言った。

「そのとおりです」

「だったら話は早いですな。私も忙しいんですよ。待合室で一時間ぼんやりなんて座っちゃいられません。それもですよ、私以外には一人も患者がいないような待合室に」

「もう夏になりますからね。患者たちは畑に出てるんです。十月にでもまたいらしてください。ご期待に添うくらい、待合室は満杯ですから」

「先生、今度あなたに診てもらいたいと思った時は秘書に電話させることにしましょう」

「お好きなように。どうせ半年前からうちの電話は故障してますから」

「修理するように手配しましょう、先生」

「ご心配には及びません。一度も使ったことはないんですから」

町長は私のデスクの横の椅子に腰掛けていた。

「先生、今日伺ったのは、眠れないからなんです。この何週間か、たった三、四時間しか眠れないんです。真夜中目が覚めて、もうそれっきり寝つかれないんです」

「薬は飲んでおられますか?」

「はい。ですが合わんのです。発疹ができてしまって。どうして眠られんのか調べてください。そして治してください」

「町長、あなた、子供みたいなことをおっしゃいますね」

「先生、自分の仕事をちゃんとこなしてください。それ以上のことは期待しちゃおりません」

私は、それ以上彼の言うことには耳を貸さずに、彼を観察していた。四十代半ばの男性、肥満体、はげの前兆が顕著。その赤ら顔は高血圧を表している。目は皮下脂肪の中で落ち着きなくさまよっており、それは彼が、その厚かましい態度で見せかけようとしているほどには自分に対して自信がないことを表していた。スーツは窮屈すぎ、シャツもそうだった。ネクタイはゆるめられて、ボタンを外した襟に斜めにぶらさがっていた。ひげはちゃんと剃られていなかった。ワイシャツの襟からはみ出した首にはあちこち剃り残しが見られた。豚の鼻面みたいだと私は思った。

私は眼鏡をかけ、引き出しから紙を一枚取り出して、問診をした。

嫌そうに彼は質問に答えた。質問を繰り返さなくてはならなかったこともあった。そして彼はもういやになって腹を立てた。

「先生、私は眠れないんです。それが私の親と何の関係があるというんですか? 私の頭がおかしいとでも思ってるんですか?」

「医学的な観点から言えば、それもはなから除外するわけにはいきませんね、町長」

「私を怒らせないほうがいいですぞ。頭に来ますな」

「町長、怒らせるつもりはありません。あなたは私がお願いしたわけでもないのに、診察時間においでになった。だったら診察は、私が必要と認めたやり方でやらせてもらいます」

「よろしいでしょう。だが、何のために私の両親や私の家族全員の既往歴が必要なんですかね。ちょっと先生、質問してもよろしいですかな?」

「どうぞ」

「お父さんは何をなさってましたか? 労働者じゃなかったでしょう?」

「父は企業家でした。あなただったら資本家と言うところでしょう」

「まあ私が思っていたのもそんなところですな。先生、それはあなたの遺伝病というところですな。まあ、我々は昔のことをいろいろと言うのが好きなわけじゃないんですよ。自分の両親をえり好みするわけにはいきませんからな」

「そんなところです」

「そうですか、資本家ね。工場でも所有されてたんですかな?」

「ベーガー療養浴場とお聞きになったら、何か思いつかれますか?」

「いいや」

「ベーガーというのは私の父の名前です。ここの療養浴場を建てたんです」

「博愛主義的資本家ってわけですかな?」

「そんなことを言うつもりはありませんよ、町長。博愛主義者ではなかった。儲かる商売だったんですよ。とてもね」

「それは経験しませんでした。崩壊の二年前に死んだんです」

「没収されるまでですな」

「どの崩壊のことですかな、先生？　解放のことをおっしゃってるんですかな？」

「そうですよ、町長。結局崩壊というものはいつでも何かしら解放的なものです。診察を続けてよろしいなら、服を脱いでください」

「もうひとつ質問させてください、先生。そのあなたの眼鏡にかかっとるものは何ですか？　鎖ですか？」

「そう、金の鎖です」

「変わったもんですな。それで何のため？」

「これは眼鏡用の鎖ですよ、町長。これがあると眼鏡をいつでも手元においとけるもので」

「すごい発明ですな。すばらしい。どこで手に入れられたんで？」

「譲り受けたんです」

「どなたから？　いいから教えてくださいよ、先生」

「どうしてお知りになりたいんですか？」

「いいから言ってくださいよ。何ていうことないでしょう？」

「叔母からもらったんです。父の妻から」

「お父さんの奥さん？　じゃああなたのお継母さんでしょう？」

「いいえ、継母ではありません。叔母です」

「ははぁ。まあいずれにしても私の推量は当たってましたな。女ものなんだ。先生、言っておきますが、その金の鎖は女っぽい感じがしますよ。私があなただったらつけませんな」

「あなたは私じゃありません」

「怒らせてしまいましたかな、先生？」

「深く息を吸ってください、そして息を止めて」

「怒ってますね、当たり前ですな。こんなこと言っちゃならんかった。胸の内にとどめておくべきでしたな」

「息をしないで」

「先生、私にはあなたのような学歴がありませんで。八年間しか学校には行ってません。そのあとちょっと講習を受けたくらいのもので。すべてがえらくさっさと、おまけに短縮されましてな。先生、私には洗練された品というものがないんです。あなたの物腰はすばらしいですな」

「町長、喋らないでください。前にかがんで、もっと深く」

「どうしたってんです？　先生、頭のヒューズでもとびましたかな？」

「服を着てもいいですよ」

所見をメモしている間、彼が私の方を見ているのが感じられた。彼は私を挑発したいと思っていた。そしてそれはうまくいった。彼はその短く太った指でシャツをズボンの中に押し込み、満足そうな顔つきで私を見下ろした。

「先生、私の睡眠はどうなんでしょうか。何か見つかりましたか?」

「秘書に言ってゲスリング神父の予約を取ってもらうことですね」

「そりゃ何のことです?」

「あなたは太りすぎです。ダイエットをしないでいると、三、四年は寿命が短くなります。それに加えて、十年以内に卒中を起こす可能性があります。それ以外は問題はありません。まあ、私が助けてさし上げられるような問題は何もないということですね、町長。あなたの睡眠を妨害しているものは、あなたの良心ですね」

「ありがとう、先生、これで安心ですわ。肥満についてはもう諦めてます。それと良心に関しては、あなたがご自分の高慢さと職業的な思い上がりに苦しめられておられる以上には苦しんじゃあおりません」

町長が出ていってしまうとクリスティーネが部屋に入ってきた。ドアのところに立ったままで、私が目を上げるのを待っていた。

「口述をなさいますか、先生?」

「いいや」

「だったら私、台所へまいります」

「いいよ、クリスティーネ」

「どうして、先生、あの人を怒らせたりしたんですか？　いつか必要になることもあるでしょうに」

「あの男が必要となったら、呼んで来てもらうさ。そしてその時も待たせるさ。いつか君にもわかる時が来るよ、クリスティーネ」

マルレーネ

夜、わたしあの人たちのことを夢に見たの、そしたら翌朝来てたわ。わたしは驚かなかった。ママ、わたしには、わたしの夢にはものごとを引き起こす力があるってことがわかってるの。夢はたくさんの悪いことを引き起こすわ、でもたくさんのいいこともね。いいことのときは嬉しい、悪いことのときは泣けてくるわ。でもわたしにはどうすることもできない。夢は勝手にわたしの頭の中にやってくるんだもの。これまでずいぶんと、夢がどこからやってくるのか考えたわ。パパは、中から、わたし自身からやってくるんだって言ってるわ。でもそんなこと信じられない。だってわたし悪いことなんて望んでないもの。神父さんは、神様から来るんだって言ってるわ、そしてヘーデルおばさんもそう言ってる。でもそれもわたしは信じたくないの。わたしの考えだと、夢って森からやって来るのよ。暗くなると飛び立って、わたしの頭の中に入り込もうとするの。そしてそうなるとわたしいろんな夢を見てしまうの。そして、そのとおりになるのよ。わたしの見る夢って、前もって地上に降りてわたしにものごとを予告する影なのよ。いいことも、悪いことも。

ママのときもそうだった。ママのことを思って泣いたんだわ、わたし。ママ、でもママはわかってくれなかった。夢にうなされてわたしが怖がっているんだって思ったんだわ。そして自分が隠れりゃよかったのに、わたしをなだめて、そしてわたしを地下室に隠したんだわ。何てばかなの、ママ。わたしの言うことを聞かなくて、そしてだからわたしが夢で見たとおりになったんだわ。そしてわたしは地下室で暮らさなくちゃならなかった、そして今パパとふたりきり。

まだわたしがいて、パパはとてもラッキーよ。もっとちゃんと守ってやるつもりよ。そしてママ、もうママのことを思って泣くこともないわね。夢で、もうママも痛がっていないってわかったんだもの。ママが今は幸せだってことが。わたしのかわいそうな、おばかさんのママ、どうしてわかってくれなかったんだろうね。

ジプシーの夢を見たわ、そしたら翌朝、中庭に水をまいてお庭に私のお布団を広げていたとき、ナナカマドの木がたくさん植わっているテーア通りを、ジプシーの列が町へと入っていってたの。馬たちが見えたわ、犬たちも年寄りのポニーも、それに山羊たちも。わたし、ジプシーたちに手を振ったわ。わたしが心待ちにしてたことを言いたくて、合図を送ったの。一日中わたし嬉しかった、そして笑ってたわ。ジプシーが町にいるとすてきよ。みんながわたしのお友達だし、家来だし。うちにやってくるわ。わたしにお姫様って言うの、わたしに遠い国々の高価な贈り物を持ってきてひざまずくの。そしてカルロスはわたしのお婿さんになるんだわ、わたしが選んだんだもの。

このこと言っちゃいけないんだったわ。わたしにはわかっているし、笑っちゃうわ。わたしの頭がおかしいって言うんだわ、でもそれ、本当じゃないわよ、ママ。あの人たちの言うことを信じちゃだめよ。そんなことを言うのはただ、口で言えることよりずっとたくさんのことがわたしには見えていて、そして知っているからなのよ。お日様が地球に漂い降りてきて、そして森が光り始めるとき、いったいわたしに何が言えて？　わたしの花たちが開いて、わたしに挨拶を送ってくるとき何が言えて？　手で指し示すくらいじゃ足らないっていうの？　でもパパだけはわたしのことをわかってくれようとしている。そんなときはわたしの横に立ってくれるの、そしてふたりして見ていてそして何も言わないでいるの。いろんなもののことがパパにはわたしと同じくらいちゃんとわかるの。それらが何を言おうとしているのか、わたしと同じようにパパにはわかってる。

それとヘーデルおばさんもわかってる。おばさんは、わたしの頭がいかれているなんてことは言わない。お客があると、わたしを連れに来ることさえあるわ。夢のお告げを教えてあげられるのはわたしだけだから。おばさんはわたしの言うことに満足すると、お金をくれるわ、そして優しくうなずいてくれる。そのお金でわたしは家来たちにごほうびをあげるの、そしてお店のカウンターの横にあるガラス玉の中のキャンディーを買うの。

みんなはわたしの頭がおかしいなんて言うのよ。笑っちゃうわ、ママ。

夢が言ってたわ、頭がおかしいのはわたしじゃなく、あの人たちの方だって。ほかの人たちに見えなくてわからないことが、わたしには見えてわかっているんだって、夢が言ってたわ。だからみんなは怒っていて、わたしのことを笑いものにして、そしてわたしの頭がおかしいなんて言うのよ。わたしの夢の言うことだと、いつかこんな人たちも、わたしに見えているものが見えるようになるんですって。そうなったらみんな自分を恥じて、わたしの家来たちみたいにひざまずいて、わたしをお姫様にするんだわ。そうなったらわたしはパパだけのお姫様じゃなくて、わたしのあとをついてきてわたしの頭がおかしいなんて叫ぶ頭のおかしい人たちみんなのお姫様になるんだわ。あの人たち長いことおかしな頭のままでいなくちゃならないから、かわいそう。わたし、夢にお願いをしたの、あの人たちをばかなままにしておかないで助けてやってって。でも夢は、我慢しなくちゃいけないって言ったの。いつかその日は来るんだわ。それまでわたし我慢するわ。何か尋ねられたら、自分が知ってることを忘れることにするわ、そしてみんなと同じような返事をしてやるの。そうしたらがっかりして言うんだわ、とうとうわたしが正気に戻ったってね。愉快だわね、笑っちゃうわ。みんな何にも知らないいんだから。

ああママ、どうしてママはわたしを地下室なんかに閉じこめたの。ママを守ってやれたのに。おばかさんで頭がおかしくなってたのね。でももうわたしに見えてるものがわかるでしょう。わたしをお姫様にしようとしてあの人たちがわたしを連れに来たとき、ママはわたしを地下室に閉じこめたわね。ママ頭がおかしいから、わたしが見つからなかったら自分がお姫様になれるって思ったのよね。かわいそうなおばかさん、おばかさんのママ。もうだれもわたしを地下室に閉じこめることはできないわ。自分たちのお姫様に挨拶をしにわたしの家来たちがやってきたんですもの。

クルシュカッツ

水曜日、私が最初の町議会を開いた日の朝、荷物の中にひとつだけ持っていたかみそりの刃が欠けた。会議は朝の八時と決めていたから、新しいのを買うことは不可能だった。指の傷に絆創膏を貼り、髭を剃らないで町役場に出かけた。私はコーヒーを作らせ、プチパンを持ってこさせて、デスクの後ろに腰を下ろすと、協議すべきポイントのひとつひとつをもう一度じっくり考えた。私が失敗をすることを彼らが心待ちにしていることがわかっていたし、もしひょっとして私が失敗をしなかったら、私をひっかけようとすることだろう。彼らがそんなことを望むのは、すかさず私の言ったことを訂正することができるからである。彼らに自信を与え、私から信頼性を奪うことになる指摘。何の意味もない遊びである。古いにわとり小屋の糞を新しいにわとりになすりつけるようなことだ。彼らは、新任町議会議員クルシュカッツが登場した時に、それがうまくいかなかったことを忘れている。彼らは新任町長クルシュカッツに対しても何の邪魔だてもできるはずがない。

あいつらは知らないが、私は叩き上げだ。たいへんな叩き上げなのだ。役所仕事なんてものは言わば生まれた時からのつきあいみたいなものなのだ。下っ端から始めた、一番下っ端から。そして一段一段階段を上らなくてはならなかった。助けになってくれるようなつながりもなかったし、りっぱな父親とか影響力豊かな伯父なんてものもいなかった。しかし私は一度も失策を犯さなかったし、これまで一度たりとも同じ段を再度踏まなくてはならないようなことはなかった。

当時私には、小さな田舎町の町長になることが自分にとっていいことなのかどうかわからなかった。それが袋小路の始まりなのか、私の階段の終わりなのか判断がつかなかった。あの当時は私にとってそれは単にひとつの新しい階段でしかなかった。そしてそれを、それまですべての階段をよじ登ってきたように、自信に満ちて失敗なく上っていきたいと思った。私には彼らが私に挑んでくるだろうということはわかっていたし、私が相手であれば彼らには勝ち目はないと、自信を持っていた。

ぴったり八時二分過ぎに私は会議室に入った。板張りの、三百年の歴史を誇るホールである。テーブルを回り、一人一人と握手をして、巨大で座り心地の悪い町長用の椅子に腰を下ろした。書類を前においてぱらぱらとめくった。頃合いだと思った時、私は後ろにもたれかかり、目を閉じてこめかみを揉んだ。彼らが私の挨拶を待っていることはわかっていた。私の新しい役目やそれをどんなふうに果たすつもりであるかについてのちょっとした、誇らしげでそして高尚な響きのする言葉を待っているのだった。

彼らをがっかりさせたくはなかった。私は両手をテーブルの角において立ち上がり、全員を順繰りに眺めて、低くそしてほとんど懇願するような声で言った。「今日の、そしてこれからのすべての会議において喫煙は差し控えていただきたい」

それから私は、横に座っているバッハオーフェンに議事日程の最初の議題について説明してくれるように頼んだ。バッハオーフェンもしっかりと準備を整えていた。自信に満ちて彼は大きな声で落ち着いて発言した。新米の私だからひょっとしたらわからないかもしれないと思われる事情については時折説明を加えることも忘れなかった。書類を閉じる時、彼は私が了承して頷くことを期待して、こちらを見た。無意識のうちに彼はすでに私を受け入れていた。

私は彼に微笑みかけた。「極めて結構でした。もうひとつお願いを付け加えたいのですが。シュネーベルガーが職を解かれた理由については、みなさんもよくご存じです。あなた方は彼の過失を防ぐことができませんでした。そのことを非難しようというわけではありません。しかし私たちは彼を勝手に祭り上げることはやるべきではありません。つまり、シュネーベルガーという名前を出すのは必要な時だけにして、それ以外の場合は、今さらながらの好感を彼に示したりして彼を引き合いに出すようなことはしてはならないと存じます。それから話は変わりますが、会議はこれからも九時に始めることにします。今日は一時間繰り上げましたが、それは私が昼に妻を駅まで迎えに行くことになっているからでした。バッハオーフェン同志の詳しい説明について何か発言がありますか?」

こう口にしたのはまだ八時二十分頃であったが、うまくこなせたことがわかっていた。私は満足だったし、長く充実した一日のあとのように疲れていた。あまりぱっとしない演出にかけたささやかな努力が、これからの年月でもとをとることになるとわかっていた。見込み違いにはならないはずだった。

駅は郊外にあった。黄色い硬質レンガでできた大きな建物で、泡沫会社乱立時代（普仏戦争勝利による利益をもとにした未曾有の会社設立ブーム時代 一八七一年～一八七三年）の華麗な記念碑だった。重たいドアと天井の高いホール、際立つクリスタルシャンデリアのイミテーションがあり、そして、ホール内部の床やプラットホームへのつば吐きを禁じて衛生を呼びかけるおびただしい数のほうろう板があった。四つある出札窓口のうち三つは閉まっており、たまったほこりが、もう何年間もそこが閉まったままであることを物語っていた。この駅舎にはおそらくバート・グルデンベルクの全住民を収容できるだろう。教会よりも広々としていた。それは何十年も前に、この地方の大きな希望、繁栄への希望の記念碑としてこれほどの規模で建てられたものだった。しかし、療養温泉の将来の発展への見通しはあまりに甘かった。それ以降壮大に膨れあがった様々の計画は、経済恐慌と戦争のために、経費節減され、あるいは焼失した廃墟となって無に帰してしまったが、その時もこの駅舎は無傷だった。それ以来それは余計なものとして、そして、満たされることなくあせてしまった希望を表す灰色の記念碑として建っているのである。

列車から降り、私と挨拶を交わすとイレーネはプラットホームを見渡し、出札ホールを眺め、これからの年月を暮らすことになる小さな町の遙かな家々へと目をやった。微笑んでいたが、その目は潤んでいた。その髪に口づけをして私は耳元で囁いた。「約束するよ」

一瞬妻は驚きうろたえた目で私を見、そして微笑んでくれた。数日前に彼女が電話で頼んできたこと、つまり、ここには骨を埋めたくないというその希望を私がこうして約束していることを理解したのだった。

私はトランクを妻から受け取り、一緒に町まで歩いていった。何も話さずに歩いていった。気がつくと、まるでこの新しい世界を、それが消え去ることのないようにしっかりと刻み込もうとするかのように、妻は目を大きく見開いて周りを注意深く観察していた。私は約束をちゃんと守ろうと心の中で誓った。十七年前に結婚し、今も昔と同じように私が求めてやまない妻だった。こんな女性を、馴れ親しんで愛着を抱いている故郷から遠く離して、小さな田舎町でその余生を過ごさせるなどということはしたくなかった。

十五年後、私たちはあいかわらずこの小都市に住んではいたが、イレーネはライプツィヒに連れて戻らなくてはならなかった。そこの県立病院に三ヶ月間妻は入院し、そして結局は、哀れで痛ましい死を迎えた。癌に蝕まれていたのだった。死んだ時、彼女は六歳児ほどの体重しかなかった。私が予想し希望したものとは異なっていたが、妻への約束は果たした。イレーネは自分の故郷の町で死に、そこに埋葬された。私に残されたそれからの人生の期間、私は彼女の死から解放されることはなかった。イレーネの死後ほどにこの世で罪を感じたことはない。果てしない孤独がいつ終わるとも知れず続く時間の中で私は罪の償いを求めている。神のようなものが実際にいて、自分の死後にはその前に進み出て、それまでの自分がやったこと、考えたこと、言ったことの弁明をしなければならないのだとしたら、私はもう今から知りたくてたまらない、神が私を前にして何と言って申し開きをしようとするのか。しかしひょっとしたら死んでしまったら寛大な気持ちになってしまうのかもしれない。そして神が私にしたことの申し開きなどは言葉にならないだろうから、私はそのような面倒を省いてやろうとして、神の玉座と顔を前にしてさえ神を否定することだろう。

しかし、イレーネを駅に迎えに行き、彼女が、私が町長として取り仕切ることになっているこの町を初めて目にした時、二人のうちのどちらもまだ彼女の痛ましく、緩慢な死など予感してはいなかった。二人とも相手よりも長生きしないでいいようになることを心の中で望んでいた。

私は彼女に家を見せ、その部屋を気に入ってもらえてうれしかった。何でもかんでも好きなように設えることができるように、そして私の援助に頼らないでいいように、たくさんの金を渡した。私は毎日、そして晩遅くまで町役場の仕事に追われていたから。

三年後、小学校の男の子たちが森で死んだホルンを見つけた。バッハオーフェンは、この死体が私の命取りになることを望んだ。そして数多くの手紙を書きまくった。結果的にはたくさん書きすぎて、墓穴を掘ってしまった。私はそれでも死んだホルンと、陰謀家で愚かしいバッハオーフェンを乗り越えてグルデンベルクの町長であり続けた。計十九年間も。とはいえ、死んだホルンは高いものについた。妻を支払わなくてはならなかった。私はイレーネを失ったのだ。癌で死ぬずっと前から、彼女は私から離れていっていた。

いつのことだったか、あの問題の多かった夏のあとの十月の夜、私はベッドで妻のそばに横になり、撫でながら、求めた。すると突然妻は起きあがり、ナイトテーブルの小さな明かりをつけて、何も言わずに私の方を見た。そして私が、彼女のやけに探るような目つきに耐えきれなくなってついに、どうしたのかと尋ねると、妻は平然とした声でこう言った。

「こんなことがありうるなんてこれまでとても思えなかったけれど、でも私、あなたには吐き気がするの」

その言葉以上に私をぎょっとさせたのはその目の決然とした冷たさだった。妻のことはわかっているつもりでいたが、彼女が私から永遠に立ち去ったことを理解できたのはずっとあとになってからのことだった。それ以後も私たちは一緒に暮らし、妻は私とベッドをともにするのを拒まなかった。私は彼女のことを同じように愛し続けたが、私の優しさに対して妻は怪訝そうな目つきで答え、そして私の肉体的な欲望と情熱的な抱擁を気乗りすることなく耐えていた。私は彼女を愛した。しかし私の愛情は妻には迷惑だった。疲れ果てて彼女から体を離しても私には安らぎはなく、絶望していた。夜の静かなざわめきがひりひりするまぶたとからからの口を通って押し入って来て、私を眠らせなかった。私に対する同情も見せず、手の届かない遠くにいる妻のそばに横たわりながら私は、自分自身に吐き気を感じ始めていた。

ゲルトルーデ・フィシュリンガー

暑い夏でした。七月に私はまた静脈炎を患いましたが、店を閉めることもできず、一日中カウンターの後ろに立っていなくてはなりませんでしたから、まもなく脚が血栓症になりました。ちょっとでも暇ができると脚を高くしていましたが、痛くてほとんど歩けない状態でした。晩は湿布をして、脚をソファベッドに載せてテーブルにつき、その日ブリキ缶の中にためておいた食料品チケットを役所の決算シートに貼り付けました。

夜も半分は眠れずにベッドに横になっていました。パウルの心配がなくなると今度は脚の痛みが襲ってきて、眠れませんでした。医者に行くことはしませんでした。何と言われるかはわかっていましたし、私の代わりに誰に店に立ってもらえばいいかは言ってはくれないともわかっていましたから。パウルに頼むわけにはいきませんでした。もう夏休みでしたし、息子は大人ほどに大きくなってはいましたが、一人で店におこうものなら、店のものを盗むに決まっていました。ですから私は毎日ぱんぱんに膨らんだ脚で店に立ちました。息子からまでそんな侮辱を受けたくはありませんでしたから。

静脈炎には慣れていました。結婚式の夜も膨らんだ血管をしていました。私は不安でしたし、脚が痛み、そしてお酒で気分が悪くなっていました。でも、夫はそんな私のことなど構ってくれませんでした。

「俺たちの結婚初夜だな」と言っただけでした。

ベールを私から取りました。私は服を脱がなくてはなりませんでした。すると夫はその、とてもきれいで高価なベールを私の頭から足先まで広げてかぶせて、上に乗りかかってきました。

翌朝破れて血の付いたベールを見ると夫はにたっとして言いました。「おまえはこれまでで一番歳の行った処女だったな。だが遅くったって処女のままよりはましだぞ」

その二日後私はそのベールを、友達のユリアーネのお母さんのところに返しに行きました。彼女はそれを広げると、破れと、それを縫って繕おうとした私の不器用な努力のあとに気づき、そして見落としようもなく、私の血のうっすらとした痕を見ました。それは何度洗っても何度漂白しても消えませんでした。そして軽蔑に満ちた目で、黙って私を見つめました。血管の中で血が凍りつきました。ユリアーネのお母さんは何も言わずにそしてとてもゆっくりとベールを折り畳みました。私の苦痛と恥辱の烙印を上にして見えるように、そしてそれが私の目を射るようなかっこうで彼女は畳みました。それから彼女はその畳んだベールを撫でて平らにしていましたが、その指がベールの真新しいあばたに触れないように注意を払っていました。

「どうか許してください」と私は言いました。

彼女は私を見つめました。とても薄い唇をしていました。それから彼女は後ろを向き、ベールを持って部屋を出ていきました。私は逃げるようにして通りに出ました。

妊娠五ヶ月の頃から、だんだんと夫は家に寄りつかなくなりました。夫を家に留めておくためにどうしたらいいのかわかりませんでした。パウルが生まれる前に夫は若い女のいるミューレン通りに越していきました。私が一番いやだったのは、夫と暮らしているその女が私の店に買い物に来ること、そして夫を怒らせるのが怖くて私には、その女を叩き出すことができないことでした。

パウルが四歳だった時、夫は女と一緒に別の町に引っ越しました。私が頼み込んだのです。こんな小さな町では、夫が家に寄りつかず、子供に会おうともせずに、そしてみんなの目に触れるところで若いきれいな女と住んでいるなどということでは、暮らしていきにくいのです。夫とその女をほとんど毎日目にすることにはもう耐えられない、お客たちの厚かましい好奇心や偽善的な同情があると息が詰まってしまうからと、夫にこの町を出ていくように頼んだのです。私は夫にそう頼み、そして夫はそれを承諾しました。私宛てに支給される息子の扶養手当は要らないからと言ったからです。あの、夫がとうとう永遠に出ていった年ほどに、幸福感に満たされて、絶望したことはありません。あんなに安堵してシーツに突っ伏して大声で泣いたことはありません。それから夫に会ったのはただの一度しかありません。私からも夫からも離婚の申請を出しておりませんから法的には今でも夫婦ではありますが。どうして夫が申請を出さないのか、わかりません。私の方から言えば、離婚しなくてはならない理由はありませんでした。もう夫に会わなくていいのでほっとしました。それだけです。ひょっとしたらもう死んでいるかも知れません。私は知りません。

あの頃、私の友達ができる限りの援助をしてくれました。ユリアーネは結婚をしていませんでしたた。ゲスリング神父の家で家政婦をしていました。家事をとりしきり、病気がちな神父の面倒を見ていました。神父は、若い頃宣教師として赤道地帯の国々で働いたことがあり、それ以来しばしばぶり返す黄熱病の発作に襲われていたのです。発作が起きるといつも一日中ベッドを離れられませんでした。

ユーレ（ユリアーネの愛称）はとても助けになってくれました。時には二時間も三時間も私の店に立ってくれました。そのような時、私は奥の部屋の寝椅子に横になって、開いたドア越しに彼女に、尋ねられた商品がどこにあるのか、大声で教えました。お客がいない時は、私のいる奥にやってきて、コーヒーを飲んだりおしゃべりをしたりしました。

口さがない人たちは彼女に対しても容赦ありませんでした。ずいぶん彼女も悩まされていました。でも自分自身の評判よりは神父さんのことの方を気にかけていました。彼のことを尊敬し、まるで聖者ででもあるかのように思っていました。ゲスリング神父と自分のことについて口にされる誹謗をユーレが気に病んだのはただ神父のためだけでした。ユーレが、自分はそんなことしやしないわと言ったのを聞いた覚えが私はありません。いつでも彼女に言わせるとこうでした。そんなことを言う人は神父様のことを知らないのよ。

神父のことに関してはちょっとユーレは極端でした。でも彼女は心の清らかな人間で、私の親友でした。この世で彼女ほどに私のためにやってくれた人間はいません。母より、夫より、息子より、誰よりも。そしてもちろんホルンさんなんかよりも。

ホルンさんはユーレに言わせると悪霊に取り憑かれた人間でした。彼に会うと彼女は、怪訝そうに、きっと冷めた目をちょっと細めて観察していました。彼が一緒にいると彼女は何も口をききませんでした。ホルンさんがユーレに話しかけることはありませんでしたので話す必要もありませんでした。彼が部屋を出ていくと、その出ていったドアを険しい目つきで見つめていました。そして私の方に向き直り、いつも同じ警告をしました。「あれは幸せな人間じゃないわよ、トルーデ（ゲルトルーデの愛称）。気をつけなさい、あんな男はほかの人間まで不幸にするんだから」

私は笑い飛ばしました。ホルンさんが不幸な人間だということは私にもわかっていましたし、あの人とともに幸福が家に舞い込んだわけではないということもわかっていました。でも、どうやったらあの人がこれ以上私を不幸にするなんてことがあるのか想像がつきませんでした。それでもユリアーネの予言は私を不安な気持ちにしました。

彼女は正しかった、今だったら私はそう言うことでしょう。今、こんなに年月が経ってしまってから。

ホルンさんの埋葬の二週間前、裁判所命令による彼の部屋への立ち入り禁止が解かれました。ようやく私は再び誰にも邪魔されずに、また、私にとってはほとんど透明みたいだった客に遠慮することもなく、自分の家の中を歩き回れるようになりました。

役所の封印が外されたあとユーレが最初にその部屋に足を踏み入れました。磁器の皿の上で香木を焚き、祈祷をしました。私は彼女に言われるままに敷居の前に立って黙って彼女を見ていました。香木が燃え尽きると窓を二つとも開けて、入ってもいいと私に言いました。

「悪霊にはこれが効くのよ」と彼女は、あっけにとられている私の目を見て言いました。

「これはもうキリスト教じゃないわよ、ユーレ。これって迷信そのものじゃないの」と私は彼女に釘を刺しました。「こんな妖術のことを知ったらあなたの神父様は何ておっしゃるかしら」

ユリアーネは皿を手にとって台所に持っていきました。それから古い黒マントを羽織り、買い物バッグを摑んで私の前に立ちました。有無を言わさぬいつもの尊大な押しの強い調子でこう答えました。「あなたのためなのよ、トルーデ。不幸な死者の重たい思いは、平安のうちにあの世に行った人間の喜びすべてよりももっと長くこの世に残ってしまうものなの」

それから彼女は自分と私のために十字を切り、満足して私に頷きかけて家を出ていきました。

第三章

つづけろ、坊主。

あなたにはびっくりしました。あの時。あなたを発見した時。

そうさな、生きるってことはぞっとするものだ。

あれは生きるってことじゃありません。あなたの死んだ様子です。

そうだ、死もぞっとする。

あなたはまったく様子が変わっていました。あなたの舌、あなたの唇……

何てことはないさ。ありゃ単なる終わりにすぎん。

あのありさまが忘れられないんです。森の中のあなたが……

そんなのは些末なことだ。これまでに何があった？

いろんなことがありました。時間が経ちました。ほかの人間たちが来て、ほかの町々が……

俺にとっては何も変わっちゃいない。起こったことはそのままに残っている。毎日毎日俺はそれを
　体験している。いつも同じできごと、いつも同じ会話。

でも僕は昔と同じじゃないんです。もうじき老人です。

坊主、おまえは忘れてはいかん。おまえが俺を忘れると、その時はじめて俺は本当に死んでしまう。

　だがそうなると地獄が死者たちを起こすことになる。

僕にどうしてほしいんですか？　知ってることは何でも言いました。

坊主、俺が生きているのはおまえの記憶の中だけなんだ。頑張ってくれ、お願いだ。

その一年前、休み中に、初めて一人でブルクに行ったことがある。昼ご飯のあと、母さんが僕と弟にその日の午後の指図を切り出す前に、僕は中庭を越えて外へ走り出た。指図とはスグリ摘みのことだとわかっていた。母さんは庭に幾列にもわたって果樹を植えていた。学校が長期休暇の時は時折母さんの手伝いをして、木の実をすっかり摘んでしまわなければならなかった。ほこりっぽい灌木の間に腰を下ろし、腕と顔にひっかき傷を作り、ぶすっとしながら小さな房をもいでいる時、とりわけ腹が立ったのは、毎年春になると瓶詰めの中身をコップ何杯分も、もう発酵してしまっているからといって、にわとりのえさにまかなければならないということだった。それなのに母さんは何度でも繰り返し、僕らが食べきれるよりもずっとたくさんの量を煮て瓶詰めにするのだった。文句を言っても、「冬のための備えをしとかなくちゃいけないのよ」と言うだけだった。

晩に何と言ったらいいのか、何と言って謝ることができるかわからないまま、僕は逃げ出した。こうやって手に入れることのできた午後の時間をどう使ったらいいのかわからないまま、僕は逃げ出した。できるなら、ベッドに横になって本でも読んでいるのが一番だった。でも自分の部屋には行けなかった。そこはまず最初に探されるところだし、そうなるとまた母さんと庭に出なくてはならないことになる。

気乗りもせず僕は町の外に出た。町名表示板のところに二、三本のキノコを見つけた。小さくて匂い立つマッシュルームだったが、二、三歩行ったところで道の側溝に投げ捨てた。どうせ晩には罰を受けるだろうし、二、三個のキノコで母さんをなだめようとしたって意味のないことだった。

壊れた堡塁の石を越えてアカヤマアリが這っていった。脚の長いクモは、僕が息を吹きかけたり、小枝で触ったりすると、驚いて、草の間に急いで隠れて見えなくなった。そしてトカゲが何匹かひなたぼっこをしていた。トカゲだ。僕のクラスのほとんどの男の子はいくつもトカゲのしっぽを持っていた。とても簡単に取れると言っていた。それにしっぽをなくしてもトカゲは何ともない、ということだった。トカゲは簡単にしっぽを切り離すことができて、すぐにまた新しいのが生えてくるということだった。この玉虫色の爬虫類の、干からびて、灰色をしたあの部分をもらえるんだったら僕はずいぶん奮発して代わりのものをあげることだろう。ある友達なんて、一匹のトカゲを捕まえたら、一日に三本のしっぽを切り取ることができたなんて言っていた。それくらい早くあとが生えてくるらしい。

僕はその石ににじり寄って、トカゲが頭を横に向けるのを待った。そして飛びかかった。だけどその金緑色の小動物は素早く身を隠した。触ることすらできなかった。がっかりしてほっとした。しっぽを切り落としたらトカゲが叫び声を上げるんじゃないかと思って怖かったのだ。そうでなかったら、小刻みに震える触角みたいな舌のついた小さな口を僕の方に向けて、フゥーッと唸るんじゃないかと思えた。

太陽はまだ高く、もらうに決まっている罰をわざわざ早めに受けるために、夕方の鐘の鳴る前に家に帰るのも気が進まなかったので、崩れた堡塁の跡の、苔の生えたいくつもの大きな石の塊を越えて、ブルクへと登っていった。毒蛇が棲んでいるとパウルが言っている干上がった堀の手前で僕は、城門へ続く道にはい上がった。

ブルクは古い要塞で、そこには監視塔や大きな邸、たくさんの家畜小屋や使えなくなったつるべ井戸があった。そこに通じているのは、カーブの多い一本の道だけだった。道は城門の前の小さな跳ね橋で終わっていた。跳ね橋は壊れており、鉄の支柱は錆だらけで、鎖はなくなっていた。邸の中には戦後、幼稚園が設置されたが、間もなく別のところに移さなくてはならなくなった。一メートルもありそうなぶ厚い壁が湿っており、冬には部屋の暖房が効かなかったからである。それ以来ここは博物館にされた。二階にある、壁が板張りになった大きな部屋は、祝祭の集まりの時に使われるだけで、ほとんど閉まっていた。それ以外のすべての部屋には博物館のガラス棚と陳列箱がおいてあった。

一度僕は父さんと弟と一緒にブルクに行ったことがある。三人でガラスの前に立って、自分が退屈していたことを覚えている。ガラスの向こうには石や、古くて素朴な道具類があった。父さんは眼鏡を額の上にずり上げて、瞬きしながらそこに貼られた説明を僕らのために読んでくれた。それから腰を伸ばして、眼鏡に添えていた親指を外すと、それは滑って鼻に戻った。そして僕らに、ちゃんとわかったかい、と尋ねた。返事をゆっくり待つこともなく、父さんは全部を詳しく説明し始めるのだった。

あの黄色がかったガラス玉の目が思い出される。模倣して作られた原野の風景の中にキツネとアナグマの剥製がおいてあった。その動物たちはじっと同じ姿勢のままで、走っていたり、跳んでいたり、座っていたりした。未来永劫にわたる宣告を受けて、無理なひとつの動きを保っていた。そこにはめ込まれたガラスの目はすべてが同じ色で同じ大きさで、虹彩は琥珀のように明るい色だった。まぶたのうしろでガラスの目が飛び出ていた。どこに行ってもそれが僕を追ってきて僕を見つめるのだった。この、あらゆる生命を抜き取られた目は、じっと見つめないではいられないものだった。たとえそれに背を向けて部屋を出ていこうとしても、僕の背中を刺してきた。だから、そこから発せられる危険性、この名付けようもない脅迫に対して、無防備に身を晒しているのが怖くて、急いで僕は頭をそっちに向けるのだった。その日以来このガラスの目は僕にとって不吉きわまる死の印となった。学校にある骸骨よりも恐ろしかった。骸骨などは、およそ人間らしくない姿形で、ぎょっとさせられるというよりはこっけいに思えた。父さんの美術叢書の中における死の描写も僕にはもっとなじめるもので、朗らかなものだった。太った赤ら顔の娘と踊るにやにや笑いの骸骨たち、疾走する馬車の上に御者の若者みたいに無鉄砲にまたがっている風通しのいい骸骨、うらやましくなるような珍しい武器や楽器のコレクションを持った、今にも壊れてしまいそうな放浪者たち。

死人を初めて目にした時もこんなには怖くなかった。棺台に安置されていて、僕が意を決してその顔をまじまじと見た時、それは、じっとそこに横になっていて、生きている時よりも小さくて、傷んだ喉の周りに黒い絹のショールが巻いてありはしたけど、それは、僕が一緒に話をしたことのある、なじみの顔だった。僕をおびえさせたのはただ、触ってはいけないと言われているということだけだった。それは、何か取り戻せないものが自分の人生から失われ、何か手の届かない異質のものの前に自分が立っていると僕に感じさせるものだった。でもその死人を見て不安を感じることはなかった。父さんの横について僕は臆することなく、その死人を見ようと近づいていった。その顔は生きている時よりも腫れていてしみが多かったが、声をかけることができそうだった。これとは違ってあの動物ミイラの光った目は、生きているように見せかけようとしており、そしてどんなに技巧を凝らしているとはいっても、魂が抜け、死んでしまったものとしての目を僕に凝らしており、それは致命的な威嚇を放っていた。

その博物館見学の折、僕はホルンさんと知り合った。髪の毛の薄くなった四十歳くらいの男の人が、小さな、人目につかないドアから入ってきて、そのドアに鍵をかけ、見物客を眺めわたし、そして父さんの方へやってきた。父さんがとても大きな声でホルンさんと話すものだから、ほかの人たちが僕らの方へ向き直った。ホルンさんは言葉少なに受け答えしていた。困っているみたいだった。父さんは僕を紹介したが、その時、右手で僕の頭をいきなりぐいっと押さえつけた。それから目で弟を探した。弟も呼ばれてやはりホルンさんに手を差し出し、頭を押さえられなくてはならなかった。

先に進んで行きながら父さんは、ホルンさんは数ヶ月前からこの博物館の館長をしているのだと話してくれた。ライプツィヒからやってきたのだが、そこでは重要なポストを放棄しなくてはならなかったということだった。

「暗い話だよ」と父さんは不服そうにつぶやいた。「政治的な意味合いの、ね」

それから父さんは弟をつついて言った。「ガラスを汚すんじゃない」

そして今、こうして僕は一人でブルクにやってきた。入場券を買って、塔のらせん階段を上った。最上階の見張り台には一メートルもあるかと思われる厚い壁に等間隔で細い穴が開けられていた。この眺望の利く深い窪みはあとからガラス張りにされていた。プレートが貼ってあって、歴史に関するデータが書かれていた。僕は町を、そして教会の塔まで押し寄せている青みがかった赤や黄色の瓦屋根を眼下に眺めた。人影の失せた中央広場に目を凝らし、カーブした道の流れを目で追った。そして微笑みを浮かべながら、この町の破壊を思った。かつて敵に対して鋼鉄の矢や石の砲弾や焼けたタールを浴びせかけたこの古い要塞から下を見ていると、このような考えが突飛でもない、そして解放的なものに思われた。

僕は誰かを殺したいわけでも傷つけたいわけでもなかった。ただこの町を、そしてこれまでの自分の十一年間のひどい年月をこの身から完全に振り払いたかった。それらを忘れ、つぶしたかった。そんなものなどなかったかのように根底から。この町が、そして僕の子供時代がいつまでも自分にくっついていて、それを消し去ることができないことが怖かった。今の僕の生活、それはただひたすらに準備段階で、これからの、本当の生活のための入場券と感じているものだった。鷲のように上っていくんだ、舞上っていくんだ、どんどん、どんどん高く。大人になってやる、これほどに僕が強く望んだものはない。もうこれ以上あれやこれやの決まりを守るのはいやだった。こせこせした、果てしのない義務、子供がやらなくちゃいけないと言われることごと。これ以上肝試しや男らしさの証明やらをやらされるのはもういやだった。たいていうまくいかないし、笑いものになるだけだったし。そんなことはみんないやでたまらなかった。子供時代は人生の中で一番美しい時期だなんて聞きたくもなかった。ぞっとするようなこの寄る辺なさ、あちこちに突き飛ばされるこのあり方、夢の中にまで入り込んで僕を悩ませるこの従属性。それらのことを大人たちはみんな懐かしく思っている、なんてことはもう聞きたくもなかった。自分一人で自分のことを勝手に決めることができるようになるために、大人になりたかった。何かをしたり言ったりしても、その根拠を挙げたり、ごめんなさいと言ったりしなくてもいいように、すぐに釈明を求められたりしないでいいようになりたかった。自分のこれからの本当の人生が、すばらしいものになること、自分が自身でもびっくりするようなものになることを僕は固く信じていた。この町を出ていく、出ていって忘れてしまう。そして、それと一緒にこれまで与えられたあらゆる侮辱や屈辱を忘れてしまうんだ。ようやくちゃんと生きるために、出ていくんだ。

見張り台に通じるドアが開いた。ホルンさんが入ってきた。ガラスケースのところに行き、それを開けてひとつの円盤状の破片を横にずらした。用心深く自分の上着の内ポケットから、古さで黒ずんだ金属の破片をひとつ取り出して、展示されている陶器のかけらの間におき、ケースの中のほかの展示品をずらして、新しくできあがった配列を入念に観察した。そしてそのケースに鍵をかけた。頭をハゲタカみたいに前にかしげてホルンさんはそのケースの周りを回った。両手は上着のポケットに突っ込んでいた。僕の方に向き直って言った。「周りを見てごらん。すべてがすごく古いだろう。嘘を受けつけないくらいに古いんだ」

ホルンさんは手で、よくわからない、円を描くような動きをした。それからまたむこうを向いて、指の関節で板ガラスの一枚を軽く叩いた。「石が二、三個に、かけらが二、三個だ。だけどこれらは真実なんだ。ささいなことじゃないんだよ、坊や」

僕はおろおろして頷いた。「放課後になったら僕もここで働きたいです」

口はからからで声はしゃがれていた。どうして自分が嘘なんてついたのかわからなかった。これまで生きてきて、ほこりだらけの博物館の中を引っかき回したり、何てことはないような割れた陶器の破片を整理したり、黄ばんだ書類をめくったりすることなどは一度だって考えたことはなかった。頭に血が上るのを感じた。舌はざらざらだった。

「そうかい?」とホルンさんは信じられないというような顔をして尋ねた。「ほんとうに?」

眉をひそめてそう言った。

「はい」と僕はさらに嘘をつき、しっかりと頷いた。信じてもらいたかったし、同時に自分の嘘に対する自分の驚きと恥ずかしさを押さえつけたかった。

「またどうして博物館なんかに入り込んだりしようと思うんだい、坊や。死んだ人たちと何の関係があるってんだい?」

何と返事をしていいかわからなかった。自分の嘘でホルンさんの気持ちが穏やかになることを期待していた。それなのに彼は怒っているようだった。

「ここはとっても面白いんです」と口ごもりながら僕は言った。

ホルンさんは僕を見つめていた。あごが動いたが、何も言わなかった。ただ人差し指で合図をした。それで僕は彼のあとについて行った。曲がりくねった塔の階段を降りて中央棟へ渡った。びくびくしながらその背中を見つめていた。父さんのことを考え、今晩父さんにどんな話をしたらいいだろうかと考えていた。そして自分がどうして理由もなくホルンさんに嘘などついてしまったのか考えていた。

執務室で椅子に座るように言われた。ホルンさんは差し向かいに腰掛けて、学校のことや両親のことを尋ねた。最後に、いつでも博物館にやってきて手伝ってくれていいと言ってくれた。修復作業を見ていてもいいし、博物館画家のゴールさんの手伝いをやってもいいとのことだった。僕は、とても気に入るでしょうし、楽しみです、と言った。そしてその時、自分がもう嘘をついていないような気持ちになった。本当にそれは楽しいかもしれないと思っていた。そして僕は、時間が空いたらいつでもブルクで過ごそうと、心に決めた。

ホルンさんが立ち上がり、初めて僕に笑いかけた。「だったら私たちはもう仕事仲間だね、トーマス。気に入ると思うよ」

「僕もそう思います」

「私たちが持っているのはちっぽけな博物館にすぎないけれど、それでも私たちだって歴史を書いているんだ。報告されていることが真実なのかそれとも虚偽なのか、そのことに対して責任を持たされているのが私たちなんだ。わかるかい、トーマス？」

「もちろんです」

「いいや、君にはわかっていない。真実なのか虚偽なのかっていうことは、大変な責任なんだ。そのことが本当に理解できたら、もう眠れなくなるようなものなんだ」

確かに僕にはホルンさんの言っていることが理解できなかった。でも、どうして今こんなに大声で喋るのか、そのことでどうして僕にどなるのかも、理解できなかった。おそらくそれを僕に言うことが彼にとってはおそろしく重要なのだろう、そう思って僕は頷くしかなかった。ホルンさんは微笑みを取り戻し、ドアを開け、僕を外に連れ出し、お別れに握手の手を差し出した。「私のことを怖がらなくてもいいんだよ、トーマス。ここはとてもすてきなところだ。あのツバメの巣が見えるかい。ここの屋根にはコウノトリだっているんだよ。君はここが気に入るよ」

クルシュカッツ

グルデンベルクの町長になって以来、ホルンと顔を合わせたのは七回か八回くらいのものだろう。

だいたいは何か役所関係の用事だった。何と言っても私は彼の上司であったから。どうしてこんなに会うことが少なかったのか、よくわからない。こんなに小さな町だから日に何度も同じ人間と出会うこともある。彼が私を避けていたに違いない。しかしひょっとしたら、ライプツィヒの一件以来二人の行く道が分かれてしまったので、双方から避けていたのかもしれない。私たちの間には明らかに共通性がなかった。そのことが当時私には残念なことに思われた。

昔と変わらず私はホルンのことを買っていたし、親切にしようと思っていた。イタリア人が言う、手に心を持って、というやつだ。だが、何の甲斐もなかった。ライプツィヒを忘れようとしなかったし、そのことを理解もできないでいた。

そこで起こったことはホルンにとっては不正なことだった、確かに。そしてこの不正に私は関わっているし、それを否定したことなどは一度もない。だが、もうひとつ上のモラルというものがある。それの前では正義も不正も相殺され、あるいは双方ともに疑わしい価値へと縮んでしまうようなものがある。彼に対しては、歴史的に必然的な不正が、より高き正義の名の下に、つまり歴史の名の下に、行われた。私はただの執行機関だった、この鉄の法則のちっぽけな声にすぎなかった。この ことを彼にわかってもらいたかった。そう望んだのは、自分のことを許してほしかったからではなくて、彼の力になりたかったからである。しかしホルンはあいかわらず不当な扱いを受けたと感じていた。私が彼の学問上のキャリアを潰したと考え、傷つけられた自分の名誉に閉じこもって、そこから外に出てくることができなかったし、その気もなかった。自己憐憫の中に腰を据え、正しさの中にさえあるのなら孤独でいた方がいいと思っていた。

一年に一度ホルンは、報告をするために、町役場の私のところに顔を見せなくてはならなかった。実際は町役場にはしばしば、月に何度も来ていたのだが、私のところに来るのは、一年のうちでこの一日だけだった。

「出頭を命ぜられて参りました」と、私の部屋に初めてやってきた時、彼は挨拶の代わりにそう言った。

ドアのところに立ったままだった。彼のことを知らない人間だったら、近づいてきたり私を直視したりしないのは謙虚さと敬意のためだと思うかもしれない。しかし彼が自信ありげに私の前に進み出ることをしないでいるのは、畏敬の念からではないし、まして況んや屈従などのためではなくて、ただその頑固な高慢さのためであることが私にはわかっていた。そして私は、自分に対して見せつけられている隔たりと冷ややかな慇懃さには決して取り合うまいと決めていた。そこで私は立ち上がり、微笑みを浮かべながら手を差し出して自分から近づいていった。

「いや、同志ホルン、君は勘違いをしとるよ。出頭を命じたんじゃなくて、招待したんだ。どうだい、座らんかね?」

彼は私が差し出した手を無視して安楽椅子の方に歩いていった。私はそのあとについていって、肩に手をかけ、さらに親愛の情を込めて言った。「偶然の力が我々をまた巡り合わせてくれたことを嬉しく思うよ。これから一緒に仕事ができることが楽しみだ、同志ホルン」

彼は何も言わずに書類カバンを開けて、何枚かの書類を取り出し、黙ってそれを私の方に差し出した。私は、それに目もやらず、椅子の背にもたれかかった。彼に口を開かせようと思って私は待っていた。だが彼は目を上げるとただこう言った。「町長、あなたは思い違いをなさっています。私はあなたの同志ではありません。もうあなたの党の党員ではないのですから」

私は微笑みを止めなかった。「そんなこと言わんでもいいじゃないか。きみの除名申請を出したのは、君も知ってるとおりこのわしだ。だがホルン、君が党員であろうがなかろうが、わしにとっては変わることなく同志なんだよ」

動ずることのないその灰色の目からは、私が彼に対してどれほどへりくだっているかがわかっているのかどうか見て取ることはできなかった。私の言っていることを聞いてるのかどうかさえわからなかった。私の前におかれている書類を指で押してきちんとそろえて言った。「町長、これが年間報告書です」

「間違いがないことは読まなくてもわかっているさ。そのまま受け取っておこう」

「では失礼させていただきます」

「ちょっと話していかんかね。コーヒーでも持ってこさせようか?」

ホルンは立ち上がっており、書類カバンに鍵をかけて、退去を許されるのを待っていた。部屋に入ってきてから、コートのボタンさえ外してはいなかった。

「何か助けがほしかったら、いつでも言ってきたまえ」

「感謝します。何も必要なものはありません」

「わしが言いたいのは、きみの博物館で入り用なものがあったら……」

「すべて私の報告書に書いてあります、町長」

彼は軽く頭を下げ、向き直って出ていった。

その後、私はバート・グルデンベルクにやってきたことが失敗だったのかどうかについてよく頭を悩ました。今では、それを後悔していると言わざるをえない。グルデンベルクは私の道のりの終焉ということになった。哀れな町だったし、哀れな終焉であった。私がそれを後悔しているのは、自分の名誉欲がついに地方の凡庸さの泥沼の中で終わったからであって、グルデンベルクでホルンに再会したからではない。むしろ私は、彼と私を再会させてくれた偶然に対して感謝している。私に対する彼のこだわりを一掃して、ライプツィヒでの経緯を理解し、受け入れるように働きかけることができると期待したからである。

それはうまくいかなかった。私が町長に就任した三年後、あの男は自殺してしまった。私にはそれをとめることができなかった。そして、町の中にはその死に関する責任が私にあると考えている人間もいるとは知っている。馬鹿げたことだ。牛が屠殺場行きと決まっているように、ホルンはこのような死に方をするように定められていた。生きるのがうまい人間ではなかった。人間の中で生きることには向いていなかった。そのことがいいとか悪いとか言っているわけではないし、軽蔑しているわけでもない。私はいつもあの男のことを買っていた。それに私は、この世で生きるのがうまいということがそれほど人間として価値のあることだとも思ってはいない。生きるのがへたな人間の中にも素晴らしい人間がいる。だが、我々は人間の共同体の中で生きざるをえないのだから、それをいいものと見るかそうでないかは別として、一定程度現実の生活を受け入れる姿勢というものは必要とされるであろうし、それはそれでひとつの徳である。ホルンが持っていなかった徳である。そしてひょっとしてあの男までもが、自分の死の責任が私にあるとでも思っているとしたら、それはとても認めることのできないことではあるが、その罪と言われているものの報いを何千倍もの大きさで私が背負わされているということも知っていてもらわないといけない。つまり、私の妻のイレーネまでもが、自殺の責任を私に負わせようとするグルデンベルクの連中たちと同じだったのだ。ホルンが自分の首に巻いた縄は、私の首にまで巻かれていた。ホルンの死と一緒に私の人生で一番大切なもの、イレーネの愛情も死んでしまったのだ。

一九五七年の三月、我々は町の博物館の創立五周年を祝った。その折ブルクで食事会があり、私はホルンに町のレリーフの彫られたブロンズメダルを渡した。

ホルンは席上、極めて注目すべき謝辞を述べた。博物館に対する町の尽力に対して手短かに感謝の言葉を述べるのではなくて、これから展示される予定の古ソルビア人の入植に関する最新の発見に関していやになるくらい長い話をしたのである。歴史的な詳述を聞かされ、考古学上の知識を披瀝されて、出席しているお客たちは見るからに退屈していた。退屈していたのは、ホルンが考古学とはまったく関係のない話をしているということを理解していなかったからである。古ソルビアの陶器の破片を手にして彼が、まったく別の発掘のことを、つまりライプツィヒについて、自分の党籍剥奪のこと、私のことを話していると気がついていたら、みんなは好奇心に満ちて細心の注意を払いながらその話を追っていたことだろう。その話の中でホルンは私を彼の法廷に召喚し、自分が大事に思っている抽象概念の名の下に私を告発し有罪判決を下したのである。

拍手は丁重なものだった。私はそのささやかな祝宴の始まりを宣したが、その前にホルンの挨拶に言及した。その時私は、耳の聞こえない周りの馬鹿どもを二人の間の絶えまぬ闘いからこれから先も排除しておくために、ホルンに倣って寓意を使った。

私は応えて言った。「親愛なるホルンさん、これらのかけがえのない歴史の破片の復元も、もしその当時しかるべく機能する共同体が存在していなかったら、あなたにもできないことだったでしょう。組織化されたその共同体、その小さな国家は、あなたが今説明されたように敵を、その共同体の敵たちを、仮借なくそして残忍に滅ぼしました。しかしこの共同体は敵の墓を作りもしましたし、そのおかげで我々は豊かな出土品を手にすることができるわけです。つまり、人間のあらゆる共同体には法というものがあります。それは、成文化されていたりいなかったりはしますが、共同体を軽んじたり、思い上がってそれを越えようとしたりする人間にとってはそれは命に関わるものとなります。このことに心を痛められない方はここにはいらっしゃらないと思いますが、しかし同時に、共同体の、あるいはご希望とあらば社会のと言い直してもよろしいですが、その宿敵のために、法を、そしてそのことで共同体の生命を、犠牲にしてもいいと思われる方もいらっしゃらないでしょう。ホルンさん、あなたは、法は罪のないものにも仕打ちを加えたとおっしゃる。法といえども完璧ではありません。歴史の流れが要求するもっとも残酷な犠牲は罪なき者たちの死であります。それは前進が要求してくる血税です。しかしホルンさん、それはいかにも理解に難くないことではありますが、いかなる悲劇に遭ったとしても、いつまでも個人的な動揺に心を奪われているべきではないのではないでしょうか。聖書には、死者は死者をして葬らしめよ、とあります。ここではひとつ、キリスト教的にやろうではありませんか。死者は憩わせてやりましょう。その墓を暴くのは考古学者たちだけに任せておきましょう」

同じように丁重な、そして無関心な拍手が私に向けられ、それからみんなは準備された食事に群がった。数秒間ホルンと私、この二人の、孤独で静かな闘士は向き合って立っていた。そしてこの瞬間私は、二人の間には決して和解が来ることはないと悟った。どんなに努力しても、この男の憎しみとその強烈な独善性を止めることはできないだろう。彼のことが気の毒に思われた。来るに違いないこと、そして実際に数ヶ月後に起こってしまったことが見えたからである。

私は彼に歩み寄り、その肩に腕をおいて言った。「君が何を言いたかったかはわかったよ、同志。わしが言ったこともわかってもらえればいいんだが」

彼は背を向けて返事をした。「町長、今日はあなたは私のお客です。お好きなものを召し上がってください」

最後に彼と会ったのはその四ヶ月後のことだった。ブルクでホルンに対する取り調べが行われており、私も事情聴取を受けた。ライプツィヒの件の経緯について質問され、そして、町長として私がホルンと交わした会話のすべてについて報告をしなくてはならなかった。

聴取はホルンの執務室で行われた。私は机の前の粗末な木の椅子に座り、机の向こうには一人の少尉と平服の二人の同志が腰を下ろしていた。その後、控え室で待つようにと言われた。調書をタイプして渡すからサインをしてくれということだった。

改めて執務室に招じ入れられた時、私はホルンが逮捕されたのかどうか尋ねた。

少尉は頭を振った。「いいえ。逮捕はしていません。逮捕すべきでしょうか？」

「そんなことは申しておりません」と私はあわてて答えた。「そんな意味ではありません」

少尉は私を非難するような目で見た。「同志クルシュカッツ、ひとつ質問があります。どうしてホルンのことをあれほどに信頼できたのですか？　十年近くも前から彼のことをご存じのあなたともあろう方が」

ためらいもなく私はその将校に答えた。「同志、錯誤でした。敵のことを軽んじておりました。しかし私はあなた方を落胆させただけではありません。私も自分自身にあきれております。今度のことで学び直せたと思います。あなた方のおかげです、同志たち」

少尉はじっとして私の言ったことを頭に収め、何も答えずに私を放免した。真実以外のことは何も言っていないのに、それでも自分が汚れてしまったような気持ちがして、シャワーを浴びたいと思った。

出ていくと、控え室にホルンがいた。微笑みかけられたが、私は自分の顔が赤くなっているのを感じた。急ぎ足で私はその横を通り過ぎた。挨拶はしなかった。

ホルンに対しては私はこれまで幾度となく譲歩をしてきた。自分の職務と自分の自尊心が許す範囲を超えてまで。もう、あいつのためにやれることは何もないし、やりたくもない。今回どんな咎めを受けているのか知らなかったが、それでも、ホルンが今度もいかなる罪も自分にはないと感じていることには確信があった。彼は、私がグルデンベルクで唯一友達づきあいをしようと努めた人間だった。私には彼がこの取り調べ、彼にとっては二度目になるこの審理を生き延びようとは思っていないであろうということがわかっていた。

トーマス

三日目にはもうジプシーの馬はすべて見えなくなっていた。農民たちがやってきて、夏の間使おうと借りていったのだ。板囲いにかさぶたの醜い腫れ物をこすりつけていた二頭の茶色のよぼよぼ馬も、引き取り手を見つけていた。村はずれの孤立農場の入植者が連れて行ったのだ。

パウルがそんなふうに校庭で話してくれた。そして、今日はブライヒャー草地には行けないと言った。

「それで明日は?」と僕は尋ねた。

「明日は行けるかも」とパウルは答えた。「さあ、行けよ。俺は用事があるんだ」

パウルは校庭の垣のところに立って年上の男の子と話していた。それは装蹄師の見習いだった。

パウルが手にお金を持っているのが見えた。

「さあ、行けよ」とパウルは言った。

昼ご飯を食べて宿題をすませると僕はジプシーのところに行った。パウルが言っていたとおりだった。家馬車のところには山羊と犬だけしか見えなかった。ひもで結ばれていた。犬たちは、しおれた草に頭を押しつけて、昼の太陽の中で眠たそうに横になっていた。僕が近づいていっても、じっと横になったままだった。ジプシーたちは馬車のひとつにいて、大きな声で喋りあっているのが聞こえていた。ゆっくりと僕は木の階段をのぼっていって、開いたドアの前で立ち止まった。

ジプシーたちは、酒瓶やグラスの載ったテーブルの周りに座っていた。女たちは興奮して言い合いをしていた。あの太ったジプシー男は目を閉じていた。眠っていたのかもしれない。口を軽く開け、片方の手をテーブルにおいて、水の入ったグラスを握っていた。息子が横に座っていた。この男はちょっと僕の方に目をやり、それからまた指の間の葉巻を悠然と眺めていた。家馬車の中は暖かくて、食べ物と汗と酒のにおいがした。僕は女たちの誰かが目を上げて僕に気づいてくれるのを待っていたが、喋りまくり、笑って、飲んでいるだけだった。人が変わってしまったようだった。家馬車の中でも女たちは長くてカラフルなスカートをはいて、肩にはウールのショールを掛けていた。暑さなんて何ともないようだった。僕は女たちの赤くなった顔を見て、その上唇の上の色の濃い産毛を眺めた。それを見て僕はわくわくしたが、ぞっともした。

とうとうジプシーの婆さんが僕のことに気づいてくれた。指をぱちんと鳴らせて言った。「行け。今日仕事ない。行け」

それからほかのものたちの方に向き直り、歯のない口を歪めてにたりとして、何かちょっと口にした。何と言ったのか僕にはわからなかった。女たちが今度は僕の方を見た。男たちは見ていなかったし、顔も上げなかった。一人の娘がグラスを持ってきた。飲めとでもいうんだろう。

僕は頭を振って、婆さんに尋ねた。「それで明日は？」

「明日は」と言って婆さんは頷いて、また笑った。

僕は階段を降りた。後ろで大きな声が聞こえ、女たちの笑い声が聞こえた。恥をかいたような気がして、ぶつぶつと独り言に悪態をついた。歯の抜けたあの婆さんに向けて。

ブライヒャー草地の向かい側に、ころ石を敷き詰めたでこぼこのグラーベンシュプルング通りを挟んで、六軒の傾いた二階建ての家が建っていた。きっとグルデンベルクで一番古い家々だろうが、互いにもたれ合っていることでかろうじて立っているようなものだった。ここには水道は来ていなかった。そこに住んでいる人たちは、向こうの中庭にあるポンプから水を汲んでこなくてはならなかった。便所もそこにあった。ドアが四つついた木造の小屋で、夏にはトイレのにおいと石灰のにおいが交ざっていた。

その中の一軒にエルスケは母親と妹と一緒に暮らしていた。僕のガールフレンドだった。僕よりずっと年上、四歳年上だったけど、背丈はほとんど僕と同じくらいだった。学校のある日は毎日、高等中学校のあるヴィルデンベルクまで通っていた。本当の名前はエリーザベトというのだけれど、そんな呼び方をするものは誰もいなかった。

もうずいぶんと前から僕のガールフレンドだった。学校の合唱隊で知り合った。その時僕は三年生だった。ある日僕は鼻血を出して、唇を腫らして泣き叫びながら合唱の練習に行った。喧嘩をして殴られたのだった。エルスケはその時僕の手を取って、手洗い場に連れて行き、顔の血を洗い落としてくれた。頭を腕で支えて、自分のハンカチで用心深く、念入りに僕の唇をきれいにしてくれた。僕は目を閉じたままでいて、深くそして強く息を吸った。彼女の柔らかくて気持ちのいいにおいを吸い込むために。自分がかわいそうで仕方がなかったが、それでもとても幸せで、だから大きな声を出して我を忘れて泣きじゃくったのだった。泣きわめいたのは自分に加えられた不正のことを思い、そして痛さのためだったが、おそらくそれ以上に、エルスケに、頭を腕の中に支えてもらい、香水のにおいのする刺繍入りのハンカチで顔をきれいにしてもらいながら、それをやめないでほしいと思ったからだ。痛くて、そしてすてきだった。僕は鼻を彼女の二の腕の温かい肌に押しつけた。

「泣かないの」とエルスケは言って、僕をしゃんと立たせた。「たいした傷じゃないわ」

彼女は僕にハンカチを渡して、僕を押しながら手洗い場を出た。僕らは並んで合唱室へ戻った。

ドアの前で僕らはちょっと立ち止まった。

「ありがとう」と僕は、目を上げないで言った。

「いいのよ、若い衆」とエルスケは言った。そして僕の額の髪をかき上げた。

そのハンカチを僕は拳の中にくしゃくしゃにして持っていた。合唱の練習の間それを何回も唇に押し当てた。唇はもう痛くなかったが、ハンカチを鼻の下に持っていくとまた彼女のにおいがした。僕の頭を支えてくれた彼女の柔らかい腕が感じられた。エルスケの視線がこっちを向くと、頭に血が上るような感じがした。急いで僕はハンカチをしまいこんだ。

その二日後僕は、洗ってアイロンをかけたハンカチを彼女に戻しに行った。放課後彼女の家まで歩いて行った。校庭で戻したくはなかった。クラスの友達とかそのガールフレンドたちに何か気取られるのがいやだった。エルスケにハンカチを返すところを誰かに見られでもしたら、恥ずかしくてぶっ倒れて死んでしまうだろうと思った。

でも、家まで持っていこうと思ったのは、恥ずかしさのためだけではなくて、好奇心のせいでもあった。彼女の家が見てみたかった、その部屋を、そしてどんなふうに暮らしているのか知りたかった。そして腕を回してまた僕と話をしてほしかった。そのにおいが嗅ぎたかった。

ベルを鳴らすと、エルスケが戸を開けた。

「何?」と彼女が尋ねた。

「きみのハンカチ」と僕は言った。「あれを返しに来たんだ」

「ありがとう」と彼女は言った。

彼女は微笑まなかった。そして僕は突然、すべてがとんでもない思い違いだったとわかった。腕を回してはくれなさそうだし、そして僕に「若い衆」と言ってくれそうにもなかった。学校の手洗い場で泣き叫んでいる一人の汚い男の子の血と汚れを取ってきれいにしてやっただけのこと。全然別のことを勝手に僕が想像しただけ。僕なんて彼女にとってはただのどこかの三年生の小さな男の子でしかなかった。僕と話をするなんてことにどうして彼女が興味を持つなんてことがあるだろう。彼女にいったい何を言えばいいというのだろう。

「どうしたんだい？」と尋ねる女性の声がした。

「何でもないわ」とエルスケは言って、振り返った。そして僕の手からハンカチを取り、冷ややかに頷きながらドアを閉めようとした。

「何でもないって何なんだい？」と苛立った声が尋ねた。「誰が玄関にいるのか教えておくれ」

「小さな男の子よ」とエルスケは不機嫌そうに答えた。

「入ってもらっておくれ。会ってみたいんだよ」

「さあ」とエルスケが言った。「さあ、ちょっと入りなさい」

僕は彼女のあとから、家具でふさがった狭い居間に入っていった。窓辺の安楽椅子にエルスケのお母さんが座っていた。脚には毛布を巻いていた。

「誰なんだい？」と尋ねた。僕がそれに答えると、続けて言った。「おまえさんは薬剤師さんとこの坊ちゃんじゃないかい。腰をかけなさい」
レースのテーブルクロスをかけた丸いテーブルの周りにはクッション付きの椅子があり、僕はそのひとつに腰をかけた。エルスケは母親の前に、話が終わるのを待って立っていた。僕はこっそり周りを見渡した。ここでは何もかもが僕のうちよりもずっと貧しそうだった。空いたスペースがどこにもなくて、ほとんど動けないほどだった。家具と部屋は、この家全体がそうであるように、ぼろぼろでみすぼらしかった。

入ってもらっておくれ、とエルスケの母親は言ってくれた。そしてこの日以来僕は毎週エルスケの家に行った。トランプをしたりおしゃべりをしたりした。たいていは彼女の部屋に座っていた。時には彼女が民謡やイギリスの流行歌をギターで伴奏しながら歌ってくれることもあった。エルスケはとてもきれいだった。でも僕にはそれを彼女に言う勇気などなかった。ただ僕は、彼女がもう一度撫でてくれて、もう一度さっとキスをしてくれて、彼女のにおいが嗅げることをあてもなく待っているだけだった。あの、学校の手洗い場での時のように。

今になっても僕には、どうして彼女が僕みたいな幼い男の子にあんなに時間を割いてくれたのかわからない。あのころ僕は、自分が口に出して言えないことをわかってくれていて、僕以上に僕自身のことをわかってくれているからそうしてくれていると思いたかった。僕が望んだのは、口に出さない僕の賛嘆に気づいてくれて、それを受け止めてくれて、そして僕にはとても言えないこと、僕には思ってみる勇気もないことをわかってくれることだった。エルスケに対して感じていることは自分自身に対しても白状しなかった。だって、どう白状のしようがあっただろうか、エルスケ。この小さな男の子が君にとって何者でありえただろう。だけどどんなにそれが形もなく、そして秘かなものであったとしても、僕の感情に答えてほしかった。それは小さな望みだった。僕が育て上げた、か細い植物で、とてもか弱くて寄る辺ないもので、エルスケの一笑い、一言だけでなぎ倒されてしまって、底なしの絶望に落ち込んでしまうようなものだった。エルスケ、僕はあの頃君のことを愛していた。今になるとそれがわかる。あのころ自分自身にも白状しなかったのは、間違いじゃなかった。

ジプシーたちと別れて僕はエルスケのうちに行った。妹がドアを開けてくれた。

「部屋にいるわよ。入っていきなさいよ」と妹は言った。

「誰なんだい？」母親の大きなきつい声が聞こえた。

「トーマスよ」と妹は言って、自分の部屋に入っていった。

「こっちにいらっしゃい！」

僕は居間に入っていった。母親はミシンに向かって座っていた。僕の方に目を向けてじっと眺めた。気だての優しい人で、娘たちを心から愛しており、二人とも人並み外れて才能があると信じていた。娘たちの学校の成績を話すのが好きで、ほかの生徒たちがずっとひどい成績を取っていることを並べ立てるのを聞いていると、娘たちに満足しているのだと感じることができた。ひっきりなしに用事を言いつけてはこまごまと文句を言ってはいたが、娘たちに満足していた。足が痛風だった。だからたまにしか歩かなかったし、歩く時は難儀そうな、鴨が歩いているような足取りだった。その声がきつい命令口調になっていて、彼女の内実にとてもそぐわないものになってしまっているのは、ひょっとしたら、自分の場所に縛り付けられていて、自分のことを聞き逃されたり、注意を向けてもらえないことになるのが気がかりだったからではないだろうか。

彼女は僕の方を見た。いつものように僕はそのたくさんの指輪を見つめた。高価な、豊かに装飾を施した鎧のようなそれらの中に指が差し込まれていた。

「あの子のところに行ってもいいよ」と言うとミシンに身をかがめた。

エルスケは窓の前の狭い作業台のところに座って宿題をやっていた。僕は壁からギターを取ると、彼女に手ほどきしてもらった運指の練習をして、彼女の邪魔にならないようにした。

「またジプシーたちのところに行ってたの?」と彼女は、ノートと教科書から顔を上げないで尋ねた。

「ああ」と僕は返事をして、がちがちにこわばった指で弦を押さえた。「だけどジプシーは今日は働かないんだ。お祝いをしてて。農民たちから馬のお金が入って、それでお祝いしてるんだ」

エルスケは書き物をしていた。僕は彼女のうなじを、その、太陽の光に照らされた明るい褐色の産毛を見ていた。何か面白いことを言ってやりたかった。僕と話す気になるような、何か重要な報告とか、気の利いた思いつきだとか。だけど、そのことに頭を悩ませれば悩ませるだけ、とらわれてしまって、何かを考えることさえできなくなった。僕は痛切に今より四歳年上になりたいと願った。そうしたらエルスケと一緒に同じクラスに行くことができる。そしていつ話しかけても耳を傾けてくれるだろう。彼女にとって僕はもう、みんなが大目に見ながら微笑むような子供ではなくなる。ああエルスケ、君の親しげな、いたわりに満ちた微笑み。僕はそれがいやで仕方がなかった。そんなことをされると僕はさらに小さくなった。君の微笑みがほしくてたまらなかった。でも僕はいつもそれを、愚かで小さな子供をはねつけるもののように感じて、平手打ちされたような気がしたものだった。

「娘たちには会った?」とエルスケは尋ねた。

「どの?」

「ジプシーの娘たちよ。会ったの?」

「ああ」僕はためらいながら言った。どうしてそんなことを知りたがるのかわからなかった。エルスケはまた黙り、僕はおそるおそるギターの金属弦を撫でた。

「あの娘たちは汚いわ。汚いジプシー娘」エルスケはかっとして言った。それから向き直ると、「あんた、気に入ってんの?」と言った。

「いいや」とすかさず僕は答えた。「気に入ってなんかいないよ」

「あんたまだ幼すぎるのかもね」エルスケは決めつけた。

彼女は窓からブライヒャー草地の方、ジプシーたちの方を眺めた。彼女の質問にどう答えなくちゃいけないのか、四歳年上だったら何て答えるのだろうかと、思いを巡らした。彼女の質問に対するまっとうな答え方があるはずだった。年上のもののちゃんとした答え方が。自分がまだどんなに幼いのかと思い知らされなくてもいいような、そんなある言い回しが、ある返事の仕方があるはずだと確信していた。

エルスケはまだ窓から外を眺めていた。身じろぎもしないで僕の前に座っていた。ひょっとしたら夢を見ていたのかもしれない。太陽がその柔らかい、ぼんやりした光で彼女の頭の輪郭を浮き立たせていた。

何の脈絡もなく彼女は口を開いた。僕に目をくれることもなく、そして夢を見ているような声だったので、僕には、彼女が僕のことを忘れていて、ただ独り言を言っているだけなんだとわかった。

「あの忌々しいジプシー女たち。どうしてかわからないけど、消えてほしいと思うのよね」

ドクター・シュポデック

私はグルデンベルクに戻った。父がそう決めていたからだった。父は毎月少額だが養育費を払ってくれており、そのおかげで母は私をギムナジウムにやることができた。私の大学の学費を出してくれたのも父だった。その代わりとして父は私にグルデンベルクに戻って、開業医として働くことを要求したのだった。

私が高校を卒業した時、父は葉書をよこして、一度顔を見せるようにと言ってきた。母は私に行くようにと言った。私はスーツを着込まなくてはならなかった。そして指定された時刻ぴったりに父の家に行った。女秘書が、父の執務室へ続く、詰め物をした二重ドアを開けてくれた。そして私は父の前に立ち、父が書類から顔を上げて私の方を見るのを待った。

「座れ」と父は言った。

父は立ち上がり、私の前に立った。試験のことや成績のことを尋ねてから、デスクの方に行き、引き出しを開けて青いケースを取り出した。何も言わずにそれを私に手渡した。そこには金メッキをした懐中時計が入っていた。蓋には古めかしい亀の甲文字でこう彫ってあった。「息子へ、ギムナジウム卒業を祝して——コンラート・ベーガー博士」

父は私の向かいに腰を下ろした。私は時計の蓋を閉めて、ケースにしまい、ポケットに入れた。

「ありがとうございます」落ち着いた声で小さく私は言った。

父が私を窺っているのを感じた。

「これからどうするんだ？　大学へ行くか？」

私は母のことを思った。馬鹿なまねはしないでね、と母は言っていた。私の両手を握りしめて、幾度となく、今回ばかりは自分の誇りを忘れて、お父さんの言うことを聞いてね、それが母さんの言うことを聞くことにもなるんだから、と言って母は私に頼んだ。不安に満ちた母の願いを思った。私たちのちっぽけなアパートの窓のない台所、いたるところにある継ぎ接ぎ、そして、傷だらけでガタピシする家具を思い、従順に答えた。「医学部に行きたいと思っています」

「すばらしい」と父は叫んだ。勢いよく立ち上がり、私の肩を叩き、そして窓際へ行った。「おまえがとうとうそう決心してくれて私はうれしいよ。それがおまえにとって正しい道だといずれわかるさ」

私は彼を見た。引き締まった体で、スポーツマンタイプの、金縁の眼鏡をかけ、ブラシカット頭のこの男を。自分の父親であるこの男を。そして昂然と言った。「そうです。私にとってはこれが正しい道なんです」

父はまた私の方にやってきて、私のあごの下をつまんで頭を上に引きあげた。私の目をじっと見て、微笑みながら言った。「そうだよ。おまえはおまえの決心を後悔することはない、私が面倒は見る。経済的なことに関してはおまえの母親と話はついている」

私はその手から頭を外して、安楽椅子にもたれた。「母の話はしないでください。私のいるところでは」

父と目を合わさなくていいように私はドアを見つめた。父は私のそばに立ったままで、身動きしなかった。私は待った。父の息づかいが聞こえた。一瞬、殴られるだろうと思った。そして首筋がこわばった。

「いいだろう」やっと父は言った。その声は冷静で快活に聞こえた。「おまえをライプツィヒ大学に登録させた。七年後にまた会おう。十四学期で充分だろうからな」

私の口はからからだった。かろうじてかすれ声で同意の言葉を出した。そして立ち上がった。父が私に言わなくてはならないこと、母が私に聞いておくようにと頼んだこと、そのすべてが口に出された。このまま何も言わずに放免してくれることを願った。父の前に直立し、軽くお辞儀をする格好をした。父は反応しなかった。別れの挨拶がわからなかったのだろうと思ったので、もう一度お辞儀をした。見ると父は同情の笑みを浮かべていた。私の自尊心を傷つけるのが面白いのに違いなかった。

父は私の二の腕を摑み、痛いほどに握りしめて言った。「毎月一日に必要な金は入れてやる。時間を無駄にするな。七年後にまた会おう。行っていいぞ」

金メッキの時計は母にやった。身につけていたくなかった。

「おまえ、それはよくないよ」と母は言った。「何と言ってもあの人はおまえの父親なんだから」

「それ、売ってもいいからね」私はぶっきらぼうに答えた。

三ヶ月後ライプツィヒでの医学の勉強が始まった。在学中私は父とは一度も会わなかった。六年間の大学生活の中で三通の手紙を書き送り、父はその返事に三回電報をくれた。毎回父の返事は折り返しでやってきて、反論を許さないものだった。その切りつめた文が何よりも、議論も、あるいはさらなる私の依頼の手紙も望んでいないことを如実に物語っていた。

ライプツィヒで私は精神医学に興味を持ち始めた。ラウシュの弟子であるブルクハルト教授の講義を追加登録した。

医学部基礎科目修了試験のあと父に、これ以降の学業をミュンヒェン大学で継続することの許可を求める手紙を出した。ミュンヒェン大学の医学部はその頃評判がよいので、先生たちがそのことを勧めてくれたということを書いた。有名な教授の名前を出し、そしてちゃんとした推薦状を書いてもらえるだろうと書いた。近くにあるアルプスのことにも言及した。休暇や休日にはハイキングや肉体の鍛錬ができて、自分の健康のために役に立つだろうとも書いた。言葉豊かに私は父に、大学の変更に同意してくれるように頼んだ。ミュンヒェンではラウシュ教授が講義を行っており、私はそこに登録することを望んでいたのだったが、この本当の理由については一言も書かなかった。

三日後に一通の電報を手にした時、私は有頂天になるほど幸せだった。そこにはただ三単語「ミュンヒェンの件、了解。父」とあった。

その一年後私は主専攻を精神医学にすることを認めてくれるように父に依頼した。返事の電報にはこう書いてあった。「おまえの相手は病人であって狂人ではない。それにグルデンベルクには狂人は一人しかいない。けっこうなことだ。父」

父の決定に私は深く傷つけられた。荒れ狂って私はあたりの本を壁に投げつけた。気が触れたようなありさまだった。しかし選択肢はなかった。言われるとおりにした。

逆らえない父の決定が配達されたあの日の夜、眠ることができたのはやっと朝になってのことだった。重苦しい夢を見た。目が覚めたあとではただ、自分が夢の中で果てしなく歩き続けたことしか覚えていなかった。そしてまるで実際に長い距離を歩いたように疲れと眠気を感じた。私は起きあがり、リュックサックにものを詰めて、山に向かった。四日間歩き回り、誰もいない山小屋で寝た。最後には飢えのために単独行から引き返さざるをえなかった。ミュンヒェンへ、学業へと私を連れ戻す列車に乗り込んだ。絶望は山に残してきた。穏やかな気持ちで私は窓外を過ぎていく景色を眺めた。父が決めたように開業医になることと私はこうして折り合いをつけた。

それからも引き続きラウシュ教授の講義や精神医学科の授業に出席してはいたが、聴講していてもそれまでのように心からの関心や興奮を覚えることはなかった。それはまるで昔の、消えてしまった恋のようなものだった。ただそれまでの習慣からひきつづき愛着を示してはいるが、それからのその行く末に対してはただ冷めた観察者の冷静な目で、興味もなく追っているというようなものだった。

国家試験は十一学期のあとにすませた。証明付きのコピーだけを何のコメントもつけずに父に送った。父はそれを受け取って、一学期分のお金を振り込んできて、三ヶ月間休暇を取って旅行をするようにと言ってきた。人を見下したような調子にカチンと来て、このプレゼントを送り返そうかと思った。しかし私は父への手紙を投函せずに、翌日それを破り捨てた。指示に従いますと私は返事をした。

オランダとベルギーを回り、ダンツィヒへ行き、さらにはリーゼンゲビルゲまで足を伸ばした。そしてライプツィヒに戻った。一年間そこの大学病院で働き、医師開業免許を取得し、博士号を認められた。

父に指定された期限の四ヶ月前に私はグルデンベルクに行った。大学時代ほとんど顔を合わせることのなかった母を抱きしめ、そして丸一日いろんなことを話して聞かせた。しかし、私の試験合格を母がどんなに喜び、歓喜の涙を流してくれても、私の苦々しい思いと無力感は和らげられることはなかった。三日後、父の要請に従って、生まれて二度目にその執務室に足を踏み入れた時、頭に思い浮かんだのは、母が父のために背負い込まなくてはならなかった惨めな年月、父のいない落とし子として私が晒された学校時代の屈辱の数々、そして平手打ちのようにして、父が私に限って与えた専門教育のことぐらいだった。

抱擁されたり、親しさの表現として体を触れられでもしたら拒もうと思って身構えていたが、父は親密さなど毛ほども見せなかった。デスクの向こうに座ったままだった。私が入っていっても立ち上がりもせず、手を差し出しもしなかった。私はほっとしたが、同時にがっかりもした。がっかりした自分が奇異に思われたが、どうしてなのか自分自身でもわからなかった。

会わない間に父は年を取っていた。髪が短いのでほとんど目立たなかったが、頭は白髪になっていた。デスクの引き出しを開けて私に時計を渡した。そこには献辞が彫られていた。「息子へ、博士号取得を祝して――コンラート・ベーガー博士」

それは私が高校卒業の時にプレゼントされたのと同じ金メッキの時計で、その献辞は同じく古めかしい亀の甲文字で書かれていた。前のことを忘れたからこんなものをプレゼントしたのか、それとも、プレゼントはこの金メッキの時計と決めているのか、見当がつかなかった。最初にもらった時計を私が身につけていないことにひょっとしたら気づいていたのかもしれない。ただこのようなものをプレゼントすることで私を挫き、その寄る辺なさと母の貧しさを見せつけようと意図していたということは間違いない。

父は私に座るように勧めて、見るからに大量の書類の入った大きな封印された封筒をよこした。

「おまえのために診療所を買った」父は向かいに腰を下ろして言った。「二年前に死んだケストラーの昔の診療所だ。あいつが死んでから、何に使うこともなく借りている。春には手を入れて、機材も新しくした。大学病院の水準とまでは行かないが、町の診療所の設備としては十分すぎるほどだと思うが」

父はそこで口をつぐみ、私が何も言わないのでまた続けた。「書類を見てもらうとわかるが、二十五年間の使用権のことが書いてある。この期限のあとではすべてが無制限におまえの所有となる。その時は、売り払ってもいいしそうしなくてもいい、ここにとどまるのも出ていくのも勝手だ。したいようにすればいい。だが二十五年経過する前に出ていけば、一銭も手には入らん。よく考えろ。そのほか、封筒の中には、ここで診療所をやるための国からの認可証が入っている。そんな手配まででやってしまった。どうするか決心しろ。一週間後に返事をもらうからな」

「よく考えてみるまでもありません。おっしゃるとおりにします」

父は明らかに驚いていた。私の方にやってきたが、予想外に早い私の決断に満足したものか、あるいはその言葉を疑うべきか、決めかねていた。私の前に立って、思案するように眺めながら、最後に意地悪い微笑みを浮かべて言った。「おまえにとってそう大変なことでもあるまい。設えられた中に身を置けばいいだけのことだからな」

頭の中で恥辱と憎悪が逆巻いた。混乱した頭で返事をしないように必死に唇を噛んだ。父の顔に嘲りの表情が浮かんでいると思うと私は目を上げられなかった。しかし父はそのまま私の前に立っていた。それで私はやっとのことで丁重に答えた。「あなたは勘違いをなさっています」

父はデスクに戻って言った。「必要な書類は全部封筒の中に入っている」

私は座ったままでいた。父が目を上げて私の方を見るのを待っていた。

「まだ何か訊きたいことでもあるのか?」

「私にはあなたのことがわかりません」

「わからなくてもいい」

「プレゼントしておいて同時に私を侮辱なさる、その理由がわかりません。そんなことをして何が嬉しいのですか? 私にはわかりません」

「私がおまえを侮辱してるんじゃない。それがプレゼントというものだ。プレゼントされるということは屈辱的なものだ。このことは覚えておけ。自分の脚で立たなきゃいかんのだ」

「どうしてあなたはこんなことをなさるんですか? 私があなたに従うのは、母さんがそれを望んでいるからです。母さんは苦労が長すぎました。母さんのことを思って私はやっています。でもあなたは?」

「どうしてかって？　おまえの父親だからだ。そうするのがあたりまえだからだ」

「あなたの子供は私だけじゃありません」

「誰が言った？」

「噂です」

「噂か」笑いながら父は繰り返して言った。

「あなたがここでどんなことをやったか町中が知っています」

「町か。そんなものに耳を貸すことはない」

「ずっと私はそれに耳を貸さざるをえませんでした。子供にとっては楽なことじゃありませんでした、父親がいてそれが……」

「女の尻を追い回す、と言いたいのか？」

「そうです。でももっとひどいのは、兄弟たちのことです。自分が見も知らない兄弟のことを周りのみんなが知っているんですよ。私たち兄弟が憎み合っていて、ことさらの理由もないのに血が出るまで殴り合ったことをあなたはご存じですか？　ただ、同じ一人の、しかし誰にとってもなじみのない父親を持っていたからです」

「ちょっとした闘鶏だな」父は昂然と言った。

「今になって思うと、私たちが殴り合ったのは、あなたのことを憎んでいたからなんです。お父さん、私たちはあなたを殴り殺したかったんです」

「当然のことだろう」

父は、明るい色の琥珀でできたホルダーにたばこを差し込んで、吸った。私の非難に対して父がただ退屈しているだけなのを感じて、それから先言おうと思っていたことを口にする勇気がなくなった。

「ちょっとばかりやりすぎだった」父は沈黙のあとにやっとこう言った。「だがもう昔のことだ。五年前からはまじめなもんだ」

私は何も返事をしなかった。父は私の方へたばこの煙を吐いて言った。「行ってもいいぞ」

「質問に答えてもらっていません」

「行けと言ってるんだ」

「どうしてよりによって私なんですか？　どうしてプレゼントの受け取り手に私が選ばれるんですか」

「おまえができがよかったからだ。おまえが大学に行かないという手があるか？」

「どうして私なんですか？　大学にやってもらって、診療所までもらって。これらの屈辱的なプレゼントの理由は何なんですか？」

父の白い額に色が差して、眼鏡のレンズの向こうで目が狭まって細い筋になるのが見えた。私は、父親に気をつけるようにと言ってくれた母のことを思った。抑えがきかなくて怒りっぽいから、気をつけるようにと母は言っていた。

父は、重たい大理石の灰皿にタバコをぎゅっと押しつけた。変わりなく物静かな、きっぱりとした声で父は最後にこう言った。「よし。だったらおまえは私が町に贈るプレゼントなのだと思っておけ。私はいくつも療養所を建てた。壮大な企画だった。そして私はここで金持ちになった。私の療養所とこの町がそれを可能にしてくれた。私のやり方は常にとても上品なものだったとは言えないが、私はやってのけた。そして感謝の気持ちとして私はおまえを町にプレゼントするのだ。自分が犯した罪を許してもらうための太っ腹な意思表示ってところだ」

父は短くからからと笑った。「それでまだ私に質問したいことがあると言うんだったら、私がおまえなんかよりもずっと厳しいところから始めたということを忘れるんじゃない。私にプレゼントしてくれる人間なんて誰もいなかった。何でもかんでも自分で働いて手に入れるしかなかった。誰にも借りなどありはしない。おまえの質問に答える義理などさらさらない。出て行け」

二週間後に私はバート・グルデンベルクの診療所医師として仕事を始めた。その七年後に結婚をした。十九年後母を埋葬した。父によって設定された二十五年間が過ぎて診療所が自分の所有になり、とうとう何でも自分の望むように、やってもやらなくてもいいという自由を手に入れた時、私はそれから先何かを自分に対して望むには年を取りすぎていた。新しく手に入った可能性に思いを馳せたことなど一度もない。

今になると私には、自分がどうして父から言われるままに惨めな義務に従ったのかがわかる。私にはそれが許せない。結局私はおそらく、父と同じように、利己的で慇懃無礼な偽善者なのだ。

どんな侮辱を受けることにも、自分の悲惨な状態や自分の愚痴にも、そして屈辱的なプレゼントをもらうことにも、私は馴れてしまっていた。そしてそういったものなしにはやっていけなかった。どんなに自分に言い繕おうとしても、父の言うことに私が従ったのは、母のことを思ってのことではなかった。そうではなくて、私が父の子であったからであり、父とは血でつながっていたからである。

開所二十五周年の記念に私は町から賞状をもらったが、そこにはグルデンベルクの慈善家と書いてあった。ここまで完璧な愚弄の仕方はないだろう。というのも、私の父、このまやかしの、貪欲な、性悪の男は生前何かというとグルデンベルクの慈善家と呼ばれていたのである。

父は自分が意図していた以上のものを私に対して達成した。すべてにおいて私は彼に従い、そのあとを継いだことになるからである。

町からのお祝いに対する返事として私は、週に十二時間だけしか診療所で働かないことに決めた。倦むことのない慈善家の健康が町の福祉のために犠牲にされて脅かされているということを私は理由として挙げた。その同じ日、私は初めて父の墓に花を供えた。生涯にわたる父への憎悪がひたすらに自分の投げやりな人生に対する弁解としてあったことがわかったからである。

ゲルトルーデ・フィシュリンガー

亡くなる一週間前にホルンさんは私の部屋にやってこられました。家賃を払いに来られただけなのだろうと思って、座ったままでいました。

「すみません。私たちがやっていることは正しいことではありません」という一言で、突然予告もなしに関係を断ってしまわれたホルンさんは、それ以来私に対してそれまで以上に寡黙になられていました。

ほとんど姿を見かけることはありませんでした。時に、家への帰り道で出会うことがありましたが、そんな時あの人は丁重に私に挨拶されて、バッグを持ちましょうとおっしゃいました。家では私を避けておられました。フロアで出くわしたりすると、頷いて黙って微笑まれました。そしてドアを開けたままにしておいて、私を通してやるために脇にどかれました。礼儀正しい人でした。そして、いつもゆっくりなさっているような印象でした。月に一度、家賃を払うために私の部屋にやってこられました。テーブルの上にお金を置いて、そしてばつが悪いからか礼儀からか、私と二言三言言葉を交わされました。たいていは私がやっている手作業のことや、どんな一日だったかを尋ねられたりしました。そしていつも、何か自分にできることがあったら言ってくださいとおっしゃいました。そのような申し出は、私が決してそれに甘えることのないようなものでしたし、そのことはホルンさんもご承知でした。私は何年も前、ホルンさんが引っ越してきて何週間か経ったころ、パウルと話をしてくださいと頼んだことがあります。息子は私からますます遠ざかっていきますし、私が注意すると、ドアをばたんと閉めて部屋を出ていくありさまでしたから。あの時ホルンさんはお断りになりました。「父親じゃありませんから。どうして私の言うことなど聞くことがありましょう」と、ただそう答えられただけでした。

いいや、あの人が助けになることなどはないだろう、ホルンさんから毎月同じような援助の申出を受けるとなおさらにそのことが確信されました。

私の部屋にホルンさんが最後にやって来られた日、いつものようにあの人はお金をテーブルに置かれました。椅子を引き寄せてそれに腰を下ろそうとされたのでようやく私は編み物から目を上げて、脚をソファから下ろしました。家賃を払いに来られただけではないとわかりました。椅子に腰掛けるなどということはこれまで一度もされなかったのです。立ったままで二言三言喋るとすぐに出ていかれていたのです。

ところがこの時は疲れたようにテーブルに座って、ぼうっと私の方を見ていらしゃいました。

「どうかなさったのですか？　何かしてさし上げることがありますか？」と私は尋ねました。

「いえ、いえ」とただ微笑んで、小さな身振りで断られました。

「お茶でも淹れましょうか？　それともビールの方がいいですか？」

首を振って、そのまま座っておられました。どうしてほしいのか私にはわかりませんでした。ただ座って、私の方を見ておられました。どぎまぎして私は編み針を落としてしまい、それを拾い上げようとした拍子にテーブルの角で頭を打ってしまいました。

「ゲルトルーデ、私はもうここに住んで五年目になりますね。数ヶ月のつもりだったのに」

淡々とした口ぶりでした。まるで独り言のような。

「そんなになったんですね」と私は答えて、手持ちぶさたから編み物を続けようとしました。

「そうです」とホルンさんは言われました。「そんなになったんです。何もかもがそうなったんです。私が今日来たのは、あなたにお詫びが言いたかったからです」

「何もあなたが詫びなくちゃならないようなことはありません。詫びなくちゃならないような悪いことは何もしておられません、何ひとつ」

暗い顔をしてホルンさんは私をじっと見て、そしておっしゃいました。「私はあなたの平安を乱しました、ゲルトルーデ。あなたの親切に甘えるのではなくて、どこか住むところを探すべきでした」

「あなたは私の平安を乱してなんかいません。私はおとなの女です。起きたことの責任は私自身にあります」

「ありがとう」ほっとしたようにあの人はおっしゃいました。

ホルンさんは黙って、そのまま座っておられました。私は少しうろたえました。見られていることを感じましたので、愚かにも、編み目を数え始めました。隣の部屋からは音楽と英語のきれぎれが聞こえていました。私のラジオをパウルが自分の部屋に持っていって、毎日深夜遅くまで聴いていたのです。

「ほんとうにお茶は要らないのですか？」と私は、あまりに長いことあの人が黙っておられるのに我慢しきれなくなって尋ねました。

「はい。ただ私はもうちょっとあなたのそばに座っていたいだけです。ご迷惑でなければいいんですが」

私は首を振り、会話をとぎれさせたくなくて、言いました。「ホルンさん、お仕事の具合はいかがですか？」

「私の仕事ですか」と、いぶかしげにあの人は尋ねられました。「どうしてそんなことを訊くんですか？」

「いつも帰りが遅いじゃないですか。ずいぶんとお忙しいのでしょう」

「今はちょっと忙しいですね」と認められました。そして何か心を決めたみたいに、深く息をして続けられました。「博物館でちょっとした厄介事がありました。失敗をしでかしてしまったんです。それであまり気分のよくない尋問に答えなくちゃならないんです」

「ひどい失敗なんですか？」

「いや、いや」と言ってあの人は心配させまいとするかのように微笑まれました。「大したことではありません。馬鹿みたいな勘違いでしてね。誤った記述のされたプレートがあって、それを見逃したんです。幸い手遅れにならないうちに見つかりました」

「それはよかったですね」私は言いました。

「そうです」と、どうでもいいようなふうに答えられました。そして突然それまでとはまるで違った、勢い込んだ声で続けられました。「ゲルトルーデ、あなたには嘘をつきたくない。全然よくないんです。手違いを見つけたのは私の同僚でした。ひどいのは、それを私に報告すればいいものを、町長に報告してしまったことです。それで今、博物館には郡の諮問機関がやってきています。何もかも私にはとても不愉快です。私は弁明をしなくてはならないんです。わかりますか。あっちこっちあら探しをして、何か見つけ出そうとしているんです」

テーブルの上に手をおいて指を触っておられました。何と返事をしたらいいのかわかりませんでした。かわいそうに思いましたけれども、私みたいな馬鹿な女に何が言えるでしょう。

やがてまた微笑んでおっしゃいました。「まあ、私は丹念に光を当てられることでしょう、ゲルトルーデ。医者でやられるみたいに。ご存じでしょうが、そんなことやり始められると、きっと何かしら見つかってしまうものなんです」

「何のことですか?」と私は尋ねました。何か秘密があって、それを伝えたくてほのめかされているように思えたものですから。

でも首を振っておっしゃいました。「私にもまだわかりゃしません。でも一旦あら探しを始められてしまうと……」

諦めたようにあの人は両手を上に上げられました。

「何か助けてさしあげられることでもあったら……」

「ああ、心配しないでください。いつかは終わりますし、片がつきます」あの人は立ち上がられました。「おやすみなさい、ゲルトルーデ。約束どおりに、とっくの昔にここを引き払わなかったことを謝りたかったのです。もう今となっては、こんなこと言っても仕方ありませんが」

「ここを出て行かれるおつもりなのですか？　ライプツィヒにでもお戻りになるんですか？」

「どうしてですか。そんなに逃げ続けてばかりいることはできません」

ドアのところに立ったままでした。首を振って壁の方を示しながら言われました。「それでパウルはどんな具合ですか？　あいかわらず大変ですか？」

私は編み物の方に身をかがめて、何も答えませんでした。そんなことを質問する権利はあの人にはありません。

「おやすみなさい」と言って、あの人は出ていかれました。

上の廊下を歩いて部屋を開ける音が聞こえました。それから私も立って、寝る準備をしました。ゴムの入った靴下を用心深く脱ぎながら、どこか、ライプツィヒかどこかの町にホルンさんの奥さんがいらっしゃるのではないかしらと思いました。四年間会ったことはない、いやもっと長いこと会ってはいないだろうけれど。そして私はパウルのことを考えました。騙したり、私のものを盗んだりするけれども、それでも私の息子ではあります。ホルンさんほどには私は孤独ではありません。

眠る前に、黒海の夢を見ようとやってみました。夢の中で、太陽に照らされた海岸に沿って、砂浜の暖かくて柔らかい砂の上を歩いていきたいと思いました。今日の午前、海岸の写真を目にしていたのです。それは、お客さんに黄色いソーダ石鹸を包んでやった新聞紙に載っていたものでした。

第四章

そしてそれから？

あなたは僕を苦しめる。

おまえを苦しめているのは俺じゃない。それはおまえだ、おまえ自身だ。

これ以上僕に何を望むのですか？　僕以上にあなたは見てきている。

俺は何ひとつ知らない。話してくれ。

何のために？　あなたは死んだんです。終わったことです。眠ればいいんです。

死は慰めにはならない。記憶が慰められない限りは。

慈愛深き主イエスよ《ピエ・イエス・ドミネ》、彼らに安息を与え《ドナ・エイス・レクイエム》たまえ。

それはそうだ。だが死は苦難の終わりではない。安息はおまえにはやってこない。助けてくれ、坊主、思い出してくれ。

どうすれば助けられるんですか？

先を話すんだ。それからどうなった？

クルシュカッツ

七月四日の昼、バッハオーフェンが部屋に走り込んできた。激しいノックに返事をする暇もなく、ドアがバタッと開けられた。手を挙げて一枚の紙を振っていた。その明るい水色の目が勝ち誇ったように光っているのを見て私は、眠ることのない彼の猜疑心が、さらなる輝かしい勝利を祝い始めたのだと知った。

「ホルンが」と、その書類をデスクに叩きつけて、満足げな声を絞り出した。

その紅潮した顔、開いた口、少し短すぎる首を私は見つめた。ちゃんと髭を剃っていないなと思った。書類を手に取る前に、グルデンベルクにはいつもちゃんと髭を剃っていない書記官がいたなと頭の片隅で思った。

その書類にはブルクの年代記に関する短い、歴史哲学的なレポートが書いてあった。ヴェンド人によるヘルムンドゥーリ人やヴァルネン人やドューリンガー人の駆逐に関するものであった。初期移住の交替に関して、発掘された道具類や家財道具の遺物目録に添付されているホルンの考えは、あの四ヶ月前に博物館の記念日に彼が行った祝賀会講演と似たものだった。

その短い文書はそれを書いた人間の性格を映していた。それは、勇ましくも物わかりの悪いホルンに、見まがいようなく対応していた。つまりそれは、発展や、歴史や、そして時間の流れを拒否して、神経質に震える手で、実りなくも疲弊したヒューマニズムの女々しい旗を揚げるような体《てい》のものだった。

私はその書類をおいて、後ろにもたれかかった。開いた窓からは装蹄屋の規則正しく甲高いハンマーの音が入ってきていた。私は目を閉じて、休暇のことを考えていた。十月にはイレーネを連れてウンストルート渓谷へ行く予定だった。そのどこかの村に宿をとって、ブドウ狩りを体験したいと思っていた。それから私は、この執務室で過ごす夏、来る日も来る日も太陽の光に舞うほこりを眺めることになる夏のことを思った。バッハオーフェンはそのような物思いから私を引きずり出した。

「ホルンがこれで何を言おうとしているか、おわかりでしょう?」

「ああ」と私は言って、目を閉じてあくびをした。「つまりだな。わからないところもある」とすぐに私は訂正した。座り直して私は再びその書類を手に取った。「確か、ヴェンド人というのはソルビア人のことだよな。だが、ヘルムンドゥーリ人ってのはいったい何なんだ?」

バッハオーフェンは喘いでいた。私の質問にびっくりしていた。どう見ても、頭に来て、度を失っており、私がほんとうに自分の返答を待っているのだろうかと、考えている様子だった。

「まじめに話をしましょうよ」とうとう彼はそう言った。

「どうぞ」

「どうするつもりですか?」

鋭く、悪意を込めて彼は尋ねた。私の反応に不安を感じて、おそらくそのためにこのような場違いな口調になったもののようである。叱りつけるつもりで私が怪訝そうに見ていると、彼はあれやこれやの説明文を並び立てて、常套句攻めにしようとした。「ホルンがここで宣言しているのは修正主義です、セクト主義です。彼はすでに克服されてしまった時代に関する議論に引きずり込もうとしています。偏見にとらわれない科学という隠れ蓑のもとで後ろ向きの誤った議論を……」

私はまた目を閉じた。ホルンが、バッハオーフェンに劣らず、自分の論文の背景とその影響力に関してしかるべき認識を持っているということにはいささかの疑いもなかった。そこで私は、彼がどうしてこんな考えを書く気になったのか、想像してみようとした。それは明らかに、博物館の展示物に関する説明文として考えられたものであった。陶器のかけらとか古墳の模造などを見るために日曜日にやってくる無邪気な見物客にそんなものを見せて退屈させようとでも思ったのだろうか。バッハオーフェンがまさに宣告したように、その文書は確かに有害で、破廉恥なものであったが、何にもましてそれは笑止のものであった。

バッハオーフェンはさらに熱を帯びて語り、ようやくその告発を終えた。私は耳を傾けてはいなかった。彼が私の言葉を期待して口をつぐんだ時になってようやくそっちに注意を向けた。

「どうするつもりですか?」と再び彼はしつこく、恥じらいもなく尋ねた。

「どこからその書類は手に入れたんだ?」

「アルフレート・ブロンゲルが持ってきたんです」と彼は言った。

彼の声音はまたしても変化した。猥褻で背徳的なことをしでかそうとしたところを私に捕まえられたみたいであった。ためらいも見せずに口に出しはしたものの、ブロンゲルの名前を出すことは彼にとっては明らかに楽なことではなかった。アルフレート・ブロンゲルは博物館の人間だった。ホルンの補佐であった。

「この文書を掲示した新しい展示室は明日開くことになっていました」とバッハオーフェンは続けた。「ブロンゲルはそれを今朝発見しまして、すぐに私のところに持ってきたのです」

私が何も答えないでいると、もう一度彼は尋ねてきた。「どうするつもりですか?」

「わからんな」と私は、実際そうであったから、そう答えた。

そして私はホルンの文書を手にとって、引き出しにしまい込んだ。

何もしないことにしよう、そう心を決めた。気が楽になり、落ち着いて私はバッハオーフェンの顔を見た。失望がありありと見て取れた。

「些細なことではありませんよ、同志クルシュカッツ」

「どうすればいいかわかり次第、君には知らせるよ」と私はいたってにこやかに伝えた。

二週間後に、バッハオーフェンかブロンゲルかがホルンの書いたものをさらに発見して、それを修正主義的画策の証拠として、私に知らせることもなく郡当局に回した。七月終わりにはホルンに対する調査が始まった。私も話があるということでブルクに呼ばれた。ホルンに対して向けられた非難については不十分な情報しか持ち合わせてはいなかったが、もし自分自身が嫌疑の対象になりたくなかったら私は、自分を危険にさらさないために、ホルンに対して開始された措置を受け入れて、調査を委任されている同志を無条件に支援するよりほかに道はなかった。特に私は、ホルンの文書の有害性を過小評価し、お人好しにもそれを執務室で握りつぶしてしまって、監督不行届の責任を背負い込んでいたからである。

バッハオーフェンの提案に沿って町議会は、ホルンに対して挙げられた非難の数々の説明がつくまではホルンの職を解き、アルフレート・ブロンゲルを博物館々長代理に任命することを決議した。むろん私もブロンゲルの指名には賛成した。

町議会の席上バッハオーフェンはホルンの落ち度について語った。それによると、敵対的な破壊工作を行い党派性の原則を甚だしく阻害した、ということであった。ホルンは、知的プチブル主義の典型的な体現者としての本性を現し、労働者階級とその党の力に対する不信のゆえに、ブルジョアイデオロギーに譲歩し、リベラリズムの饒舌家と声をそろえて民主主義のいわゆる拡大なるものの要求をなすに至った、と主張された。町議会構成員たちの怒りに対して私も共感し、ホルンの態度に対する我々の衝撃を表わす熱狂的なアピールに署名をし、これから先は社会主義的秩序の敵に対してはさらに目を光らせ、断固たる対応をとるという誓約書に署名した。

むかむかしながら、それでも進んで私は署名をした。バッハオーフェンの執念深さを私は見くびっていた。あいつが次の一歩を私抜きでも、そして私に逆らってでも進めるとは予想していなかった。この失敗を今や私は、自分の責任を認めることで、そして自分の従順性を無条件で証言することで弁済しなくてはならなかった。しかし署名をしたのはまた、度量が狭くて頑迷なホルンのこちこち頭がひたすらにわたしを不名誉な立場においたからであるし、これ以上の寛大さはあいつのためにはならず、ただ破滅を先延ばしにするだけのことだと確信していたからでもある。それは単に災いの繰り延べに過ぎない。

私は署名をしたが、それは、かつてのよく似た声明の際に感じ、そして後味の悪いものとなった、あの砂を噛むような味のものではなかった。署名をしながら私は、これは仕方のないものであるというだけではなくて、結局はこれがホルンのためにもなるとわかっていた。

八月末にホルンは姿を消した。噂が流れ、憶測がなされた。バッハオーフェンはアルフレート・ブロンゲルを博物館々長に任命するようにと私に迫った。ホルンにはもう会うことはあるまいという予感はあったが、私はそれを拒絶した。夏休みの最後の日に子供たちが森でホルンの死体を発見した。

この死人のことで小さな町は途方もない大騒ぎになった。地中に横になったあとでも、人びとは彼のことを放っておかなかった。悪霊に取り憑かれて、ひっきりなしにホルンのことを口にしないではいられないような様子だった。彼の死は心に重くのしかかり、その重荷から逃れようとして人びとは犯人を、あるいはたとえ無罪であろうとも罪を被せることのできる人間を求めた。それは私にとってはいとわしく、情けない日々であり数週間であった。手がないだけになおさらだった。まもなく私は、執務室に来客があるとその目を見て、ホルンの死を私のせいと考えているかどうかを探るようになっていた。

イレーネはホルンの死に度を失った。私が想像していた以上のショックの受け方だった。その時私たちは休暇中で、ホルンが葬られた穴からは二百キロも離れていたというのに、彼の葬式にどうしても参列するようにと迫ったのは、妻だった。その真剣さに私は驚いた。ホルンのことを買っているのは知っていた。木曜会には毎回参加していた。この夕べの会を始めたのはホルンだった。隔週の木曜日ブルクに集まり、講演を聴いて、話し合いをするのである。この地方の歴史や町の発展のことや芸術についての講話があるのである。それは言わば、隔週の木曜日の夜、博物館の部屋で繰り広げられる、グルデンベルクの精神生活であった。この催しは公的なものであったが、毎回参加する人間はそう多くはなかった。教師が二、三人、医者が一人、薬剤師とその妻、初老の婦人が三、四人、それと私の妻くらいのものだった。療養客がこの中に迷い込むことはほとんどなかった。

妻にとってはそこでの話は重要なものだった。それは、ここに引っ越してきたおかげで諦めなくてはならなかったもの、大都市における生活の幾ばくかを補ってくれるものであった。だから私は妻のやりたいようにまかせていた。このサークルに対して私がけなすようなコメントを述べてもそれは悪意を含んだものではなかったし、妻も笑って受け流していた。しかし私は、この夕べの会とホルンが妻にとって実際どれほど重要なものであったのか、まるでわかっていなかった。そしてホルンの死に対して妻が驚愕するのを見た時、私はその理由がわからず、うろたえた。まもなく私は、妻も私があの男を殺したと思っているのだとわかった。またしてもホルンに対する罪を背負い込んでしまった。彼の運命の後押しをした罪、あるいはその向きを変えようとしなかった罪である。そのような思いこみを妻から振り払わせようとしたが無駄だった。何時間も妻と話をした。幾夜も費やして私は、自分の無罪を語る同じ言葉を幾度となく疲れた唇でたどたどしく口にした。疲れ果て、絶望して私は、自分を信じてくれるように懇願した。怒鳴りつけて私は、正気とは思えない非難を止めさせようとして、殴ることさえした。無駄だった。

休暇の終わった翌日、ホルンの死体が見つかって二ヶ月後、妻は私に向かって、身の毛のよだつような言葉を口にした。「こんなことがあるなんて思いもしませんでしたけど、あなたを見ていると吐き気がしますの」

それで私は、死んだホルンのせいで自分が妻を失ってしまったということを悟らざるをえなかった。

トーマス

母さんの鏡台の前に座って僕は自分の姿を眺めた。僕は家で一人だった。父さんは薬局だったし、母さんはおばさんのところに行っていた。時間が手に入った。二、三時間は一人きりだ。しばらくの間この家は僕の、僕一人だけのものだ。父さんの書斎にも入れるし、台所や小さな作業部屋にも、屋根裏部屋にも行ける。誰からも呼ばれることはない。照明付きの地球儀のスイッチを入れて、その重たいガラスの球を回すこともできるし、父さんの本棚や引き出しを探ることもできる。屋根裏部屋で見つけて、それ以来大事にしまってある拝領の短剣で遊ぶことだってできる。地下室からさくらんぼの瓶をひとつ取ってくることもできる。ほかの瓶を動かして、ほこりを用心深く棚板の上にちらして、ばれないようにすればいいだけの話だ。

そんないろんなことをするかわりに僕は父さんと母さんの寝室に腰を下ろした。化粧台の前のビロードの椅子の上だ。僕の前のガラス板の上にはブラシや櫛、巻き毛カーラーの入った菓子缶や母さんの化粧箱や香水の瓶やクリームの缶があった。スプレーのついた小瓶を手にとって、その緑の布で覆われたゴム球を押して、いいにおいのする霧を空中にまいて自分の顔に降らせた。

化粧台には壁を背にして鏡がついていた。丈の高い三面鏡で、左右の面が動くようになっていた。僕は自分の目を見た。目の縁から自分の頭の側面を右から、左から眺めた。自分がいくつもになり、聖母教会の祭壇画のようなトリプティカ（三連の祭壇画）になっていた。集中しなくてはならなかった。三面になった自分の鏡像を同時に見るのはとても難しかった。何度やっても目が横に動いた。息をしないようにしてみた。ちょっと頭をかしげて、説教壇のキリストの木像のまねをして、苦しんでいるような、慈愛を垂れているような目つきをしてみようと頑張ってみた。自分を出し抜いてみようとした。つまり、さっと頭を脇の鏡の方に向けて、横顔を見てみようとしたのである。うまくはいかなかった。何度やっても自分の目がこっちを見ているだけだった。それでも動きは見えたと時折思い、一秒の何分の一かの間不意を襲うのに成功したと、そして鏡像よりも速く頭を回せたと自分に言い聞かせた。

側鏡をさらに自分の方に近づけるとたくさんの鏡像が映った。永遠に、あるいは見通せないところまで像がずうっと続いていた。冷たいガラスの鏡の向こうに僕のポートレートの展示室が現れた。自分が何百にもなって、すごく遠くまで続いていていて、手が届かないところまでいた。側鏡をちょっと動かすとこのまごつかせるようなきらきらした怪奇現象は失せた。

鏡の面をまっすぐに、三面が平面になるようにしようとしてみた。むずかしかった。一ミリでもずらすと、おかしな、不安にさせるような、それでいて魅惑的な像がこっちを見ていた。ひとつの眼球が横に延び、分かれて、二つになって僕の方を見ていた。鼻は膨らみ、広く無骨になり、そして割かれた。二つのとんがり鼻ができた。ひとつの耳から二つ目の耳を伸ばすことができた。お互いを覆うように見えていて最後には二つに分かれてしまった。この遊びにあまりに心を奪われたものだから、不安になって僕は、ひとつの鏡の面だけを覗き込んで、自分がまともな顔をしていることを確信しなくてはならなかった。

側鏡を向こうに押した。後ろの方に向かって角度がつくようにした。蝶番を壊さないように気をつけなくてはならなかった。こうすると顔の真ん中が縦方向に一部分消えてしまった。鼻はどこにも見えなくなった。一つ目になった僕は残っている目を覗き込んだ。二つの鼻翼だけが痕跡として残り、二つの口角が僕の口だった。何の傷も残さずにほかのものは取り除かれていた。喪失した顔の部分を示すような傷も傷痕もなかった。皮膚は境目がわからないようにつながっていた。この恐ろしい、押しつぶされて壊れた顔が自分だった。二つの瞳で合成されたひとつだけの目をして、鼻のない顔。この醜悪な顔が僕の鏡像だった。僕の肖像だった。

その時物音がした。急いでもとどおりに。鏡はトリプティカの位置に。もとの配置に。あわてて、息せき切って。静かに後ろ手でドアを閉めた。心臓の鼓動が聞こえるくらいにバクバクいった。階段室から名前を呼ばれた。返事をした。落ち着いて、平然と、何も悪いことはしなかったように。僕の顔にはまた、鼻と、二つの目と、ふつうの口が戻っていた。

父さんだった。「トーマス」とまた声がした。その声は尖っていてちょっと震えていて、上ずってしまいそうだった。これ以上怒らせたくなかったので、僕は急いで行った。父さんの前に立つと、穏やかにそして怒りを押し殺した声で言われた。「部屋に来なさい」

ゲルトルーデ・フィシュリンガー

「今日うちに誰がやってきたかあんたわかる？」

「いいえ」

「わかりゃしないわよね。あの人がうちにやってくるなんて思いもしなかったわ」

「うちって誰の？　あんたんとこ、それとも神父さんのとこ？」

「もちろん神父様んとこに決まってるでしょ」

「だったら、神父さんと結婚してるみたいな言い方しないでよ」

ユーレは口をへの字に曲げました。「そんな馬鹿みたいなことはいいから」

彼女は立ち上がってかまどのところに行きました。火かき棒で石炭を突っつきました。そしてやかんの中を見て、それをかまどの鉄板の上にきちんと置き直しました。テーブルに戻るとようやく話を続けました。

「絶対に当てられないから」

「いいから、おっしゃいよ」

答える代わりにユーレはずるそうに笑って、また肉を一切れ皿から取って、小さく刻みました。そのひとつを口に運んで、それをまるで歯のない人みたいにいつまでも噛みながら、そして教えてくれました。「あんたのとこの間借り人よ」

「ホルンさんが?」

ユーレは水を飲む時のにわとりのように目をぱちくりさせて得意そうに頷きました。

「それで何の用だったの?」

「そんなこと知りゃしないわよ」

「ユーレ、あんた知ってるんだわ」と私は言いました。「知ってるはずだわ。あんたって人は、知りたいことがあるとなるともう、二メートルの厚さの壁があったってものともしないんだから」

おだてられて彼女はくすくす笑いました。指でまたもうひとつ小さな肉を口に運びました。とてつもない大食いでしたので、食べ物を小さく刻んで食べる習慣にしているのでした。決して鎮まらない欲望をより持続的に満たすためだけに、彼女はそうやって食事の手続きを長引かせているのでした。その上彼女は、そのような大人気ない、いささか気分の悪くなるような食事のとり方を上品だと信じていました。

「あんたが知ってるってことは私にはわかるの」と私は続けました。「あんたは確かに好奇心旺盛で、おしゃべりで、それに、生きている間に聖人の列に加えてもらえると信じるくらいにひとりよがりではあるわ。だけどあんたは嘘はつけないのよ。さあ、ホルンさんの用事は何だったの」

「告解の秘密ってものがあるのよ」

「そうね。だけどユーレ、あんたはまだ神父じゃないわ。それにホルンさんは教会には属していないから、告解をすることはありえないわ」

「トルーデ、ひょっとしてあんた何か自分のことを告白されたんじゃないかって心配してるんじゃないの」

彼女が何気なく口にした言葉を聞いて私は突然自分の孤独を意識させられました。そして私の体を苦痛と言ってもいいようなものが通り過ぎていきました。いきなり始まるサイレンの響きのように、悲しい鳴き声を立てて、それはすぐに響き止みました。私は心して息を整えなければなりませんでした。ユーレが何か感じ取ったかどうか、私にははっきりとはわかりませんでした。

「何も私、心配なんてしちゃいないわ。私のことをあの人が喋るなんてありえないじゃない。私とはほとんど話もしないんだから」

「あんたの間借り人は問題を抱えてんのよ」とうとうユーレは口にしました。うつむいて唇を尖らせていました。まるでそうやると秘密が無傷なままに保たれるかのようでした。

「どんな問題?」

「たいへんな問題よ」とユーレは答えて、意味ありげに黙り込みました。

「いい加減、言いなさいよ」と私はどなりました。「詳しくは知らないのよ。全部は聞こえなかったから」と彼女は白状しました。ドアのところで立ち聞きをしたと白状したこの時、その顔にはちょっと赤みが差し、きれいに見えました。「すごく小さな声で喋っていて、内容が込み入ってるのよ。わかったのはただ、彼が博物館で問題を起こしたこと、そしてそのことを話せる人がいないっていうことよ」

そして彼女はわざとらしくちょっと間をおいて、さも重要なことであるかのように付け足しました。「ゲスリング神父さま以外にはね」

「それで?」神父に対するひとりよがりの自慢から彼女を引き剥がしたくて私は尋ねました。彼女のこの自慢と傾倒は彼女の人生を豊かに明るくしているものではありましたが。

ユーレは立ち上がりました。かまどにおいてあるやかんからは湯気が立っていました。彼女はポットをゆすぎ、それを勢いよくぐるぐる回して水気を切り、いろいろな箱や壺やガラス瓶の中に入っているものを混ぜ入れました。そうして彼女はすさまじいコーヒーを淹れるのです。飽きもせずにコーヒー豆を自分で煎るだけではなくて彼女は、黒光りするカラメルコーティングをするために砂糖を加えて煎るのです。挽いた豆にはいろいろ香料を加えます。そのブレンドを彼女は、彼女の神父様のレシピに沿って作るのです。彼女に言わせると、そうやるとコーヒーはほとんど奇跡を起こすような力を持った薬になるということでした。私にとってはほとんど味わえた代物ではありませんでしたが。カカオとシナモンのほかに彼女は、アニスを少し、メリッサを一枚、つぶしていないヴァニラ、タイム、ナツメグ、カルダモン、そして緑の胡椒を丸のまま加えました。その飲み物を私に初めてふるまった時、彼女は中に入っているものを数え上げて私に、おいしいかと尋ねました。私は、そんなにがんばらなくても、と答えました。彼女の飲み物の味は、ブレンドしないで淹れたコーヒーの中にたっぷり酢を入れたらこんな味になるかもしれないといったものでした。

私は食器と鍋を片付け、テーブルにカップと砂糖とクリームを置きました。でき上がったコーヒーをユーレが持ってきます。まるで聖体顕示台のようにポットをかざしていました。そしてそれを注ぎました。

「病気の人間はおいしいかおいしくないかで薬を選んじゃいられないってのはわかるわよ」と私は言いました。「でもどうして悪魔の煎じ汁を一緒になって飲まなくちゃならないのか私にはわからないわ」

ユーレは怒りもしないで笑っていましたが、いやとは言わせませんでした。「聖人を助けることのできるものが、私たちみたいな年寄りの罪深い女によくないはずはないわよ」

彼女はその、熱くて黒い飲み物をおいしそうにすすりました。私は待っていました。キッチン時計のチクタクいう音がやけに大きく聞こえました。外からは何の音も聞こえていませんでした。開いた窓からはただ暑さとほこりだけが重たくのしかかるように舞い込んでいました。

「あんたの間借り人は出て行こうとしているのよ」とうとう彼女はこう切り出しました。「消えたがっているのよ」

「だけど、どこへ?」私にはわけがわかりませんでした。

「どこへって? ここから消えたかったら、どこへ行くと思う?」

「そんなこと信じられない」と私はきっぱりと言いました。ホルンさんのことは四年前から知っています。話すこともあまりなくて、ほとんどあの人のことは知りませんでしたが、突然いなくなるような人ではないという確信はありました。いずれにしても、すべてを言ってしまうまでは。ホルンさんはこの世で幸せになるように生まれついてはおられませんでした。それをするのが義務だと確信すると、どんな苦い杯でも底の底まで飲み干すような人でした。ユーレに言わせると、石頭すぎて、結局は自分を燃やすための薪までも悪魔に進呈してしまうという類の人間でした。

「ユーレ、私には信じられないわ」と私は繰り返して言いました。「聞き間違いしたのに違いないわ」

「自分が耳にしたことはわかっているわ」彼女は言い張りました。「それにグルデンベルクから去って行くのはあの人が初めてじゃないし。前もって神父様に話しに来たのもあの人が最初じゃない」

私にはユーレが勘違いをしていること、間違っているに違いないことがわかっていました。でも彼女と言い争いはしたくありませんでした。私はただ、「それであんたの神父様は何ておっしゃったの？」と尋ねました。

ユーレはうつむきました。話し始めた時、その声は独特の、厳かな確信を帯びていました。聖なる神父様の言葉を信心深くうっとりしながら聞き取っており、それでその言葉を一言の変更もなしに私に伝えることができるのだと、私にはわかりました。

ゲスリング神父様はこうおっしゃったわ。私はあなたに助言してさしあげることはできない。しかし私は、神様はどのような人間にもその人なりの場所をお与えになっていると確信しております。あなたがもし、ここが自分の場所ではないと思われるのでしたら、むろん出て行かれる権利はおありだと思います。しかし、と神父様は付け加えられたのよ。あなたはここでは必要とされていますって。

ホルンさんは深くため息をついて、そしてこう言ったわ。たまらないのは、自分が無罪だということです。私に有罪の判決を下すのは私の同志たちで、惨めな判決を下したあとでも私の同志であり続けるんです。こんなことはいったいいつになったら終わりになるんでしょう。

それからしばらく沈黙があったわ。ホルンさんが立ち去ってからゲスリング神父様はディエス・イレという哀悼歌を祈っていらしたわ。

「哀悼歌ですって?」私は動転して尋ねました。

「そうよ」とユーレは言いました。カップを置くと彼女は抑揚のない囁くような声で次のように唱えました。「ラクリモサ　ディエス　イラ、クア　レスルゲット　エクス　ファウィラ、ユディカンドゥス　ホモ　レウス、フイック　エルゴ　パルケ　デウス!（涙の日は、裁かれるべき罪人が灰燼より復活する日であるがゆえに、神よ、その者にお慈悲を!）」

台所の窓の敷居の上に黄色い猫が跳び上がってきて、腹をすかせた目つきで私たちをじっと見つめました。ユーレは叫び声を上げ、窓のところに行って追い払いました。私は台所の時計を見ました。一時四十五分でした。時間どおりに店に着くには急がなくてはなりません。

「出て行きゃしないわ」と、私は一緒にテーブルの片付けをしながらユーレに言いました。

ユーレは澄みきった目を細めて、私のほうを怪訝そうに見ました。

「そんなに断言しない方がいいわ」と謎めいた言葉を口にしました。

その三週間後ホルンさんは私の部屋にやってきて、一生逃げ回っているわけにはいかないと言われました。

その数日後、姿が消えました。

ママ、わたし結婚するのよ。ほんとうよ、もうじきお婿さんができるの。ママ、ママも喜んでくれる?

ヘーデルおばさんが花婿さんを探してくれるの。わたし、おばさんとこで会うことになってるの。ヘーデルおばさんはよくわたしを呼ぶのよ。いろんな難しい質問に答えるお手伝いをするの。まあ、みんな何も知らないんだから、驚いちゃうわ。質問ばっかりして、そしてそれに答えられるのは、ヘーデルおばさんとわたししかいないんだから。みんな、夢を見ないのかしら? 自分の知らないことを教えてくれるような、死んだママを持っていないのかしらね?

わたし、結婚して子供を作るのよ。わたし、頭がおかしいわけじゃないわ。ちょっと変わっているけど、頭がおかしいわけじゃないわ。そうヘーデルおばさんも言ってたし。それに、ちょっとばかり変わっているのはだれでもなんだって、そうヘーデルおばさんは言ってるし、そんなことは結婚しない理由にはならないわ。

だけど、パパはどうしたらいいんだろう。わたしが結婚するって言ったらパパ泣いてたわ。ひとりっきりになってしまうから泣いたんでしょうね。でも、一生パパの面倒を見なくちゃならないなんてことがある? パパの頭がおかしいからって? わたしの頭がおかしいって町中で触れ回るくらい頭がおかしいのよ。考えてもみてよ、ママ。自分の娘のことをそんなふうに言うのよ。頭がおかしいだなんて！

ベッドに横になっていて、黒い木立が見えて、それで眠れないでいると、いろんなことを考えちゃうの。でももう、思い出すことはないわ。わたしの結婚式には来てくれる？　ママ。結婚相手は若くてハンサムなはずよ。ママにはわたしがわからないでしょうね。ヘーデルおばさんがかけてくれるベールをしてるから。ママ、わたし見かけはちゃんとした娘さんよ。

わたし、それってカルロスかしら？って、きいたの。カルロスってとてもハンサムなのよ。でもヘーデルおばさんは仰天してたわ。ジプシー女には子供はできないんだ、子供はさらってくるんだって。おかしいでしょ？　子供なんてあっという間に間に合っちゃって、やっかいなんてないんですって。でも、ヘーデルおばさんはたぶん嘘をついてるか、ちょっとおかしいのよ。おばさんのことをみんなが何て言ってるか知ってるわ。魔法使いのお婆さんだって。

でも、結婚したらパパのこと、どうしたらいいんでしょう。パパがいつも泣いてばかりだったら、わたしのハンサムな花婿さん、何て言うかしら。ママ、わたしの結婚式には来てよね。ほかに友達なんていないんだから。そしてママもベールをしてね、花婿さんがママを見てびっくりしたらいけないから。

ああママ、わたしが結婚する前にいろんなことを話してね。ひとりでベッドに横になってじっとしているとどうして何もかもがつらく思われるのか、教えてね。

ひょっとしたらわたし、ジプシー男と結婚した方がいいかもね。とてもハンサムなのよ。ジプシーは子供は作らなくて、さらってくるなんてことが本当だとしたら、それはそれで手間の省けることでしょ。

木がとても黒いわ。そしてかわいそうなパパのことを思うと涙が出てくるわ。頭がおかしくなってて、おまえには結婚はできないなんて言うんですもの。

ママ、どうしてわたしを地下室に押し込んだりしたの？　男の人たちはわたしを探してたのよ。マルレーネがほしかったのよ、ママをほしがってたんじゃないのよ。わたしの結婚式に来るときはベールをかけるのを忘れないでね。愛する、年を取った、死んでしまったママ。

トーマス

父さんの書斎はうちでは一番神聖な部屋だった。父さんからはっきり要請されない限りは足を踏み入れることのできないところだった。そしてむろんこの部屋は、父さんと母さんが家を空けて、しばらく戻ってこないということがはっきりしたとたんに、僕たち兄弟が足を踏み入れたいとまっさきに思い浮かべるところだった。

そのような時でも厳しい禁止は効いていた。つまり、二人で一緒に父さんの言いつけを破るなんてことは、弟も僕も思いつきもしないことだった。僕らは二人とも、この家で一番神聖なところに向けた跋渉に乗り出す前に、親たちが家にいないということを確信するだけではなくて、突然相手と鉢合わせをしたりすることのないように気を配った。一人でやる楽しみだということがその魅力を倍増した。禁止された場所を足音を忍ばせて動き回る、どんな音も立てないように気をつけながら、そして常に、不意を襲われてしたたかに罰を受ける恐怖を感じながら。ひょっとしたらこの冒険の本来の根拠であり一番わくわくさせるものは、この息苦しくなるような不安感だったのかもしれない。実際、父さんの書斎には、そんなに苦労するに値するようなものはほとんど見当たらなかったし、弟にとっても同じようなものだったはずである。

机や小さな書類棚の上の古めかしい薬剤師用の器具、広くてどっしりした本棚とパイプのコレクションなどが僕にとっては一番魅惑的なものだった。でも、文字の書き込まれた陶器の壷や、小さな真鍮の坩堝《るつぼ》や、いかにも壊れやすそうな秤やまた喫煙具などは、それを見ても空想はすぐにしぼんでしまい、それと同時に、そんなものにかかずらう気も失せてしまうのだった。

そういうわけで僕の注意はもっぱら本棚に向かった。薬学に関する退屈な文献が延々と並んでいる中に、一冊の、色つきのたくさんの挿絵と図解を付けた自然療法の読本を見つけた。まじめな顔をしてこっちを見ながら、何恥らうこともなく体を晒している裸の女と男を僕は見つめた。発疹や奇形を眺め、特殊な病気や肉体的な惨状を描いた挿絵を目にした。でも僕にとって一番魅惑的だったのは、色刷りの、開けることのできる二枚の図版で、一枚は女、もう一枚は男の体を描いたものだった。順番に、皮膚、筋肉、内臓と開けていくことができて、最後には人間の体の輪郭だけ、骸骨だけになるというものだった。皮膚をはがれた血管をなぞると、指がうずうずした。頭蓋骨や胸を開け、それを外してその下にある脳味噌を触り、そして心臓や胆嚢や胃を描いた小さな厚紙を触ることができるということ、それは僕にはわくわくするようなことでもあり、吐き気を催すことでもあった。青や赤や緑の醜い内臓は僕を夢中にし、それは夜毎悪夢となって僕を苦しめた。

開け閉めできるこの図版や自然療法の読本への興味は突然消え失せた。ある日、僕はうっかりして、気管の絵が付いていて、一枚の肺翼を描き出している茶色っぽい厚紙をちぎってしまった。ぎょっとして僕はその肺の半分を元どおりにくっつけようとしたのだが、うまくいかなかったので、結局それをズボンのポケットにつっこんだ。夜、それをトイレに投げ込み、その小さな、ちぎりとられてつぶれた肺が消えていくまで、僕は水を流し続けた。この厚紙とともにこの医学書は魔力をすべてなくしてしまった。それは、何の変哲もないものになってしまい、もはや父さんのほかの退屈な蔵書と変わるところはなくなった。人間の臓器や、赤い血の色をした肉とに溢れたものではなくて、単なる厚紙と糊になった。ぞっとするようなメルヒェンはその仮面をはがれて、紙でできたごまかしものでしかなくなった。

ごつい本棚が僕の持続的な興味の的になったのは、そこに秘密を発見してからだった。上の方の棚にはドイツ古典作家のいろんな本が並んでいた。それらは重たい本で、色があせかけて、使われることもなく、棚を埋めていた。それらはその分厚《ぶあつ》さと暗い金文字のために、威厳を感じさせはしたが、面白くはないように思われた。それぞれの本には一人の作家の全作品が収められていた。本の扉にそのことが書いてあるのを見てからは、それを調べてみようとか、まして況んや読んでみようとかいう気はなくなった。偶然僕はこれらの重たい本の後ろに父さんの書庫の本来の宝があることを発見した。その後ろ、本棚の棚板の低い所には、刺激的な挿絵の入った読み古された小説、扉に半裸の女の人が描いてある仮綴じ冊子、そして「成人男子向け」と赤いスタンプの入った何冊もの雑誌が積んであった。

最初は、これらの隠された本や冊子は誰か別の人のもので、たまたま父さんの書庫に紛れ込んだのだろうと思った。その方が僕には納得しやすくて理解可能な推量に思われた。いずれにしても、これらのうっとりさせるようないかがわしい高価なものを買って所有しているのが父さん自身だと考えることよりは了解できることだった。でもその推量は、何冊かの本の見返しに父さんの蔵書票を見つけた時に壊れた。その小さな紙には、調剤用の秤が描かれており、皿にはどくろが乗っていて、天秤のさおの下には父さんのイニシャルが入っていた。僕にとってはびっくりするようなことが書かれていたり描かれていたりするこれらすべてのものが父さんのものだった。父さんが買って読んだ、父さんの所有物だった。この秘められた宝に僕は心を乱され、そして好奇心をかきたてられた。昔の父さん、僕の知らない人間が姿を見せ、僕は自分のまったく知らない父さんの昔を発見したいと思った。

妻も子供もいる厳格な中年の男、周りの人間から慇懃に扱われ、尊敬されてもいる人間がこんな恥ずかしい書き物や絵を持っているということは僕には秘密に満ちていて、理解できないことだった。僕の知らない父さんの過去に関する真実の全体像は、今度の発見で感じとることのできることよりもずっと英雄的な、あるいはもっと恐ろしいものだったのだと僕は思い描いた。これらの挿絵入りの本や雑誌によって僕は、その謎を解くことはできなかったとはいえ、ひとつの秘密を発見したということがわかっていた。いつか、この書斎の探検中にとっ捕まえられるようなことにでもなったら、これらの本のことを知ったということで、ほかのどんな悪いことをした時よりも情け容赦なく、厳しく、ずっと厳しく罰を受けることになるだろうと予想していた。だから僕にとってはこの発見はとても貴重なものだった。そして、父さんの王国を秘かに探る時にはいつも、その手垢にまみれたページに改めてうっとりとしたものである。

思い出深いのは一冊の薄い上品な装丁の本である。昔の筆記体のズュタリーン書体でタイトルが書いてあった。「娼婦の情人」。それは濃い褐色の写真を並べたものであった。中くらいの長さの黒いボーイッシュな髪をして、肩の出た透かしのイブニングドレスを着た女性がフラシ天の安楽椅子に座ってたばこを吸っている。気取ったようにぴんと伸ばした指の間に長いシガレットホルダーを持っている。その背後には絞った厚地カーテンと窓があり、目の詰まったレースカーテンからは光は少ししか射し込んでいない。右には、大きな空の花瓶の載った小テーブルがある。そして白いエプロンをした娘が入ってくる。その後ろには男の顔がほの見える。次は、その男だけが写っている。スモーキングを着て、山高帽子を手にしている。口の周りには細くてくっきりと剃り込まれた髭を生やしている。男は身振りをつけて話をし、椅子に座った女は両脚を肘掛けに上げて笑っている。

男は拳銃を取り出す。女はレースカーテンの後ろに隠れる。花瓶の載ったテーブルが倒れる。床には花瓶のかけらがちらばる。次にはいきなり、じゅうたんの上にひきさかれた下着がある。女はレースカーテンにしがみつく。その裸の背中が見え、女は頭を両手で覆っている。その次は、部屋を突っ切ってばたばたと逃げ回る四枚の写真。女は、だんだんと剥き出しになっていきながら、交差した腕で不安げに胸を隠している。男は独特の硬直した姿勢で拳銃を前に突き出している。その顔は薄暗くてよく見えないが、その目だけははっきりと見える。大きくて、威嚇的である。女がベッドに横になっている。高慢そうな、そして絶望した目をしている。男は女の前に立ち、拳銃を自分の額に向けている。女は今や全裸になり、男の膝にすがりつき、その体を男の脚に押しつけ、口を開けて男を見上げる。終わりの方の写真では、誰もいない、荒れた客間が見える。引き裂かれたレースカーテンとチュール布の広がった廃墟。人間が一人いるような影が感じられる。その次は、窓からの景色。引きちぎられたカーテンの間に丸くかたまった雷雲が見える。最後は、ベッドの横の柔らかいフラシ天のじゅうたんの上の女。緊張の解けた、なまめかしい姿勢をした、親しげな、ほとんど微笑んでいるとでも言えるような顔。手を胸においているが、その数センチ横には、ほとんど出血していないが致命的な傷口。

この事件の説明を探したが、見つからなかった。文としてはただ写真の横にひとつの詩が載っていて、情熱が、そして自然の偉大な法則が歌われていた。どこにもこの二人に関することは書かれていなかったし、殺人者の逮捕や判決のことも書かれていなかった。これらの写真が実写であり、ある犯罪をカメラでとらえたものだということを僕は信じて疑わなかった。その確信を強くさせたものは、破壊のすさまじさだった。壊れた椅子、割れて床にちらばっている高価な花瓶、それに、引きつった女の顔、絶望的な逃避の中で露わになった体、聞こえないとはいえ、僕にとっては忘れることのできないものとして耳の中に響き渡る叫び声。それに、あの上品な服を着た紳士の殺人者も僕の想定の正しさを確信させるものだった。というのも、どの写真を見てもこの男の顔ははっきりとは写っていないのである。知られたくなかったのである。

この犯罪には父さんが関わっているとさえ想像した。これらの写真を所有していて、それを隠しているのだから、僕にはそうとしか説明がつかなかった。写真の中の男、娼婦の情人でその殺人者でもあるこの男が父さんだと思ったわけではない。ここに来て僕の想像力は限界にぶつかった。毎日曜日一緒に公園の散歩をしなければならないあの父さん、朝食の時にコーヒーポットを誰かがひっくり返したといってかんかんになって怒り、そのままテーブルを立って書斎に行ってしまう父さんが、こんな殺人を、こんな混乱した場面を引き起こすことがあるなんて想像できなかった。だからむしろ、父さんは悲劇的な事情で殺人者とつながりを持っているやむをえない関係者で、それで事情を知っているのではないかと推量した。

父さんが主役を演じているのはもうひとつ別の本だと思っていた。書簡体の小説で恋愛ものだった。この本に関しても僕は、それが実話を伝えているものと確信していた。それを否定できない根拠があると僕には思われた。見たところ手書きと思われるページがあり、観劇の際に破れ目を入れられた入場券が貼り付けられてあって、その観劇のことが手紙のうちの一通で触れられており、スイスに住んでいる若い主人公の女性はベラというのだが、その彼女に宛てた伝言がカレンダーの紙に書かれて挿入されているし、雪に覆われた山をバックにしたものや、あるいは白い、木製の回転木馬に乗った両人の写真などがあり、本物の髪で、手で触ることのできる女性の巻き毛がクリップで留められており、そして果ては、ジュネーブのとあるグランドホテルの名前と住所の印刷されたランチの計算書までが挿入されていたのである。僕は、ベラとその名無しの、ミュンヒェンに住んでいる許嫁の実在を一瞬たりとも疑わなかった。そして僕は、きっとその当時ベラの許嫁だったのは父さんなのだと思っていた。そうでなかったとしたらどうしてこんな手紙や資料を父さんは持っているというのだろう。

その中の写真を見ても僕の確信は揺るがなかった。この写真の中の人物は気取っていておかしく、色あせていたが、それは、両親の若い頃の写真も同じことで、僕はそれを見ても、それが両親だとはわからなかった。見たこともないなじみのない顔で、美形だとよく言われていたが僕にはどうだかわからなかったし、奇妙としか思えない髪型と服のために、ほかの誰とどこも変わらないような顔だった。過ぎ去った、死んでしまった世界。本の中の一人の見知らぬ男の人が、どうしてもう一人の見知らぬ男、母さんの写真ケースの中でしか知らない男の人と同一人物であってはならないということがあるだろうか。

それに加えて、母さんが折に触れて父さんの昔の恋愛話を持ち出す、ということがあった。優しくあるいは皮肉っぽく、また時にはきつく、悪意を込めてそれをほのめかしの中で話した。僕たち子供にわからないようにするためなのか、あるいは自分は夫が予想しているよりももっとたくさんそのことについては知っているということを示したかったのか。これらのベールに包まれた言い方、暗示したり、表に出さなかったりということだらけの会話は、両親の昔の生活における重要なできごとを指し示すものと思われた。僕がまだ存在していなかった世界の、僕にはわかりようもない事実とつながっていたから、僕には手が届かない、そんな時代のことだった。

母さんのそんなあてこすりに父さんはいつもそっけなく、むっとして反応し、口を閉じさせることすらあり、その女性のことについて一言も口にすることはなかったので、ベラと例の名前のない男についての書簡体小説はやっぱり父さんの昔の恋愛であるとの確信が僕の中では深まった。そして同じように、父さんの本箱に隠されていた小説や写真を僕は父さんの若い頃の資料だと思っていたが、それらは父さんのもうひとつの、もともとの本質を明らかにするものだと思われた。毎朝きちんと時間どおりに家を出て自分の薬局に出かける、厳格で口やかましい男、町中から尊敬されていて、学校の先生たちが決まってその模範的な仕事ぶりをほめる人間、自分の子供に怖れられ、愛着を持たれていない父親、そんな人間の裏に僕は冒険者を見出していた。それは破天荒の放埒な半生を送った男で、娼婦や犯罪者たちとつながった男だった。犯罪者という言葉で僕が思い浮かべていたのは、カラフルな服を着た海賊で、それは僕が持っているインディアンや盗賊の小説に出てくる向こう見ずなものたちだった。そして娼婦という言葉でイメージしていたのはちょうどお話に出てくるようなもので、ちょっと言えば、童話の中の小さな人魚みたいなもの、そして、母さんの昔の劇場パンフレットのコレクションでその写真を目にしたことのある、長い琥珀のホルダーでたばこを吸っている、クールな目つきをした、誇り高いジプシー娘みたいなものだった。入植地に住んでいる、ふけて化粧の濃い女の人で、母さんが尻軽と呼んでいて、学校の噂では、金でやらせると言われているメルカーという女の人がいたが、彼女に対してこの立派な称号を与えるなどということは思ってもみないことだった。金で何をやらせるのか何となく感じていたくらいのものでしかなかったが、メルカーさんは品がなくていやな感じで、僕の目から見てこの、娼婦という、輝きのある称号にふさわしいものは何も持っていなかった。僕の思う条件にずっとよくぴったり合っていたのは、町長の奥さんだった。町長とその奥さんは時折うちにお客に来た。やってくるのは晩で、弟と僕がベッドに行かなくてはならないちょっと前だった。僕らはちゃんと挨拶をしなくてはならなかった。そしてその二、三分後には、顔を洗ってパジャマに着替えて、二人に行儀よくおやすみなさいを言わなくてはならなかった。この若い奥さんのことが僕は気に入っていた。僕にちゃんと話してくれて、大人たちがよくやる、見下したような親切さという感じがなくて親身だった。きれいな人だった、とてもきれいだった。母さんに言わせると、楽しみのため、そして法外なお金を服に消費するためということだったが、しばしば一人でライプツィヒに行き、そして一人でとか夫と一緒にとかで一年に二度の長期休暇を取ってでかけていた。それは僕の両親には無意味な浪費と思われていたが、僕にはすばらしい浪費に思われ、それで僕は頭の中でこの婦人に、娼婦というものに僕が与えている魅惑的な高い地位を与えたのである。

こういう次第で僕は父さんを、荒っぽい事件に、闇の仕事に、すてきで怖い、秘密に満ちた世界にまきこんでいた。そういう誘惑に駆り立てたのは、夢の中で活路を見出そうとする冒険欲ではなかったし、子供特有の抑圧的な苦境のゆえに広げられた空想でもなかった。そうではなくてただ、書斎で見つかった秘密を明らかにし、両親の沈黙の意味、口に出せないようなことへのほのめかしの意味を探り出したいという気持ちだった。僕は自分で思い描いた父さんの若かったころのことに夢中になっており、そして、現在のこの男、この家長を、玉虫色に光る前半生から完全に切り離すことができないし、そうする気もないということで興奮していた。きっとまちがいなくある日、書簡体小説の主人公である美人のベラと、きちんと正装した殺人者が父さんを訪ねてやってきて、ひょっとしたら一緒に連れて行くことになるだろう。うちの玄関のベルを鳴らして、何の予想もしていないかわいそうな母さんに招じ入れられて、そしてほかのお客と同じように、サンルームに連れて行かれて、父さんが戻ってくるのを待ってもらうということになる。子供のうちの一人、もちろんそれは僕ということになるのだが、それが薬局まで走っていって、父さんを家に連れて戻る。父さんが二人に挨拶をする時も僕はそこに同席している。ちょっとの間ためらい、突然相手が誰だかわかり、押さえた叫び声、大げさで見え見えのゼスチャー。むろんその時ベラと殺人者は昔とまったく変わっていなくて、その体の動きも写真そのまま。父さんは二人の前に腰を下ろして話をする。その時僕は外に追い出されている。すぐそのあと三人はそろって、父さんはそれまで用心深く隠し、保管してきた本や書類などを詰めた小さな黒い革製の旅行カバンを手に持って、別れも告げずに家を出ていく。どこか遠い町でかつての放埒な生活をまた始めるために。

奇妙なことに、父さんがいつか戻ってくるのか、それとも僕の想像上の人物たちと永遠にいなくなってしまうのかということは、僕はまったく気にしていなかった。別離は僕を不安な気持ちにはしなかった。僕にとって決定的に重要だったのはひたすら、ベラと殺人者がうちに姿を現す瞬間を見逃さないということだけだった。僕は二人を見たかった、見てあの二人だと確認したかった。父さんが数ヶ月とか数年、あるいはひょっとしてそのまま永遠にいなくなるというのであれば、それを体験してみたいと思っていた。ひたすらその理由から僕はサンルームで父さんを待っているお客たちから目を離さないようにした。お客たちが父さんと一緒に書斎に入ってしまうと、僕は彼らが出てくるのを待ちもうけていた。

とりわけ僕を不安にしたのは、予約なしに晩にやってくる客だった。月に何度か、閉店後に薬がほしいと言って、うちにやってくる人たちがいたのである。そのような人たちのために父さんは玄関に鍵のかかる戸棚を造り付けて、鎮痛剤や解熱剤、それに絆創膏や包帯をおいていた。時にはしかし、この、家庭用救急箱を大きくしたようなものでは足らないことがあって、そのような時には父さんは、緊急に必要な薬を渡してやるために、マントを羽織って、そのお客と一緒に市場にある自分の薬局まで行かなければならないこともあった。もうベッドに入っている時にそのようなお客がやって来ると僕は、父さんが玄関に出るまで待っていて、それからベッドをそっと抜け出して二階の階段の手すりのところまで行って、ねじり模様のついた細い支柱の間からその不意のお客を観察した。

だいたいそれは女の人だった。父さんの前に困惑して立ち、何度も謝りながら頼み込んでいた。父さんは黙って処方箋を見つめたり、口にされる患者の病歴を聞いたりしていた。頭を少しかがめて、目は半分つぶったままだった。それから父さんは決断をする。壁の戸棚に行って、中から、小さな箱とか茶色がかったガラス瓶を取り出し、お客にそれを渡し、その使用法を簡潔にはっきりと教える。支払うべき額がある時は、父さんは薬局の開業時間を伝えて、翌日そこで支払うようにと伝えた。父さんは薬代をうちで受け取ることは決してしなかった。晩にやってきたお客はそのことでさらに困惑した。そのまま帰っていいものか決めかねて、身分証明書を見せましょうとか、何かを担保においていきましょうかとか言った。父さんはどちらも断った。自分の職業の権威が最大の保証だと確信していたし、今から考えると、父さんが薬局における後払いを要求したのはただ、自分という個人と自分のアカデミックな職業に対する認知を存分に味わいたかったからに違いないと思われる。

晩の患者が僕の知らない人だった時は僕は、またベッドに潜り込む前に、その人が一人でうちから出ていくまで待っていた。また、知らないお客と父さんが薬局に行った時は、戻ってくるまでベッドの中で待っていた。そして玄関が閉められて、母さんが、ほんとうにそんなに急を要することだったんですかと、いつも変わらぬことを尋ねるのを耳にしてようやく僕は安心して眠るのだった。

こうして、僕の激しい不安と刺激的な白昼夢のもとは、秘密に満ちていて、立ち入りを禁止された父さんの書斎だったし、そこにある宝だった。ここはまた、僕と弟が、自分たちのしでかしたことのために叱られ、罰を受けるために入っていかなくてはならないところでもあった。「ちょっと話がある」と言って父さんに呼びつけられると、僕の夢は座礁してしまい、父さんは過去とは関係のないただの男性、厳しくて癇癪持ちのただの僕たちの父親、子供たちを罰することはできるが、ベラとか山高帽子の殺人者とかが訪問してくることは決してない、そのような存在になってしまった。

ドクター・シュポデック

六月の終わりに私は診療所を閉めて、三ヶ月の予定で家族とクリスティーネと一緒に、グルデンベルクから数キロ離れた分農場、森のど真ん中の農家屋敷に移った。そこは、開戦の一年前に、長期休暇の時のためにと思って買っておいたのである。診療時間を限定して以来、毎年私は夏の間中その分農場で暮らした。森の静けさとその完全な孤独が私には必要だった。ひょっとしたら、私が生涯にわたって空しく探していたのはこの静かな隠棲だったのかもしれない。よりによってこの私に高等教育を受けさせようなどと父が決意しなかったら、そして、先行きの見えない窮乏の中で若者特有の愚かな野望を抱いていた私に、ただ父の金に抵抗するちょっとしたチャンスでもあって、もうちょっと買収に抗う力があったとしたら、ひょっとしたら私も幸せになっていたかもしれない。今となってはもう遅い。今となっては風にそよぐ木の葉も魂の安らぎを与えてはくれない。今その穏やかさが必要なのはただ私が年を取ってしまったからである。何かこれから急に向きを変えたり、何か別の道を探るには弱すぎ、それでいて、無駄にした人生にどんなに腹を立ててもそれに対して遅ればせの意義を与えることにはならず、空しさの中でそれを堂々と最後までやり通すよりほかはないと了解するくらいの見識はあるというありさまだった。

分農場で私は破風を広い書斎に改築した。北側と南側にそれぞれ窓が二つ付いたものだった。その二階で私は午前を過ごした。三、四時間毎日そこに座って、長年にわたって私が関心を抱いていた数少ない病歴を書き写し、補足した。いくつかの症例研究ができあがっていた。それは症例としてもあるいはそれに対する私のコメントからいっても、ことさらの独自性のあるものではなかったが、ラウシュ教授のもとでやった勉強や公刊された報告書と比較して整理分類し、そうすることで私の罪のない悪習に没頭する機会を与えてくれるものであった。公刊しようというような意図はなかった。何よりも偶然の力によってその仕事に就くことになってしまった、時代遅れの学者だとすぐに見抜かれてしまうことが怖い。私の人生はそれでなくても哀れなものだった。その上笑いものになるなどということは望みはしない。

私にとって完了した症例というのは、患者が死亡したものであれ、最終的に私の判断でライプツィヒの精神科に回したものであれ、それを私は清書させて製本させた。それは分農場の書斎にある。

十一冊の黒い、きれいに製本された本であり、私の愛情と優しさが込められている。クロース貼りで角に補強を施した厚紙表紙のこの十一冊の薄い冊子には、私の仕事が詰まっているだけではなくて、私のはかない希望、幾度となく蒸し返された希望のすべてが詰まっている。この冊子は私と一緒に埋葬してほしい、私と一緒に焼却してほしい。といってもそれを遺言の中に書くのは恥ずかしい。そんな下らない依頼をすることが恥ずかしい。ひょっとしたらある日勇気を奮い起こしてそれをクリスティーネに頼むかもしれない。このノート全冊を棺の中に入れるか、あるいは埋葬の日に彼女の部屋の鉄製の円筒形ストーブで燃やしてくれるかもしれない。それでもやはりそれは馬鹿げて喜劇的な瞬間ということになろうが、私はそれをもう体験しなくていいことになる。

分農場におけるもうひとつの私の仕事はバート・グルデンベルクの歴史である。書いているのはこの町のお話ではない。いかがわしい名士たちの虚栄心をくすぐるような熱狂的な郷土史を書いているわけではない。私が書きつけているのはただ下劣なできごとや陰険な行動である。我が敬愛するここの町民はこの点では抜きんでているのである。利己的な意地悪をやりながらそれをもったいぶった話や尊重すべき動機を持ち出してカモフラージュして平気でいる住民のいやらしいやり方の話である。人間の低劣さの歴史である。これを読むと私は、強烈な哄笑に揺すぶられずにはいられない。ほんのささいな利得を手に入れるためにあれほどのエネルギーを使ってしまうことに対する同情と軽蔑の笑いである。

序章はすべて私の父に、この、生前、町でもっとも名誉ある町民にして飽くことを知らぬ慈善家であった父に捧げた。父の恥ずべき行為を完璧に書き留めることができたとはとても言えないが、人間の持っている下劣さ、この、我々の人生の最も深いバネ、時間そのものと同じように強力で、謎だらけでそして避けることのできないもの、それを余すところなく描くことのできる人間がそもそもいるだろうか。人間のあらゆる行為の裏に潜んでいる所有欲や思い上がりの本当の動機を見つけ出すなどということをうまくやれる人間がいるだろうか。しかしどんなに不十分なものであろうとも、これらのページは父のライフワークであるベーガー療養温泉を貪欲とペテンと不道徳の巨像として暴き出すことはできている。この巨像は、低劣さの歴史においても賛嘆の念を禁じ得ないほどのものである。良心の咎めを感じることもなく冷酷に、町全体を結局は自分のふところを富ますために動かし、町のすべての企画を自分の必要性と計画に沿うように動かすことまでやってのけるそのやり方に対する賛嘆の念である。グルデンベルクの駅、この、思い上がりと挫折した希望でできた大聖堂、この、恥知らずな一人の成り上がりものにたぶらかされた町民たちを示すぼろぼろと崩れいく記念碑は、この町全体の後見人になろうとし、経済的発展という衰えを知らぬ暴力でこの町を仮借なく前へ前へと駆り立て、義務忘却を蔓延させ、所有欲の酩酊に陥れようとするこの男の途方もない欲望を示すシンボルのひとつでしかない。ついにはこの飽くことを知らぬ利得の砂上楼閣はある春の数週間の内に崩壊したのだが、欺かれた欺瞞者たちは、驚愕と疑心暗鬼の中で、そこまで至っても涸れることのない賭場師根性の希望を、よりにもよって、自分たちの破滅と自分たちの恥辱の根源たるあの男に託した。そしてこの男、尊敬すべきベーガー博士、つまり私の父を、狂犬病の犬のように市場広場で叩き殺すこともせず、城塞の前の樹齢四百年の樫の木に吊しもせずに、町の慈善家、名誉町民として持ち上げたのだった。話はおまえのことだ《デ テ ファブラ ナラトゥル》――実に、グルデンベルクよ、おまえのことを私は語っているのだ。

この町の前史の章は私が語る歴史のけたたましい幕開けに過ぎない。私が関わりを持った時代がこの低劣さの歴史にさらに壮麗な一節を加えたことを感謝の念を持って述べたい気持ちである。

カーキ色の制服を着たナチ党員たちがこの町で壮大に取り巻き連中を集めて拍手喝采を浴びた時、私はこの町に住んでいた。この町が日常的な犯罪を唯々諾々と自ら望んで受け入れたのを私は日の当たりにした。裏切りと残忍さへの渇望がこれまで長く眠っていた血への渇きを呼び覚ました。密告者や殺人者は、この町に彼らの死の掟、軽蔑の掟を押しつけようとして、どこか外からやってきたのではない。彼らは私たちと一緒に暮らしていた。この、夢見心地の、柔らかな田舎の町の住民だった。我々の住まいから、我々の皮膚の下から這い出してきたものたちだった。

顔も知らない私の兄弟の一人、つまり、その惨めさにおいては私の母と並ぶところのない屈辱的な身の上の女と全能のベーガー博士との間に生まれた息子を、父はナチの突撃隊に送り込み、ごろつきナチの好意を買った。そしてこの兄は無残な死に方をして、壮大な葬送式が執り行われたが、その壮烈な死によって父が胸を押しつぶされたような気配はなかった。何と言っても、息子も娘も十分揃っていたし、欠乏感と生命欲の中にいる彼らを買収して自分の途方もない計画にはめ込むための お金も十分持っていたから。

町から聖者のように敬われていた父が、崩壊の前に死を迎え、重たく黒い大理石の下に連れ去られたことをいつも私は残念に思った。それは、あの激変した状況を父がどのようにうまく利用したか見てみたかったからである。その図々しさに対しては私も尊敬の念を禁じ得なかっただろうと思う。

私は崩壊をグルデンベルクで迎えた。妻の執拗な懇願があったにも拘わらず私は、戦争終結の際に分農場へ、あのほとんど何も傷ついていない森の静けさの中へ逃げ込もうとは思わなかった。予想のついたことではあったが、この時期の痛ましい喜劇、さまざまの領域における変化、それは期待されていたものもあり、予測のつかないこともあったが、それを私は見逃したくはなかった。それは、息苦しくなるような、ぞっとするようなものでもあり、すてきなものでもあった。そして低劣さを描く私の歴史のページは自ずからのように満たされていった。この時期私は、旧約聖書の預言者が呪いを書き連ねた時のように、火の文字で書いているというはっきりした感覚があった。

今や新しい住民たちが役所に押しかけた。要領を得なくて、騒々しく、愚かな連中だった。意図そのものは敬意を表すべきものであっただろうが、町役場という場所にある様々の隅や階段や裏口を認識することができない人たちだった。というわけで彼らは知恵もなく信じきって墜ちていった。そして墜ちていきながらも何も理解していなかった。手のつけようのない過誤と見通しのつかない責任転嫁が不信の車輪の回転をどんどん加速させていった。終戦後の十年間にグルデンベルクは十六人以上も町長が入れ替わった。怯え、困惑した下っ端のものたちがその町長たちと一緒に昇ったり落ちたりし、陰謀が孵化し、そして陰謀に遭って潰された。

この時期、実に私は人生を浪費した。それは、身に沿わない名誉心でも抱いていたら、もっと大きな不名誉を招来していたであろうと思われる時期であったし、また、私が書く歴史に対しては、さまざまな状況と、それに依拠する悪党どもがありあまる題材を提供してくれた時期でもあった。

この低劣さの歴史は、ささやかな私の学問的な研究とは違って、私の棺とかクリスティーネのストーブで処分させたりはしない。私はそれを三部作って持っている。そして、私の死後それらは、それぞれ一部ずつ、グルデンベルク町長、博物館々長そして神父に送り届けられる。

町長は、その時誰がなっていても、それを即座に焼却させるだろうと私は踏んでいる。

博物館の館長が、私が書いたこの歴史を文書館に受け入れるような勇気を、いや単にそのような義務意識を奮い起こすかどうか、私にはわからない。ホルンが自分の身に手をかけて以来、その代理であった、馬鹿で無学なアルフレート・ブロンゲルという男が博物館の新しい館長になっている。この男はその小心な惨めったらしさのせいで私の歴史の中ではそれにふさわしい場所を確保しているのだが、私は、この一部を送りつけたとしてもホールの暖炉の焚きつけにされて、私の記憶に対する哄笑を引き起こすだけではないかと危惧している。

神父に関しては私にはさっぱり予測がつかない。彼も、私からの何のコメントもなしにその一部を受け取ることだろう。神父がまだゲスリングだったとして、彼がそれを保管するのか、利用するのか、あるいは広めようとするのか、あるいはまた同じように潰してしまうのか、私にはわからない。そもそもそれに目を通すのかどうかさえわからない。すべての決定は彼に任せたい。そして、たとえ彼がそれを焼却して、ほかの二部と同じようにこれらのページが煙となってしまうことになっても、それでも私は、彼が私の哀れな魂に思いをいたし、私のことを聖者たちにとりなしてくれることを希望する。

しかし死ぬまではこの低劣さの歴史を、年老いた年代記作者の澄んだ、清廉な視点で、憎悪も興奮も廃して書き続けていきたい。それは、私が撃退することのできなかったものが私の沈黙のせいで力を持ったりしないためであり、我々のあらゆる下劣さに自分が加担してしまわないためである。

年代記作者としての同じ義務感から私は、自分自身の過ちや破廉恥のことを書き留めなくてはならないと思うし、この課題を避けなかった。自分がこの個人的な懺悔を自己破壊的な快感を抱きながら遂行し、ほとんど病的なほどに、自分自身の下劣さの最も深い根底を見出そうと苦労したことは告白しておかねばならない。哀れむべき父親を前にして惨めにも自分を通すことができなかったこと、目の前に提示されたお金に唯々諾々と従ったこと、自分の卑怯さを母への愛情と言い繕ったこと、自分に与えられたわずかな人生を所有欲のために浪費したこと、妻の偽善的な低劣さに対して自分の高慢さと怯懦から抵抗できず、そして私のたった一人の子供を妻が彼女と同様の欺瞞の中で育てていくのを許してしまったこと、そのようなことがこの歴史の中には縷々述べられている。

そして自分のもっとも下劣で恥ずべき行為についても私は報告している。醒めた言葉で、註釈も申し開きもなしに私は、人間の低劣さを知り、それを軽蔑し、それと闘った大人の男として、一人の若い娘に何をしたか、書き留めている。クリスティーネ、君のことで赦しを求める資格は私にはない。マリアさま、聖母さま、今、そして死の時、この罪深い私のためにおとりなしください。

トーマス

「部屋に来なさい」父さんは怒った声で叫んだ。「おまえとヴォルフガングと」

そう言うと書斎に入り、後ろ手にドアを閉めた。

弟を探す必要はなかった。父さんの声を聞きつけて、父さんが部屋に消えたあと出てきていた。

「何やったのさ?」と囁き声で弟は怒って言った。

「何で俺なのさ。俺は何もやっちゃいないよ」と僕もやりかえした。

「さ、行こうか」弟が言った。僕は頷いた。しかし階段の前でふんぎりがつかずに立ったままだった。何かを待っていたのだが、何があるというわけでもなかった。耳の中では血が音を立てて流れていた。これからやってくる侮辱に関する鈍い感覚だった。半分開けた台所のドアから母さんが見えた。心配そうに僕らを見ていた。父さんの癇癪を気に病み、家族の安寧を維持しようと気を配っていた。

「お父さんを待たせないで」と母さんは言った。

しかめ面を作って僕は母さんに、台所に引っ込んで、ドアを閉めておくようにと合図した。母さんは仕方ないといったふうに頭を振って、見えなくなった。母さんが何も言わないで僕の言うとおりにしたので驚いた。僕の視線に怒りを見て取って、それに尻込みしたのだとわかった。

僕らは階段を上って書斎のドアをノックした。

入れ、と父さんが大きな声で言った。いつものように何も言わずに父さんは僕らに座るように指示をして、机の椅子に座って、まるで僕らが来たことを忘れているみたいに、しばらく書き物を続けた。

その間弟と僕は自分たちが秘かに闖入《ちんにゅう》したことを示す証拠でもあるのではないかと探った。父さんの目を盗んで僕は本箱、本棚、調剤用の秤、小さな真鍮製のおもりの入ったぴかぴかの木箱、そして僕らがナイフでひっかき傷をつけてしまい、それを自分たちで茶色の靴クリームを塗って応急処置した机をチェックした。ちょっとした乱れでもあれば僕にはわかるはずだし、危険を知らせてくれるはずである。ボードの上の本の並びさえも、踏査行の跡を気づかれないようにと思ってしっかりと頭に叩き込んでいた。

弟もやはり自分のやったことを物語る痕跡があるのではないかと部屋を見回していた。僕がじっとそれを見て、わかったふうににやりとしているのに気づくと、顔を真っ赤にした。

父さんは机の椅子を後ろにずらして、眼鏡を外して茶色の部屋着に押し込み、ゆっくりと長い間目をこすっていた。そして、物思わしげに気づかわしげに僕らを見た。僕らには、この目つきが、いつも変わらぬ開始の儀式の締めくくりだとわかっていた。これから審理が始まる。その方に目を向けなくても僕には、弟が今安楽椅子にうずくまって座り、あの独特の、父さんがかっとなって「うつろな目」と呼んだあの目つきをしているのがわかった。

「おそらく」と父さんは始めた。「ジプシーがまたやってきていることは、耳にしていることだろう」

窓の外を眺め、ほとんど夢見ているように父さんは続けた。「まあ仕方がない。不快なことではあるが、それは町が関わることで、私の問題でもなければ、おまえたちの問題でもさらさらない」

父さんは僕らの方に向き直った。僕を穴の開くほどに見つめて、そして同じように弟を見た。「とは言え、町当局の裏をかくのは、誠実なこととは思えない」

さっと僕は弟の方に目をやった。唇の右端をちょっと下げていた。今回は僕のことのはずだと感じたようだった。しかし父さんがどんな決定を下そうが、罰は自分にも同じように下されるということを弟は知っていた。誰が悪いのか明白な場合以外は、両方の息子に同じ罰を与える、というのが父さんの原則のひとつだったからである。調べてみるなんてことは余計なことだと考えていた。というのも、子供などというものは徹頭徹尾小さなペテン師で嘘つきでしかないという考えだったからである。それに、父さんの言うところによると、お互いを裏切り合うようには育てたくない、むしろ同じように罰すること、そして少なくとも部分的には正当でなくともその罰を与えることによってお互いに対する連帯心を強化したいということだった。そして今、父さんの探るような視線は僕たちの顔をかわるがわる睨みつけ、それで僕には、今度の場合もこれだと、つまり、何も悪いことをやっていないもの、今回は弟が、不当な罰を受けることになるのだとわかった。

「今日教えてくれた人があって、うちの息子たちが」と言って、間《ま》を取り、僕たち二人の顔を見据えて、訂正を加えながらこう続けた。「そのうちの一人が、ジプシーたちのところで使い走りをしているというんだ。薬剤師の息子がジプシーの山羊番をやってるというんだぞ。私の患者の目の前でだ」

父さんは自分のお客のことをいつも患者と呼んでいた。薬局とそこいらの小売店との違いをはっきりさせるために。同じ理由から、みんなに、つまり患者さんたち、特に周辺部の村の人たちにドクターと呼びかけられると、まんざらでもなさそうだった。

父さんは立ち上がり、僕らの椅子の前を行ったり来たりした。自分の子供のしでかした浅はかな愚行のために自分が陥った苦境について話をした。長い間そのことを話していた。弟には、悪いことをしたのは僕だとわかっていた。僕は二、三日前弟に外国のコインを見せていた。道で見つけたんだと言ってはおいたのだが、弟は信じてはいなかった。交換して、僕らの当時の言い方だと、取り替えっこして手に入れたものだと思っていた。今、その外国コインの出所がジプシーだと弟にはわかっていた。そして、僕がそれを言わなかったのは、弟がそこにやってきて僕の仕事と稼ぎを横取りすることがないようにと思ってのことだったということが、弟にはわかっていた。

父さんは相変わらず恥辱のことを話していたけれども、僕はもう聞いていなかった。これからやってくる罰が何かということで頭はいっぱいだった。

父さんは自分の職業の話をするのが好きだった。大学に行って、薬局を持ったことは父さんの人生における大きな誇りだったし、それは農家出身の人間にとって夢の実現だった。そして自分の息子たちに、薬剤師の息子として、父親にとってふさわしい人物になることを期待していた。町で有名な人物の子供であることに僕らがひたすら苦しめられているなんてことには気づいてもいなかった。入植地に住んでいる学校の友達などは、労働者やサラリーマンの子供たちで、僕らにとってはうらやましい無名性の中で育っていた。先生たちやほかの大人たちにとっては彼らはただ何ということもないどこかの子供でしかなかった。何かをしでかしても、親に言いつけるぞと脅されはするものの、そんなことはないと、誰もがわかっていた。どこの子かわかりもしないのだから。ところが僕らの場合は違った。僕らの場合はこう言われた。君がそんなことするとは思わなかったな、薬剤師さんとこの息子じゃないか。そして、親に言いつけるとは脅されなくて、こう言われるのである。お父さんが何とおっしゃるかね。そして僕らには、彼らが父さんと知り合いで、そのことを口にしてしまうということがわかっていた。そしてそれもただ何ということもない馬鹿みたいな理由から、つまり父さんと話をするいいきっかけになるというだけのことで。

世界大戦の時の不発弾がまだ埋もれているかもしれないというので柵を巡らしてある廃墟の中で遊ぶこととか、いちごやプラムを盗もうと夜、庭に入り込むことさえ僕らは悲壮な覚悟で敢行しなくてはならなかった。捕まりでもしたら、薬剤師の息子もいたぞ、ということになる。ほかの子供たちは顔を知られていなかった。いい加減な名前を言ったり、逃げ出したりすれば、親に言いつけられるという心配もしないでいられた。実際、ほかの子供だったら、大人たちにとっては逃がしてやってもよかった。僕らがいたことがわかっているんだから。翌日学校にやってきて、教師同席の上で、一緒にやったやつの名前を僕らに訊けばよかったのだ。そして当然のことのように、僕ら、薬剤師の息子たちは、ただそそのかされただけで、ほんとうに悪いやつはほかにいて、そいつの犠牲者であって、軽率ではあるが罪はないという前提から考えられていた。僕らの場合は、友達の時とは違って、敬愛措くあたわざる学士様ならびに奥方である両親に対する、敬意ではち切れそうな通知ですませられてしまうのだった。学校の友達たちと同じように厳しく、そして名前に関係なく、罰してもらおうとしたが、無駄だった。

ある時などは無理にでも罰を受けようとしたことさえある。学校の掲示板に、校長に対するひどい落書きが貼り付けられていたことがある。誰がやったのか調べられたが、その時、その紙はさっさと片づけられていて僕は見てもいなかったのに、自分がやりましたと名乗り出たのである。一度くらいはほかの子供と同じ扱いをしてほしいと、仮借ない処置を望んで、そのようなことをしたのである。クラスからの賞賛が、そして、自分が身代わりになってやった首謀者からの感謝がほしかった。やったのは上級生の男の子で、その子は校庭で黙って僕の肩に手をおいて、永遠の友になってくれるものと思い描いていた。

試みは失敗した。校長室でまる一時間かけて、僕がその誹謗者であるはずがないということが論証された。その落書きに添えられていた文を言われるままに書いてみせなくてはならなかった。校長と担任が筆跡を比較した。そして頭を振った。薬剤師の息子はこんな誹謗文を書いてはいないということで意見が一致していた。仲間意識から、むろんそれは理解を誤ったものだが、その仲間意識から自分を犠牲にして黒幕をかばっている、ひょっとしたら嘘の自白を強要されているのかもしれない、先生たちが思いつくのはそういうことのようだった。それは、その裏に誇り高い態度を想定してもおかしくないと思っているからだった。

僕はむきになり、自分の嘘を信じてもらえそうになかったのでがっかりした。怒りのために涙が溢れ、僕は自分が実は落書きを描いた本人ではないということを忘れた。見たこともない犯人ではあったが、自分がその犯人なのだと言い張った。親が尊敬を受けている家の子ではない誰かほかの子、何をやっても、それをやったかもしれないと思われて、どんな自白をしてもすぐにそれを信じてもらえるような、そのような子でありたかった。僕の夢、それは捨て子になることだった。

父さんは机についた。僕らにはこれから決定的な言葉が、判決が下されるとわかっていた。いつものように父さんは中断していた書き物をまた始めた。——僕らが部屋に入る時に読み物をしていたような場合には、開いた本を手にとって、安楽椅子にもたれかかるのである——そして、仕事に没頭しているようなそぶりで、落ち着いた、無関心そうな声でこう言った。「お母さんは一人では実を摘むことができない。これから二週間おまえたちは毎日午後三時間庭に出て、お母さんの手伝いをしなさい」

こう言うと父さんは目を上げて、まるで僕らの意見に関心でもあるかのように、尋ねるような目つきをした。

「行っていいぞ」最後に父さんはそう言った。

僕らは自分たちの部屋に駆け込んだ。靴のつま先で弟が僕のひかがみを蹴ったので、脚がガクッとなって僕は尻餅をついてしまった。

「頭、おかしくなったのか」と僕はどなった。

「この馬鹿。兄ちゃんのせいで僕までクソ手伝いをさせられて」と弟は小さな声で言った。

「運命さ」と僕はつぶやいて、弟がそばを通る時には痛みをこらえてにたっと笑い顔を作ろうとした。弟が本気で僕に怒ってるのではないことはわかっていた。運命、そう僕らは言っていたのだが、運命は弟のせいで襲いかかってくることだってありうるのだ。それに足蹴にされるだけのことを自分はやっていた。外国のコインについて嘘をついたのだから。

十五分後、母さんが僕らの部屋にやってきて、目の前にブリキのバケツを二つおいた。

「もう行くよ」そう言い、返事も待たずに母さんは出ていった。

僕らはベッドの上に座って、何も言わずに、その使い古しのでこぼこの容器を見ていた。取っ手が取れてしまって、代わりに太いひもが結わえられていた。晩までにほこりだらけの小さなスグリの実でいっぱいにしなくてはならない二つの空のバケツ。これからの二週間毎日毎日僕らを、灰色のひからびたスグリの灌木たちが待っていた。

第五章

いいぞ、いいぞ。だが、それだけじゃないだろう。

僕が見たのはそれだけです。

だったら見なかったものを思い出すんだ。

そんなことできません。どうやれっていうんですか。

頑張るんだ。おまえはたくさんのものを見たはずだ。おまえが思っている以上に。

あまりに昔のことです。

いいや。おまえの記憶にはすべてが収められている。ひたすらおまえが思い出してくれないと、そして果てしない網をおまえが編み続けてくれないと、俺は底なしの深みに落ちていく。だが、そうなるとおまえを支えてやれるものもいなくなるぞ。

生きているものは過ぎ去っていくんです。僕らはみんないつか死ななくちゃならないし、忘れられてしまうんです。

そんなことはない。それはまっかな嘘だ。そんなのは言い古された戯言だ。人間に記憶がある限り、無意味に存在するものなど何もないし、何事も過ぎ去ってはいかないんだ。

だったら死んだ人間の平安の方が、生きている人間の不安よりも重たいわけではないんですね。

むろんのことだ。死者といえどもかつては生きていたのだからな。おまえは死者をおいそれと忘れるわけにはいかない。夏はどうだった？

思い出してみますよ。あれは……

何だ？　話せ。

ゲルトルーデ・フィシュリンガー

鳥の声と暑さで目が覚めました。目を開けずにそのままベッドの中でじっとしていました。よく眠れませんでしたし、汗をかいていました。暑くて淀んだ空気を吸うのはつらいものでした。体全体が麻痺しているようでしたし、静脈瘤は、一晩中立ち通しでいたかのようにふくれ上がっていました。時計を見ました。そして時間になると起き上がりました。朝ご飯を作ってコーヒーを飲みました。

静かな台所では時計の大きな音だけがしていました。シャワーを浴びて服を着ました。パウルのために食事の支度をして、ホルンさんの朝食を小さな、はげたお盆の上におきました。家を出る前にパウルの部屋を軽くノックして、返事があるまで待ちました。

店の中はむっとしていました。窓という窓を開けて、地下の貯蔵室に行きました。二日前に運転手が軟石鹸の入った樽を小窓から投げ込んでしまって、それが壊れたのです。時間が空くとその床をこすって洗ったのですが、地下室全体がまだぬるぬるしていて、水をかけても泡立っていました。

九時に店を開けました。この店のすぐ上階に住んでいる二人のお婆さんが最初のお客でした。バターを少しと小麦粉、そしてコーヒーを少々買っていきました。コーヒーはコーヒーミルの大きな金属製のじょうごの中に入れて挽いてあげました。暑さのことしか話しませんでした。その二人のお婆さんも、全然眠れないと嘆いていました。

そのあと小学校の子供たちがやってきました。休み時間にこっそり校庭を抜け出して走ってきて、うちでクッキーやばら売りのキャンディを買うのです。子供たちがカウンターにおいたお金は温かくてべとっとしていました。

昼休みの少し前、ジプシー女たちがやってきました。週に二日、月曜日と木曜日、私の店にやってきます。いつもお昼、私が入口を閉めるちょっと前。いつものようにそれは細い鷲鼻で残り少ない黒ずんだ歯をしたジプシーのお婆さんと、黒い髪を束ねた二人の若い娘でした。三人はカウンターの向かいの棚のところに立って、ほかの客が用をすませて出ていくまで待っていました。それからそのお婆さんが数歩歩み寄ってきました。人差し指で希望の品を指差しますので、私は秤の上の紙袋に、もういいという合図があるまで詰めました。私は値段を次々に紙に書き入れます。書き込む毎に彼女はその紙をひっくり返すと、新しく書かれた数字を不服そうに眺めて、太くくぐもった声で言うのです。「高い」

それからその紙を私に返すと、たばこのやにで黄色くなった指でまた別のものを指差しました。若い娘たちは棚のところに立ったままでした。二人が大きすぎる声で話したり、笑ったりすると、お婆さんは二人の方を向いて私にはわからない言葉を二言三言口にしました。小さな声でしたが厳しいもので、二人はすぐに黙りました。

奥の部屋や地下室からものを取ってこなくてはならない時は、ドアを開け放しにしておきました。盗まれるのを怖れたわけではありません。もう何年も前からうちのお客だったのですから。習慣から私は開け放しにしておいただけです。何でもかんでも高いとお婆さんが不平を言っても気分を害されることはありませんでした。私には理解できることでしたから。

支払いをすませると、若い二人が大きな買い物バッグをカウンターに持ってきて、食料や安いキャンディやシュナプス（蒸留酒）や甘い赤ワインを詰めました。そして店を出ていきました。戸口のところでお婆さんは私に会釈をしました。その顔には一切の親しみはなく、まるで、高いよ、生活するのは金がかかるよと言いたげでした。

彼女たちが出ていったあと私はドアに鍵をかけて店の中に入りました。納品書を整理して、銀行に預けるためのお金の計算をすませました。その間に電気こんろで昼食を作りました。食事をすませると棚の商品の補充をして、もう一度床をこすろうと地下室に行きました。軟石鹸のにおいが食品に移るのが心配でしたので、隅から隅までしっかりとごしごしこすって洗いました。泡だらけの水を店の前の歩道に空けました。熱い舗石の上からはすぐに湯気が立ちました。

午後には子供たちがやってきました。注文の書かれた紙とお金をカウンターにおきますので、私はその網やバッグに注文の品を入れてやって、しかるべき金額のお金をもらって、その金額を紙に書いてやりました。

閉店の一時間前になると店は満杯でした。この頃には工場帰りの人たちがやってきます。入植地への帰り道に私の店があるので、必要なものを買い入れるのです。その多くが掛け売りでした。工場が週の前金払いをする金曜日に清算するのです。いつの間にか私はその人たち全員と知り合いになり、彼らが口に出す前から何がほしいのかがわかるようになっていました。私は、紙袋や瓶を取るためにカウンターと棚の間を行ったり来たり、脚立に上ったり、急いで奥の部屋や地下室に行ったりしました。お客たちは小さな声で話していました。その話に耳を傾けることはできませんでした。注文を忘れないようにするのに必死でしたから。

六時に鐘が鳴ると私は店に鍵をかけました。木製の窓の鎧戸を取り付けて、それにかんぬきをかけました。こんろにやかんをかけてコーヒーを淹れました。それから奥の部屋のテーブルの前に十五分ほどじっと座っていました。何も考えませんでしたし、自分が疲れているとさえ感じませんでした。頭は完全に空っぽでしたし、どんな考えもありませんでした。鎧戸を誰かが激しく叩きました。そしてトラクターが通っていきました。誰かが私の名前を呼んでいましたが、まるで遠い思い出でもあるかのようで、私にはそれは現実のこととは思えませんでした。それから立ち上がり、明かりをつけ、また棚の補充をしました。店を掃き掃除して座り、注文表を作りました。それがすむと、食料品チケットの入ったブリキ缶を買い物カバンの中に入れて、店の裏口の鍵をかけました。

家に帰り着くのは八時くらいです。部屋にいるホルンさんの声が聞こえました。小さな声で独り言を言っているのです。パウルの部屋を覗きました。ベッドに腰を下ろして、レコードプレーヤーをいじっていました。何でもごみの山で見つけたのだとか、少なくともパウルはそう言っていました。お帰りなさいも言わないで、金をくれと言います。借金を返さなくてはならないそうです。お金をやりました。盗まれるのはいやでしたから、お金をやりました。それから台所に行って、翌日の食事の準備をして、食器を洗いました。合間合間に夕食を取りました。

パウルが台所にやってきて、あと一時間外に出てくると言いました。私は何も返事をしませんでした。もうほとんど大人なんですから。そしてパウルは学校のノートを差し出しました。その中の伝言欄にサインをくれというのです。クラス担任の先生はこれまでにもう三回も、パウルのことで話があるから来てくれと言ってきていました。そう言われても私は日中は店を空けられませんし、晩は先生の方が町にいません。グルデンベルク近郊の村に住んでいるのです。どうしたらいいのかわかりませんでした。パウルが何かしでかしたのではないか、学校を終えることができないのではないかと心配でした。息子は何も言ってくれません。

いつだったかホルンさんが、お茶を沸かすために台所にやってこられたことがあります。間の悪そうな微笑みを浮かべてレンジのところに立って、気落ちした人間の諦めきった忍耐強さで、お湯が沸き始めるのを待っておられました。仕事の具合を尋ねられましたので親しみを込めてただぽつぽつと返事をしました。私たちは二人ともある情熱、こんな言葉が当てはまるようなものではありませんでしたが、ある情熱の思い出にこだわりを持っていました。これは、私はいじける気持ちもなくいろいろと思い巡らすものでしたが、あの人の方はそれを恥じておられました。

お茶を淹れて、茶葉をきれいにゴミバケツに入れたあとでホルンさんはポットを手にとって、私に微笑みかけて言われました。「ここで飲むお茶ほどにおいしいお茶は飲んだことがありません」

「軟水だからでしょう」と私は答えました。

ホルンさんは頭を振って、ポットの上に身をかがめられました。体をまた起こすときっぱりと言われました。「いいや、そんなことではありません、ゲルトルーデ。飲んだり食べたりするものはすべてその家の味がするものです。ここではすべてが柔らかい味がします。とても柔らかいんです」ベッドに横になってからもホルンさんの変わった物言いが頭を離れませんでした。痛む脚のこと、息子のこと、夫と一緒だった数ヶ月間のことなどを思いました。貸してもらったベールをかぶって、蜜蝋のように黄色いバラの花束を手に持って町の聖母教会の祭壇の前に歩み出たあの日のことを思いました。そして、短くて、無力な私の人生の年月が、私の住まいのいろいろなものに柔和な温かい味わいを与える力があるなどということに驚いておりました。

クルシュカッツ

この町は頭のおかしな連中が住んでいるところだったと私は思っているが、こんなことを言っても誰かに理解してもらえると期待しているわけではない。自分が何を言ってるのかはわかっている。まだぼけちゃいないし、この考えは変わらない。ほかの人間はまた別のことを言えばいい。この小さな町に対してもっと理解を持っていた人間もいるだろうし、ここの町の人間を美徳の鑑とか言うやつがいてもおかしくはない。そんな人間は私のことを頭がおかしいと言うかもしれん。何も期待してはいない。だが、私の考えを変えさせようとされても困る。

私は十九年間グルデンベルクの町長をやっていたが、この町のことはさっぱりわからなかった。国中のあらゆるところからどうしてよりにもよってこんな小さな町に、療養のためとはいえ、やって来なくてはならなかったのか今でも私には謎である。この町の人間にさらに輪をかけて頭がおかしかったのか、あるいはよそでは都合の悪い哀れな連中だったのか、そのようなところだろう。いずれにしてもこの町は、私が人生で大切にしておいたものを何もかも奪ってしまった。ようやく職務から解放された時、私はさっさとグルデンベルクとは縁を切った。それは、かろうじて自分の中に残っていたもの、つまり自分の理性を、失いたくなかったからである。最後にはもうほとんど息もつけないありさまで、この町からの出立は大あわての逃亡みたいなものだった。

所有欲なら私にもわからないではなかった。妬みも、密告したい気持ちも、そして、ちょっとでも自分の得になる瞬間でもあればそれを見逃すまいとする猜疑心に満ちた相互監視も理解できた。そして喜んで人を助けようとする気質も、率直で素朴な開放性も、無頓着で浪費的な時間の使い方も、町民としての徳に対する優れた感覚も理解できるものだったし、また、父祖の鉄則が刻み込まれ、あるいは彼らの名誉心を示すものでもある信条というものに対する揺るぎない固執も理解できるものだった。私がたまげてそしてわけがわからなくなったのは、グルデンベルクの住民が、それも誰も彼もが、何の動機もなく、そして明らかに自分たちの行動のおかしさの意識もなしに、驚くような寛大さを示しながらほんのささいな利害にこだわってしまうということ、無欲な真心の身振りを見せたあとでけちで下劣なことをやって平気でいることができるということを発見した時だった。

就任して最初の数年間のうちに、どうにも理解できないこの町の性格をいぶかしく思い、そして驚きつつ認識したあと、私はそれとは関わりを持たずに平静でいられるように自分をしつけた。それは、その行為の数々が、計画性のない本能に規定されていて、論理的あるいは道徳的な価値評価にはまったく基づいてはいないこと、そしてそうやってあらゆる判断が回避され、そして思考やあるいは人間的な習慣から結論が導き出されるということがまるでないということを教えられたからである。動物みたいなものだった。たった今しがた、頼りなげに愛情を求めて喉を鳴らし、あるいはしゃなりしゃなりと得意げに歩いていたかと思うと、いきなり予想もできない残酷さで小鳥を八つ裂きにする猫みたいなものだった。

何も私は精神を病んでいる人間たちのことを言ってるのではない。それだったらこのグルデンベルクにいたのが、どこかほかの町と比べて多かったというわけではない。私が言っているのはあの変わり者たちのことでもさらさらない。歳を重ねる毎にその虚栄心と固定観念を完璧に築き上げて、ついにはこっちが何の話をしても、馬鹿馬鹿しい不合理に耐えるだけの拷問にしかならなくて、どんな会話も成り立たなくなってしまうような、あの手合いのことでもない。そのような人間を相手にしている時も、職務柄私はどんな自由勝手なふるまいも許されなくて、威厳を保って控え目にせざるをえず、おかげで自分の良識を辱められたものだった。そしてそのことで得ることのできたものはただ、シュポデック博士みたいなやからのナンセンス極まりない告発を甘んじて聞き、それに対して平静に返答する能力が備わったということくらいのものだった。

いいや、私は今、この町には頭のおかしいやつしか住んではいなかったと、昔よりももっと確信を持って言うことができる。そして私の苦労、それは今となっては徒労に過ぎなかったと言わざるをえないが、というのも、頭のおかしなやつらに必要なのは町長なんかではなくて、一人の無神経な医者と二人の屈強な看護人だけなのだから、私の苦労のすべてはただ、イレーネを失うことにしか役立たなかったと確信している。前もって察知しておくべきだった。この感受性の強い女性、今でも私にとっては世界一の美人の彼女は、この連中の血迷った話やグロテスクな考えに対して十分な抵抗力を持ってはいなかったのだ。そのためにおかしな考えが結局は彼女の頭の中にも入り込んでしまい、狂気じみた責任追及の暗い腫瘍が彼女の中に巣くってしまい、あらゆる卑劣さの嫌疑を私に向けることにもなってしまった。彼女を自分のもとにとどめておくために私が何をやっても、反感を煽るだけだった。そして最後には、一緒に暮らしているのは私の妻ではなくて、感覚をなくして私の愛情をただ辛抱しているだけのどこかよその女でしかなくなった。

グルデンベルクでは戦後一ダース以上の町長が入れ替わった。一番長かったのは私の前任者のフランツ・シュネーベルガーだったが、一年半後に私が引き継いだ。多くの者は任期二、三ヶ月だったし、中にはたった六週間というものもいた。私は全力を傾注し、経験と器用さをフルに使って、任期を待たずして職を追われることのないように頑張った。それは達成できた。早めの年金生活に入るまでグルデンベルクの町長をやった。十九年もの間である。そして離職の日、退屈な挨拶の数々を聞かされて、グルデンベルクのレリーフの入った下らないブロンズの記念メダルを贈られた。このメダルは、私自身が発起人となって数年前に作らせたもので、町に対することさらのこともない貢献に対してそれを表彰するということで幾度となく贈ってきたものだった。この離職の日になってようやく私には、自分の人生を捧げてきたそれまでの苦労が一握りの雪の価値しかないことがわかった。自分に残された数少ない年月を汚し、そして口に含むと苦い味のする、一握りの雪。

今になって私はグルデンベルクとそこの狂人たちを呪う。やつらは私からすべてを奪い去り、私自身をほとんど狂人にしてしまった。だがそれ以上に力を込めて呪いたいのは、自分自身である。名誉心と虚栄心のせいで、手をこまねいてみすみす自らの廃墟に入り込むことになったのだから。

私はこの町を好きだと思ったことはないし、この町では友達と言えるものが一人もできなかったこともわかっている。私は、避けようのない災いとして辛抱されたか、怖れられたくらいのものである。この町が何も言わずに認める私の唯一の功績は、私のやったことではない。それは、ホルンが死んだ夏以降ジプシーたちが二度とやってこなかったことである。

連中が消えたこととホルンの死との間には何の関係もなかった。このことについて町で話されていることはすべてがでたらめの流言蜚語で、どこにでもあるような血迷ったおしゃべりにすぎない。ホルンのせいで連中が町から消えたわけでもなければ、私が命じた措置のためでもありはしない。これを功績と言おうが、責任と言おうが、私の与り知らないことである。私はジプシーたちにグルデンベルクを去るように強制したことはない。住民や町議会からどんなに執拗に迫られても、町の権力を行使してジプシーに対処することには私は終始拒否の姿勢を貫いた。

当時夏になるといつも町議会が開かれて、何の結論も出ないまま夜になるまでジプシーに関する論議が行われた。バッハオーフェンはジプシーを町から排除する要求を強めていった。彼はジプシーをブルクの向こうのフルート草地にやってしまいたいと思っていた。

「同志クルシュカッツ、連中はあなたをなめてかかってるんですよ」

「何かジプシーに対して恨みでもあるのか?」

「何も。ですが、市町村法ってのがあります。不法な宿営は禁止されてるんです」

「わしらが守っていない規定なんてものは数え上げりゃ千は下らんぞ。すべてを規定どおりにやろうとし始めた日にゃ混沌だぞ」

「町長、法律です」

「ジプシーを町から排除すべしなどといった法律はない。時代は変わったんだ」

「少なくともあの頃は秩序はありました」

「気をつけてものを言え、バッハオーフェン」

「非難される覚えはないですよ。ナチだったことはありませんでしたし、むしろ反対だったんですから。しかし、正しいことはあくまで正しいんです」

「そうだ。そしてわしがここの町長である限りは、ジプシーにも正しさを認めてやる」

「町長、あまり大口は叩かないことですよ。任期前にここを出て行ったのは、あなたが最初じゃありませんからね。町会議員はあなたの見解は取りませんよ」

「あのこせこせした人間たちのことか」

「選挙で選出されたグルデンベルク町民の代表者たちのことです」

「そんなに自信があるんだったらやりゃいいだろ。わしを解任してみればいい」

「そんなこと誰も言っちゃいませんよ。同志クルシュカッツ、わかってくださいよ。あなた同様私もジプシーに対して反感など持っちゃいません。私としちゃ草地を進呈したっていいと思っています。しかし、私たちは町の美化計画を決議したんです。それなのに今やそれが反故同然です。誰もがんばってやろうとはしません。ジプシーたちが町に居座っている限り自発的に動こうとする住民なんて一人もいやしません。何のために花壇やくず箱を？って言ってますよ。何より先に清潔なブライヒャー草地が要るんです。周りの人間に訊いてごらんなさい。ジプシーが空気を汚染しているような療養地って何なんだって言ってますよ！」

「そんなこと言ってるのか？」

「はい」

「おかしなことだな。うちの役所じゃ誰一人ジプシーの文句を言うやつはおらんぞ」

「もちろんそうでしょう。あなたが口をふさいでるんですから。それにあなたは住民にとっては所詮よそものです。県からやってきた人間です。一度飲み屋に行ってごらんなさい。そこのみんなと話してごらんなさい」

「君の言うみんながジプシーたちをどうしたがっているのかなんてことはとっくに知ってるさ」

「話してみなさい。連中はナチなんかじゃありません」

「そりゃ、ナチじゃなかろうさ。ここに住んでる人間は誰一人非難されることなどありゃせんさ、バッハオーフェン。この町にはナチなんておらんかったんだからな」

「町長、現実が見えなくなってしまいますよ」

「そうかね。それじゃなんで連中はわしのところに来ないんだ。おおっぴらに自分の意見を言わないんだ。いいや、バッハオーフェン、わしゃ飲み屋には行かんぞ。そんなことのためにはな。こっちには権力がある。それを手放さないようにわしゃ気をつけるさ」

「町長、町全体を敵に回さないでください」

「わしゃ一人じゃない。ここには友達もおる。盟友も同志もな。党指導部と郡はわしの見解をとるだろう」

「ひょっとしたらもうそう長いことではないでしょう」

「バッハオーフェン、君はわしを脅すのか」

「いいえ」

バッハオーフェンはしばらく間をおいて自分の指の爪を見ていた。あとで私には、この瞬間にバッハオーフェンがどこまで話したものか思案していたのだということがわかった。

とうとうバッハオーフェンは「マルテンスの報告を読んだんです」と言った。

マルテンスというのは農業関係担当の町会議員だった。グルデンベルクの農家二、三軒と近郊の村の担当だった。当時五名いた専任の町会議員の一人で、戦後この町に移住してきた人間だった。当初なにがしかの土地を与えられたこの男は農場を再建しようとしたが、さんざんな三年間のあとギブアップした。畑を町に返して、郡の農政局の職員になった。その二年後グルデンベルクの町会議員になった。

バッハオーフェンはまた自分の指の爪を眺めていた。私が先を促すのを待っていたが、私は何も言わずにいた。控え室からはタイプライターを叩く不規則な音が聞こえていた。報告を早いところすませてバッハオーフェンに部屋を出ていってほしかった。一人になりたかった。袖まくりをして、クロゼットの奥の小さな水盤で手首に水をかけたかった。

バッハオーフェンはシャツのポケットからたばこを一本だけ指でつまみ出して、ちょっと震えている手で火をつけた。煙を吐き出しながら言った。「マルテンスはこの報告書の中で、協同組合の拡大と強化に対する主要障害としてジプシーを挙げています」

「馬鹿げとる」

「ジプシーたちが毎年毎年馬を連れてやってこなかったら、農民たちもあれほどに思い上がることはできんでしょう」

「笑止だ」

「町長、あなたにも反論はできないでしょう。ジプシーの馬がなかったら、農民の中には、それでもやっぱり協同組合に入らないでいたものかどうか、もうちょっとまともに考えてみる人間も出てきますよ」

「そんなことは嘘っぱちだ。ほんとうの問題がどこにあるかぐらいのことは、わしや君と同じようにマルテンスにだってわかっている。これまで何人の農民が協同組合に入ってるってんだ。貧乏人がちょこっとじゃないか」

「ジプシーがいなかったら……」

「馬鹿げとる。ジプシーの馬なんてこれまでやって来たこともないのに協同組合がここと同じようによたよたしているような村は千とあるんだ」

「同志クルシュカッツ、これが真実のすべてというわけじゃないでしょうが、しかし嘘なんかじゃありません」

「そんな報告書はわしのデスクから郡宛てに出すわけにはいかん。それはわしが許さん。マルテンスがやらにゃいかんのは与太話なんかじゃなくて状況の分析だ」

「そんなことでは我々の心証は好転しやしませんよ」

「そんなのは知ったこっちゃない。わしがほしいのは正確な報告だ。郡がマルテンスを仕事が拙いといって罷免するとしたら、そりゃ本人の責任だ」

「町長、あなたの望みは何ですか。他人のことより我が身が大事というのはあなたも同じでしょう。ジプシーの馬は協同組合を阻害してるんです」

「そんな報告書だったらわしゃサインはせん。そうマルテンスに言っておけ」

「報告書はあなたのサインがなくても郡に出せます。町会議員の全員がサインするでしょう。そうなるとあなたの名前は絶対必須というわけのものではなくなります。報告書があなたの休暇中に町議会を通るように手配します。そうするとあなたはそれに対して意見を表明する必要もなくなるわけです。私の提案を受け入れて、黙っていてください。あなた一人の肩を持って郡が町議会全員に異論を唱えるなんてことはありゃしません」

「わしを一人にしてくれ」

「町長、よく考えてくださいよ。あなたが去るのを見たくはないんです。あなた以上の町長なんていなかったんですから」

「出ていけ」

バッハオーフェンが出ていったあと、私は安楽椅子に腰を下ろして、一人でじっくり思案した。はっきりと考えをまとめることはできなかった。文書を持って秘書が部屋に入ってきた時、ミスタイプをひとつ見つけて私は怒鳴り散らした。あとで彼女には、暑さのせいで神経質になっていて、睡眠不足なのだと言って詫びた。彼女はにっこりと頷いて、自分には血行障害がありますと話してくれた。

家に帰る途中私はブライヒャー草地のところで立ち止まった。家馬車とぼろを着た子供たちを見ていた。その汚ない貧しさと、喉の奥から発せられる意味不明の音声でこの小さな町をかき乱す惨めさの一群。

女たちは私に気づくと、あの太ったボスの名前を叫んだ。見下すように軽く微笑みながら家馬車の戸口に立って、あの男は横柄にそのいかつい手を振ってみせた。身じろぎもせずに私は男を見ていた。自分があの男のためには何もしてやらないだろうということはわかっていた。

ドクター・シュポデック

クリスティーネがうちにやって来たのは終戦から数年経った時のことだった。一九五〇年の十一月、土曜日だった。

呼び鈴が鳴ってドアを開けてやったのは私だった。

ひっかき傷だらけの革のトランクを持ってリュックサックを背負った十五か十六くらいの女の子が立っていた。こっちを向かずに、その目は困ったようにじっと敷居を見ていた。

「クリスティーネです」とその女の子は言って、黙った。

「それでうちに用ですか?」と私は尋ね、元気づけるように「クリスティーネさん、何のご用なのでしょう?」と言った。

知らない娘で、その顔に見覚えはなかった。戦争が終わってから町には見知らぬ顔が数多く見受けられるようになった。東部地域特有の重たい発音で言葉数の少ない話し方をする移住者たちや、空襲で焼け出された人たちなどだった。彼らは又貸しの部屋や、町の周辺域に建てられた入植者用のにわか作りの新築住宅にひしめき合って住んでいた。小さな町なのに、あまりにたくさんの新顔がやってくるものだから、私はその顔を頭に入れること、いや、それを注意して見ることすら諦めてしまった。

質問をされて、その娘は真っ赤になった。顔を上げて、びっくりしたような目で私を見つめた。懇願でもするかのようにその子はかろうじて口に出した。「私はクリスティーネ・ホーフベルクです。母に言われて来ました」

そしてまた口を閉ざした。希望にすがりつくような目で相変わらず私をじっと見つめていた。子供のように丸い頬からはゆっくり穏やかに赤みが引いていった。

寒い日だった。息をすると湿った霧が入ってきて、肺が氷の鎧の中に封じ込められような感じがした。市場の舗石の上を黒い服を着た一人の初老の女が手押し車を引いていった。ブリキを打ったその車輪がすさまじい音を響かせていた。私は突然、娘が寒さで震えているのに気づいた。

「中に入りなさい」と私は言って、先に立って招じ入れた。

ホーフベルク家というのは妻の知り合いで、クレッチュという、うちの分農場の近くの村に住んでいた。妻は食糧難の時期によくそこへ行って、卵やベーコンをいくらか分けてもらったり、物々交換したりしていた。そこの娘のことを話していたことがある。その母親は娘を町に出したいと思っていて、妻はその娘を台所のお手伝いとして引き受けてもいいと言っていたのである。クリスティーネがどうして村を出ることになったのか私は知らなかった。ただ、妻がとりとめもない話をしていたのはぼんやりと記憶にある。クリスティーネの兄が結婚したということで、彼女を家から出したいと思っているとかいうようなことだった。

台所のドアを開けて彼女を通してやる時に、その脚が目に入った。厚手のストッキングをぴっちりとはいた、若い娘の無邪気なふくらはぎだった。その眺めが私の気分を和ませた。妻に「大きな女の子を授かったよ。町の男の子たちが首ったけにならないように気をつけなくちゃ」と言いながら、その時、私はクリスティーネの肩に腕をかけることすらしたのではないかと思う。

その土曜日から彼女は私の家に暮らした。五歳だった娘のヨハンナの隣の部屋をあてがった。妻の家事を手伝い、幼ない娘の面倒を見てくれた。私の家族と一緒に暮らし、やがて私はずっと前から彼女がうちにいるような、本当に自分の娘であるような感じを抱くようになった。

日曜日には二、三時間だけ自分の両親のうちに帰っていた。しかしだんだんとそれが間遠になってしまい、私たちは、たまには村にも帰るようにと半ば強いるようなありさまだった。クリスマスですら私たちの家にいた。いさせてくださいと私に頼んできたので、私は喜んでそれを認めてやった。その願いを耳にして私は、自分でも説明がつかないが、ほっとするような誇らしさに満たされた。

十七歳になった時、私は彼女を自分の診療所に受け入れて、診療助手の見習いをさせた。週に一度職業学校にも行かせるようにした。彼女にこなせる勉強であったら何でもさせてやりたかったからである。しかし、毎日六時間私の診療所で働くのだから、それ以上妻の家事を手伝ったり、幼いヨハンナの面倒を見たりはしなくていいのに、それをやめさせることはできなかった。診療時間のあとは休養を取って自分の時間を持つ権利があること、それ以降は自分の部屋でもこの家の中でも、何もしないで勝手にしていていいということをいくら説明しても無駄だった。無報酬の仕事をうちでやらせているということにでもなったら私が罪に問われるということを言って聞かせるために、労働法の該当箇所を読み上げることまでやった。

私が繰り返し注意しても、それをクリスティーネは一笑に付した。

「先生、気にしないでください」と彼女はおかしがって言った。「楽しくてやっているんですから先生にも止め立てはできませんよ」

「しかしクリスティーネ、おまえのことを待っているような男の子もいるだろうに」と私は言った。「優しくてハンサムなボーイフレンドが」

自分がこのようなことを口にしたことに驚き、私は、クリスティーネに気取られてしまったのではないかと恐れながら、怯えた調子で口にされるであろうと思われる返事を待ち受けて耳をすませていた。しかし、彼女はあっけらかんと答えた。「先生、ボーイフレンドなんていませんよ、ご存じないんですか？　それに私、追い出されでもしない限りは、ずっとここにいたいと思っているんです」

子供みたいにきまじめな顔でそう言うので、その無邪気さの程度が並々ならぬことが理解できた。その言葉を聞いて私は自分が恥ずかしいことを言ってしまったような気がした。そして私は、それ以上自分を彼女に晒したくなくて目を閉じた。私を見つめる時のそのはにかんだ微笑みが私の心を揺さぶり、恥じ入らせたから。

「クリスティーネ、もういいから一人にさせておくれ」と私は頼み、患者用の椅子にさっと腰を下ろした。閉じた目を両手で隠し、とっさの思いつきで私は、彼女を騙し、自分を欺くことができればと思いつつ言い足した。「もう用はないから」

クリスティーネが私たちと食事を一緒にするようになって以来、私は妻のとめどない無駄話を平静に聞くことができるようになった。クリスティーネがそこにいるということが私の心を穏やかにし、快活にした。これまでの私の癇癪の爆発はただ妻とヨハンナをびっくりさせただけではなくて、私自身が苦にしているものだった。たびたび激しい不機嫌に襲われて、その怒りの大波に捉えられると自分でもどうしようもなく、あとになって後悔されて苦しかったのである。クリスティーネが一緒に食卓についていると、この癇癪に私が圧倒されることは決してなかった。この、疑うことを知らない物静かな娘が一緒にいるというだけで、あらゆるむら気や悪しき性向から解放されるかのようであった。

田舎からやって来たちょっと不器用な女の子は数年後には一人前の女性になった。彼女は美人ではなかった。顔の幅が少し広すぎたし、笑うと田舎の出が知れた。しかしその並はずれて美しい黒い目、あきれるほどに底の知れない情愛深さ、そしてこのうちやこの町の中のさまざまな、彼女には理解できないようなことごとに対してすら持っているある種の判断力といったものが、ほかのどんな欠点をも打ち消すほどに輝いていた。うちの娘にとっては大きなお姉さんとなり、妻と私にとっては大人になった実の娘となっていた。少なくとも私は自分にそう言い聞かせていた。彼女が自分にとって娘以上の存在であること、私が自ら認めるつもりがあり、認めることのできる以上の意味を彼女が持っていることを認識するためには、言い訳のできないひとつの私の過ちが必要だった。

そのできごと、いやむしろそれ以外の言い方が見つからないからカタストロフィーとでも言った方がいいようなことは、私の良心をそれ以降ずっと押しつぶし、自分自身への目を開かせ、自分についての認識をもたらしたものであった。そのことで私は、自分が恥知らずな父親の恥知らずな息子以外の何者でもなく、同じように欲深で自分勝手で軽蔑すべきものであり、父親との違いはただ自分の方がずっと出世の度合いが低かったということだけであり、そのことがひょっとしたら私の高慢さと、私の長年の頑なな憎悪の唯一の根拠かもしれないと、そして、そのような自分の思い上がりはひょっとすると、白状してしまうと、汚いことをやりたいのに、そのチャンスがやってこなかったということだけに基づいており、それが私の人生を偽善的で卑劣なものにしたものなのかもしれないと思い知ることとなった。その、ぞっとするような、私を動揺させそして同時に目を開かせてくれたできごとは、母の死んだ日に起こった。クリスティーネはその時十九歳だった。

その日起こったことをあとになってよく考えてみて、そしてその経緯の不可避性が認識された時、私が感じ始めたのは、この日に起こったことのすべては、そのきっかけや場所やそして時間といった細部のすべてがどんなに偶然のように見えても、それは自分自身にも隠しておいた私の願望が長い間憧れていた目標であったのであり、私には意識されていなくてそして認識しえない、しかし私が望み、そして私が引き起こした宿命だったのだということだった。このカタストロフィーは、それに対して私がどんなに驚愕したとはいえ、それは私が切に望んで呼び込んだものだった。そしてそれは私には必要なものだった。というのも、それ以外のことでは私の自己欺瞞を破壊することはできなかった、いやこれほどに根底的に破壊することはできなかったからである。機械的に進んでいく災いの時計を止めることもできず、それを止めたいとも思わず私はみすみすその中に飛び込んでいった。認めたくなかったのに、すべてを前もって感じていた。わかっていたのに、ひたすらそれを理解しないように努めた。つぶった目で私はそれを見ていたのである。そしてまるで私が軽視していることを運命が嘲笑うかのように、結局はすべてのものが、意志を持たない無生物さえもが、避けようのない運命へと私をずんずんと引きずり込み、私の絶望、私の孤独、そして私の洞察へと押しやったのである。私の妻さえもが我知らずにこのとどめようのないできごとを進める力となったのである。

母はヴィルデンベルクの病院で亡くなった。二度目の心筋梗塞ののち入院し、ようやく乗り切ったと担当の医師も私自身も思っていたのに、夜に虚脱状態に陥り、安らかにそして目覚めることなく亡くなってしまった。病院の医師が私の診察時間にやってきて、その報告を直々《じきじき》持ってきてくれた。どこに埋葬したいか、必要な手続きを病院の方ですませていいかと尋ねられた。私は彼に感謝の意を表し、午後にはヴィルデンベルクに向かうと伝えた。

母の死を伝えた時、妻は同情を込めた安堵のため息をもらした。受難のキリストのような見るも哀れな顔を作って私を見て、「神様がお母様の魂を恩寵をもって受け入れられますように。お母様は実際それに値する方でしたわ」と言った。

それからソファに腰を下ろし、袖からハンカチを引っ張り出して、ひくひくと泣き始め、時折力を込めて元気に鼻をかむ時以外は、そうやって泣いていた。

私は午後ヴィルデンベルクに行くことを伝え、妻にヨハンナと一緒についてきてくれるように頼んだ。返事はなく、ほとんど抑揚もなくひくひく泣くばかりだった。私は妻の前に立って、待った。ようやく妻は立ち上がってハンカチを袖の中にきちんと戻した。ハンカチは、人差し指でウール地のワンピースの袖と前腕の間に突ついて押し込まれて完全に見えなくなり、ほとんど感じられないくらいの膨らみを残すだけとなっていた。そして妻は言った。「お願いですからお一人でいらしてください。私には荷が勝ちすぎます。それに幼い子供にこんなことを強いるわけにはまいりません」

妻はそう言うと部屋を出ていった。それを見送りながら私の頭の中にはやり場のない怒りがこみ上げてきて、目がかすみ、しばらくは息もつけない状態だった。嘘つきめ、がっくりして私はそう思った。大人げない反発の中で私の頭はこの言葉の周りを堂々巡りした。嘘つきめ、何という汚い嘘をつくんだ。

　出会った最初の日から妻は母を軽蔑していた。その愚かさのために、その貧しさ、そしてその途方もない不器用さのために。そして今、その死体に対してさえ自分の軽蔑心を表に出さずにはいられないかのように、見せかけの同情の中に隠れて私には手も貸してくれない。娘のヨハンナまでもが自分の祖母と別れを告げることができないということに私は腹が立った。ヨハンナはまだ九歳だったから、近親のものの死体を見せて幼い女の子を怖がらせるようなことはしないというのは確かに理性的な判断ではある。しかし私は会わせたいと思った。妻の決断に感じられるのは侮辱的な嘲笑だけだったし、母に対する、そして私の出自に対する、私自身に対する妻の積もり積もった反感だけだった。絶望して呆然と私がそのまま居間に立っていると、ドアが開いて妻がまた入ってきた。憐れむように私を見つめて、小さな、穏やかな声でこう言った。「クリスティーネを連れていきなさいよ。役に立つことがあるかも知れませんわ」

　昼食後、私たちは出発した。黙って並んで座っていた。私は妻のこと、私たちの結婚のこと、私の人生のことを考えていた。そして、死んだ母の顔がどんなに変わってしまったか、思い描こうとした。クリスティーネは真剣な顔をして横に座っていた。彼女がうちに来てからの長い間一度も一緒に車に乗ったことがなかったということが頭をよぎった。年を取った男と若い娘。一人の年を取って、とても疲れた男と、一人の、自分の娘と言ってもいいくらいの若い娘、と私は思った。

「一緒に行かなくちゃいけないということじゃないんだよ、クリスティーネ」と私は言った。

「母の死体を見るというのは怖いことかもしれないからね」

「いいえ」と彼女は首を振った。「死んだ人ならたくさん見てきています。私の村の周りの森では子供の時何度も死んだ兵隊さんを見つけたことがあります。ひどいありさまでした」

彼女は背筋を伸ばして助手席に座り、景色を眺めていた。私は彼女に目をやり、私にとって彼女がどんなに重要な存在なのか、そう、自分の娘だったらどんなによかったろうと私が心が痛むほどに思っているのか、そのことを感じてくれているだろうかと自問した。

「いいえ、怖くはありません」と彼女は言った。「死んだお婆ちゃんは私が一人で湯灌をしなくちゃなりませんでした。その時私はまだ十二歳でした」

その言葉を聞きながら私はこの娘の強さと、すごさを思った。彼女に対しては何もしてやれないとわかっていた。何も手出しはしないし、かといって助けることもできなかったたくさんの死人たちと同じように、自分は彼女にとっては余計なものに過ぎないとわかっていた。私は自己憐憫の情に満たされ、感極まって、目には涙が溢れた。そして感傷的な自分を心の中で呪った。一人の年老いた、不快感を催させる愚か者の甲斐のない望みの数々を呪った。好意を望むに値しない男、そして年を取り、自分の人生を、愚かなことのために、レンズ豆料理ほどの重みもない出世などというもののために、長いこと無駄に過ごしてしまった、ということくらいは理解できるようになっている男、そしてそれゆえ愛情を要求したり、あるいは何らかの生あるものに対する要求をする権利などはない男、それが私であった。私のことを無償の心で愛してくれた、たった一人の母も死んでしまったのだから。

病院で私は地下室に案内された。狭くて、湿って冷たい部屋に母は安置されていた。そこは天井が低く、きついにおいがしていた。母がその人生の大半を過ごした二つの部屋のようであった。母のそばに腰を下ろし、白いシーツに覆われて二つの手の形を見せて盛り上がっているところに手を置き、死んだ母と今や二人きりになった私は見境もなく大声で泣き始めた。ここに来てようやく自分の孤独さのすべてが了解できたのであるが、母と一緒のこの最後の時間に私はほとんど幸せとでも言えるような心地であった。

クリスティーネは役所に行ってくれていた。私の代理として遺体の移送の取り決めをしたり、必要書類に署名をしたりする権限を委ねてあった。シーツを元どおりに母の頭にかぶせて地下室を出てから私は病院の前で彼女を待っていた。クリスティーネがやってきて、事の次第を報告してくれた時、私はありがとうと言ってその両手にキスをした。こんな私の仕草に彼女は当惑した。拙いことをしてしまったと思い、それを取り繕おうとして私は父親然として腕を彼女の肩にかけた。突然私は彼女に何か贈り物をしたい、服や靴を山ほどプレゼントしたいという止みがたい欲求に襲われた。しかし私がかろうじて口にできたのは、コーヒーでも飲もうか、という馬鹿げた、うろたえた誘いの言葉だけだった。頬をさらに赤らめて彼女はそれを断った。

帰り道では自分たちの母親についての話をした。温かい十月の日で、小春日和だった。国道の並木の葉は色づき、くたびれた緑の間を縫って黄色や褐色の色調が見えていた。太陽に暖められたつづら折りのアスファルト道の上には鋤き返された畑から飛んできた細かな土埃がつもっていた。

「母さんは若いころ絵を描いていたんです。すてきなスケッチを綴じた厚い紙ばさみが今もあります」とクリスティーネは自分の母親のことを喋った。「とても才能があったんですけど、すべて諦めてしまいました。鉛筆を持たなくなってからもうずいぶんになります」

「若い人間というのはみんな才能を持っているものなのに。それが行き着くところと言ったら！」

「農作業と家事に母さんはエネルギーを使い果たしてしまいました」

「まだ絵が描きたいってお母さんは思ってるのかい？」

「私にはわかりません。あの頃母さんは逃げ出せばよかったんです。でもおそらくそのための力がなかったんでしょう」

「逃げ出すって、君みたいにかい、クリスティーネ？」と私はちゃかして言った。

「そうです」と言って彼女は微笑みもせずに私の方を見た。

森を通って誰もいない国道を行った。シダが高く伸びていて下生えの灌木が見えなかった。炭焼き窯のある高台の道ではアスファルトの舗装面が荷車の車輪でえぐられていた。密生した木々の間に、巨大な石塚のように炭焼き窯が浮き立って見えた。暗くて涼しく、太陽の光も木の葉に遮られていた。

森を抜けるかと思われた時、エンジンがガクンガクンといい始め、やがてすぐにエンストしてしまった。私は惰力で車を道の端まで持っていき、降りてボンネットを開けて、どこがおかしくなったのか点検した。二十分ほどやってみて、諦めた。黒くなった指を草でぬぐい、ボンネットを閉じて、クリスティーネに言った。「誰か通りかかったら、引っぱってもらおう」

人里離れた街道に目をやって付け加えて言った。「長いこと待つことになるかもしれないな」

クリスティーネも車を降りてきた。車の横に私たちは何をしたらいいかわからずに立っていた。午後の日差しの中でとても暖かかったので私は上着を脱いでシートに置いた。側溝に腰を下ろして私たちは草の茎をいじったりしていた。近くの森からはキツツキが幹を突く音が聞こえていた。強く叩きつける音があり、突然それがやんで静かになり、やがてまたコンコンという音が、最初はためらいがちにひとつふたつと聞こえ、それから早くて規則的なリズムになっていった。私は父の死のこと、その盛大な埋葬式のことを思った。あの時、母は墓まで一緒についてきてくれるようにと私に頼んだが、私はそれを断った。おびただしい数の葬列客の中を母は町の名士たちが担ぐ父の棺に一人でついていった。共同経営者や友人や、父に恩義を感じている患者たちや父に騙された詐欺師などからなる行列の中に一人で。父に虐待され、捨てられたほかのすべての女たち、母と同じように寂しく父の葬列に参加している女たちの姉妹として母は一人で歩いていった。その女たちにはひょっとしたら子供たちがついてきていたかもしれない。私と同じように憎しみに食い荒らされた心を抱いて、感覚もなくして、自分を作り出したばけものみたいな父親のことを考えている、私の見知らぬ兄弟たちが。そしてその母が死んだ。そして今私は子供みたいに、孤児になるとはどういうことか、あらゆる人から捨てられ、あらゆることから解放されるということがどういうことかを感じ取った。
クリスティーネは目を開けて夢を見ているようだった。空の低いところにある太陽を彼女の上半身が隠していて、その頭の周り、その髪の毛を透かしてきらきらと光がきらめいて、彼女をとてつもなく美しく見せていた。私は立ち上がり、暗い森へと消えていっている、アスファルト道路の光沢のある帯を目で追った。それから車に乗り込み、改めてエンジンをかけてみたが、やはりだめだった。

ちょっと歩いてくる、車が通りかかったら大声で呼んでくれ、聞こえるからと、私はクリスティーネに言った。そして牧草地を、牛たちに食い尽くされた草地の跡を越えて歩いていった。あざみがあった。さまざまの形をした、奇妙で独特な植物があった。高く伸びた草むらがあった。堅くて、縁が尖った葉をつけていて、牛たちが見向きもしなかったものだった。モグラ塚や野ネズミの巣穴があった。目を半ば閉じて、何も考えずに野原を越えていき、堀で道が途切れているところまでやってきた。そこで私はクリスティーネに見つけられた。

彼女の足音が聞こえた。私のそばに腰を下ろす時、服がサワサワと小さな音を立てるのが聞こえた。彼女が私を見ているのが感じられ、そして私はとっさに、顔を隠そうとして、頭を両手で抱え込んだ。私をそう突き動かしたのは羞恥心だった。顔から手を外すのには、自分に残っている最後の力をふりしぼらなくてはならなかった。はしゃぎすぎて見境がなくなっているみたいに、そしてはじめに見せた戸惑いを完璧に打ち消したいと望むかのように、私は後ろ向きにどすんと、無防備にそして空《くう》に体《たい》を預けて倒れた。薄地のシャツ越しに草と、干からびたその実を感じた。そして私の顔から涙をぬぐってくれるクリスティーネの手を感じた。

「泣かないで」彼女はそう言って、私の額と頬を撫で続けた。

私は目を閉じたまま、自分でも名付けようのないある種の悲しみに、そして私を救済してくれるこの娘の優しさに身を委ねていた。

「お母さんのことをとても愛していたの?」とクリスティーネが尋ねた。

「わからない」と私は正直に答えた。「自分が母のことを愛していたのかどうか、わからない。これまでに誰かを愛したことがあるのか、そして誰かに愛されたことがあるのかどうかもわからないんだ」

「それはよくないわ。とてもよくないこと、そしてとても悲しいことだわ」

「そして私には自分が悲しいのかどうかさえわからないんだ、クリスティーネ。自分にわかるのはただ、自分がぞっとするほどにひとりぼっちだということだけなんだ。ああ、何と長くて孤独な人生なんだろう」

「あなたはひとりぼっちなんかじゃないわ。私がいるわ。あなたのことを愛しているわ」

「ああ、クリスティーネ」と私は小さくため息をついた。

私はほっとしたような、そして死ぬほどに疲れたような気分だった。思いもかけず自分の顔の上に彼女の体の影を感じた時、この娘に対して父親のように優しい愛情が自分の中に湧き起こった。

クリスティーネは唇を私の口に押しつけてきて、その手で私の頭を押さえ、しっかりと私を締めつける鉄の輪のように私の首と胸を抱きしめた。彼女のキスとその手とその体に覆い被さられて私は自分の心臓の鼓動を感じた。それは私の胸郭の中で鈍くそして力強く暴れて、膨らみ、破裂してしまいそうだった。自分をさらっていく流れに呑み込まれないように、私は息をとめた。そして突然、それまで私が自己保身のためにその中に身を隠していた憐れみ深いベールが破け、私はそれまで体験したこともない圧倒的な強烈さで、自分がクリスティーネを愛していたこと、これまでずうっと愛していたこと、彼女が私の娘などではなくて私の女だったことを認識した。それは言葉で捉えられるような頭の認識ではなくて、血管を膨らませる私の血液の思考であり、私の皮膚に幾千もあって開いていく目の思考であった。激しい欲望が私の体に、そして私の脳髄のうねりのひとつひとつに溢れ、焦がす火で私の目に押し寄せ、猛り狂って私のあらゆる筋肉、あらゆる繊維組織を貫いた。私はじっと動かずに、クリスティーネが服を脱いで、その細くて壊れそうな裸をぴたっと添わせてくるのを見つめていた。されるがままに私は自分の手を彼女に預けた。その手を彼女は自分の胸にもっていった。大きくてすべすべした女性の胸、それは恥じらう彼女の若い体にぎくっとするようなたまらない官能性を与えていた。身動きもできずに私は、彼女の体の輝きを壊さないように気遣いながら、そのたおやかで柔らかい肌を感じていた。自分の体が揺り動かされるように細かく震えるのが感じられ、私は穏やかで幸せな気持ちで自分の心臓が破裂するのを待っていた。この小さな、鼓動する心筋が、どくどくと突進していく血液によって食いちぎられる瞬間を。彼女に預けた両手は、彼女の指に導かれて、その尻から太腿へと滑っていき、そして促されるままに、その陰毛の中に、そして彼女の肉の暗赤色をした花の中に爪を立てた。とてつもない幸福感に痺れながら私はクリスティーネに身を委ね、シャツとズボンを開けるに任せた。されるがままに私は服を脱がされ、ほとんど息もできなかった。そしてとうとう私の息が遮られることなく道を開き、絶え入りそうな調子で呻きながら肺から出ていった時、まるで自分の胸郭が裂けて、自分の生命の一番深い底へ、快楽と死との底へ沈んでいくような気持ちだった。そして自分の上の方に、そしてとても遠くに、クリスティーネという娘の、ほとんど聞こえるか聞こえないかの呻き声が鳴りやんでいくのが聞こえた。

ようやくお互いから体を離すことができた時、あたりは暮れかけていた。尽きることのない幸福感にうっとりとしながら私たちは車に乗り込み、車のエンジンが即座にかかるのを見て、微笑み、そして驚きもしなかった。帰り道の間中私たちは黙っていた。しかしそれは楽しいお喋りに満ちた沈黙だった。無言で私たちはちょっとした魔法のサインで愛情の話を交わした。指の先だけが触れ合っていた。

彼女を知り、愛と快楽と女性というものを知った時、私はもう五十一歳になっていた。私を憎悪の念から、そして怒りの絶望から解放してくれることができるように思われたあの人生のひと時を体験した時、そして私の中にも私とは違った存在、私にもそうなることができるかもしれないと思われた人間のほのかな光が輝いた時、私はもうほとんど老人だった。私が五十一歳、クリスティーネが十九歳だった。年月は過ぎ去ってしまっていた。そして年月を経て虚しい人生行路にある私は、私たち二人の生を限りあるものにしている鎖に縛りつけられていた。

死んだ母に関する悲しみと、クリスティーネとの圧倒的な肉体的幸福感とが頭に溢れて、絶えず私の脳髄を怒濤となって流れていた。車のハンドルにふぬけみたいに座りながら私は大声で泣き喚きたいような、歌い出したいような気持ちだった。しかし経験と年齢だけは十分重ねていた私には、この嬉しい悲しみの行き着く先では、自分が屈辱的にも何の役にも立てないということを知ることになるだけだとわかっていたし、こんなに遅くなって、こんなに短かい間に体験した幸せに別れを告げなくてはならないともわかっていた。

グルデンベルクの町の標識の前で私は車を止めた。人生最後のこの希望に別れを告げる力をようやくのことで奮い起こした時、私たちは目を合わせなかった。

遅すぎた。頭の中で、石でできた車輪のようにこの言葉が、すべてをすり潰しながら回転していた。遅すぎた。

「クリスティーネ、私のことは忘れるんだ」と私は命令した。

「はい、先生」と彼女は聞き分けよく返事をした。

「私のことは忘れなくちゃいけない」と私はしつこく繰り返した。

彼女は頷いて、もう一度静かな声で「はい、先生」と言った。

「そして、うちを出るんだ。若い男を見つけて結婚して、そして子供を作れ。自分の家を持つんだ」

私は厳しく話そうと心がけた。頑として譲らぬ調子で。しかし私の声の響きは頼んでいるもののそれだった。要求するかわりに私は彼女に対して懇願していた。

クリスティーネは首を振った。「いいえ、先生。私はお宅にいます。先生のことは忘れますが、先生とお別れはしません」

その答え方があまりに率直で毅然としているのにあっけにとられて私は、反論できなかった。今すぐにクリスティーネを追い出さないと、償うことのできない罪を背負うことになるという思いがあり、それでいて私は彼女の決心を聞いてほっとしてもいた。彼女を失いたくなかった。

クリスティーネはうちにとどまった。幾度となく私はそれからも彼女に出ていくように促したが、無駄だった。年を追う毎に私の頼み方は熱を帯びたものになっていった。良心が痛み、自分の寂しさのためにこの無邪気な娘の人生を犠牲にしたという思いに責めさいなまれたからである。私は彼女を愛していた。そして、自分が彼女にしてしまったことほどに私が人生において深く後悔したものもなかった。クリスティーネを思う猛烈な憧れに私は消耗し、この憧れと止むことのない羞恥心が私を前にも増して途方に暮れさせた。

私から離れてくれと最後に頼んだのは、クリスティーネが三十二歳の時だった。

「先生、まだおわかりにならないんですか?」と彼女は笑いながら言った。「私はあなたから離れることはできないんです」

母が亡くなった日以降私は二度と彼女の胸にキスすることはなかったし、一度として彼女の膝枕に横たわることもなかった。私たちは昔の婚約中の男女のように暮らしている。お互いに言い交わし、どんな体の接触も恥じて避けて、お互いを思い定めて、それでいて届かないほど遠くに離れて。彼女は診療所と家事の仕事をこなしており、私たちのしっかりと結びついた一体感と私を不安にさせる彼女の決心とが外に気取られることはない。

ただ一度だけ、クリスティーネがいつものように厳しく自制することができなかったことがあった。それは冬の晩のことで、母の死から三年後、それからの私を永遠に不幸にすることになったあの私の人生で唯一の幸せな日から三年後のことだった。私が妻と二人だけで居間に座っていた時、クリスティーネがお茶の道具を持って入ってきた。突然妻が立ち上がり、私の方にやってきて、椅子の肘掛けの上に腰をかけて、驚いたことに私にキスした。その瞬間、陶器の茶器が床に落ちて割れた。クリスティーネがお盆を落としてしまったのだった。顔を紅潮させてすみませんとつぶやきながら彼女が、破片を持っていくために部屋を出ていった時、妻は自分の椅子に座り直すと鋭い調子でこう言った。「うちのクリスティーネちゃんはあなたに惚れているわね」

私は驚いて妻の顔を見た。

妻は鷹揚に、そして悪意を込めて言い足した。「そしてあなたの方もあの子のことを愛しているっていうのはわかっているわ」

この言葉に私は度を失った。瞬時にして私の口は渇ききり、舌は重たく、厚くなった。喉に何か詰まった感じがあり、私は口がきけるようにと、それを飲み込もうとした。

「でたらめだなんて言わないでちょうだい」と妻は続けた。「私だって馬鹿じゃないんだから、そんなことぐらいわかっているわ。でも私にはあなたよりも私の方が長生きすることもわかっているし、あなたが私や娘と別れることなんてできないこともわかっているわ。そんなことをする勇気はあなたにはない。あなたは意気地なしですもの。あなたがクリスティーネを手に入れることは決してないわ。約束してもいいわよ」

みじろぎもせずに私は妻を見つめていた。露わになった妻の憎悪に私の血は凍りついた。そして私は殺したいと心の中で思った。その気持ちがあまりに激しかったので、手がわなわなと震えた。妻の言うのが的を射ているとはわかっていた。離婚する勇気などは自分にはなかったし、また、もうひとつの、もっと残酷な方法で妻と手を切ろうと思うほどには私は卑怯ではなかった。

遅すぎた、私の頭の中でそう響き渡っていた。何もかもが遅すぎた。

クリスティーネ、声にならない声で私は叫んだ。クリスティーネ。息ができるようにと、私は心の中で彼女の名前にすがった。しかし自分の中を探しても赦しは見つからなかった。無情にこだまが響いていた。遅すぎた、このおいぼれの愚か者、遅すぎだよ、と。

ゲルトルーデ・フィシュリンガー

肩を落としてあの人は前に立っておられました。困惑したようなその目は棚の上をさまよっていました。

「ほかに何か？」

「シュナプス（蒸留酒）を一本。大瓶で」

「どれがいいですか？」

「去年買ったのと同じやつ」

「去年ですか。覚えてないんですけど。コルン（穀物材料の蒸留酒）でしたでしょうか？」

「何でもいい。何か、上等のやつを頼みます」

私は紙袋と箱とワインにコルンを加えて、計算を始めました。

「お客さんですか？」

「そう」

「またジプシーですか？」

「そうそう、またジプシーですよ」

「ゴールさん、気を悪くしないでください。ただ私は……」

「気を悪くなんかしてませんよ」

「六十二マルク四十です。売り掛けにしておきましょうか？」

「いや、今払いましょう」

「いっぺんに運んだりしないでくださいよ。パウルを呼んでご一緒させますから。こんなに暑いんですもの、頭がどうかなってしまうわ。こんなんじゃ誰でも日射病にかかってしまいますよ」

「ありがとう。一人でやれるさ。日照りなんて何ともありゃせん」

「日照りだけじゃありません。夜になっても暑さはひかないし。牛乳なんて、届いた時にもうすっぱくなってるんですから」

「そりゃひどいな」

「地下室においといても発酵して腐るんですよ。こんな夏もなかったわ」

「それじゃ、また」

「さようなら、ゴールさん。ありがとう」

ゴールさんは書類カバンと買い物袋を持ち上げられました。私はカウンターから出てドアを開けてあげました。外に出てわざわざ歩道の上に書類カバンをおいて手を空けて、帽子をちょっと上げて私にお辞儀をなさいました。そして肩をすぼめてミューレンベルクを上っていかれました。

ゴールさんが住んでらっしゃったのは入植地の奥の一軒家でした。ちょうどゴーデンホルツの松林に入る辺り。そこに娘さんとお暮らしでした。こう言えるのかどうかわかりませんが、娘さんは成人されていました。つまり、娘さんは病気で、それもひどい病気で、知的障害でした。娘さんが外出なさることは決してありませんでした。父親のゴールさんが面倒を見なくてはなりませんでした。

ゴールさんは町には友人とか知人は一人もいらっしゃいませんでした。訪れる人は誰もいませんでしたし、誰とも話されませんでした。画家で、二、三年前からこの町の郷土博物館で働いておいででした。昔は自分の絵しか描かれてなくて、それを当時この町に保養に来ているお金持ちの療養客たちに売られていました。でも戦争が終わってからはこの町にやって来るお客も金持ちではありませんでした。ですからゴールさんと娘さんは、グルデンベルクでの仕事に対して町から払われるわずかなお金で暮らしておいででした。あとは、娘さんが重病であるのと、奥さんがナチに殺されたからというので支払われる年金で。

ゴールさんのただ一人の知りあいはジプシーの男でした。毎年夏になるとこの町にやって来て宿営地を設置するのです。ゴールさんの家にやって来るのはこのジプシーの男とその妻たちだけでした。どうやって話されていたのか私にはわかりません。ジプシーの男はドイツ語はまるで話せませんでしたから。みんなが言うには、ただ飲んで、女たちが、聴いたこともない歌、大きな声で長く引き延ばした嘆きのように聞こえる歌を歌っているだけだということでした。私にはそんなことはどうでもいいことでした。ゴールさんが買いたいとおっしゃるものは売りましたし、ゴールさんがジプシーを家に入れられるというのであれば、それはただゴールさんの勝手です。私はジプシーにも商品を売りました。それは私の権利ですし、そして私の義務です。何とでも言いたければ言えばいいのです。

ジプシーたちがなぜよりによってゴールさんのところに行くのかも私にはわかりませんでした。でもひょっとしたら、狂気の人というのはジプシーにとっては神聖なものなのかもしれません。狂気の人たちを崇拝する民族があるとユーレが話してくれたことがあります。病にかかった人の頭からは神ご自身が話をされる、と彼女の神父が言っていたということです。私にはわからないことです。でも、ジプシーの男とその三人の妻たちに関してみんなが話しているひどい話は、それを信じる気持ちにはなれませんでした。

ゴールさんはずっと昔から世間と交わることなく暮らしておいででした。結婚なさっていた時も、この町には友達がありませんでした。絵を描いていらっしゃるということは知られていましたが、みんなあの人のことには触れませんでした。

ゴールさんの奥さんのことは、結婚される前から存じています。グドルン・シュテファンスキーという名前でした。教師をなさっていました。ゴールさんと結婚なさって娘さんのマルレーネさんが生まれる前、ユーレと私は授業を数年間受けたことがあります。お子さんが病気で、それが治らないとわかった時に、仕事を辞められました。私が四年か五年の時でした。グドルン・シュテファンスキーさん、と言いますか、その時の名前で言うとゴール先生でしたが、先生にはほとんど会うことはありませんでした。ブルーベリー摘みに森に行った時に時折お会いするくらいのことでした。乳母車を押していらっしゃいましたが、その中で身じろぎもせずにぼうっと木を見つめている大きな女の子に話しかけられていました。私たちが挨拶をすると立ち止まって、学校のことを尋ねたり、二言三言親切に声をかけてくださいました。でもその娘さんは、あまりに変わっておられましたので、ぞっとしました。

ゴール先生はとても柔和な方で、年月がただ音もなくそのそばを通り過ぎていった、というような女性でした。最後にお会いした時はもう四十歳はとうに過ぎられていたはずですが、まるで年を取られていないようなご様子でした。読本の活字を寄せ集めて意味のある文に組み立てようとして、私が絶望的になりながら四苦八苦している間、私の机の前に立っていらっしゃったあの若い女性のままのようでした。

一九四三年の五月に娘さんは連れて行かれました。健全な国民の生命が脅かされるのを防ぐためというのが公的な触れ込みでしたが、このような病気の人間を国家は特別の施設に収容していたのです。そのような追及の手からゴールさん夫婦は知的障害のある娘さんを長い間遠ざけることができていました。二人は娘さんを何年間も家の中にかくまうことができていたのですが、住民からの投書があってとうとう町当局も、ナチの大管区首脳部にこの病気の娘さんの存在を報告せざるをえなくなったのです。五月に連れて行かれました。そして九月には死亡通知と、灰の入った壺が届きました。肺炎で死んだということでした。役所の言う死因ではそういうことでした。ゴールさんはその壺を森の墓地に埋めてもらい、その上にひとつの小さな白い石を載せました。その石には名前も日付も彫られていませんでした。ただ、金の象眼をほどこした十字架がその上においてありました。

娘さんを力ずくで連れ去られて以来、ゴールさん夫妻はほとんど家から出てこられませんでした。時折ご主人が外で用事をすませる姿が見受けられるくらいのものでした。あの頃はまだ、上のアルテン・フィーマルクトにあるグロッサーさんの店で買い物をなさっていました。時には、自分の絵をくるんだ大きな包みを持って療養所に出かけておいででした。そこのロビーに絵を並べて、一日中辛抱強くそのそばに座り、絵を見て買ってくれる人を待っておられました。町の人がときおり慰めの言葉をかけたりしましたが、何も返事はなさいませんでした。何も喋らずじっとその人を見つめていらして、その目には涙が溢れていました。

年の暮れ、骨壺の埋葬から二、三ヶ月過ぎて初めて、町にぞっとするような噂が立ちました。二、三日もするとそれは隠然たる、ほとんど沈黙の噂となっていましたが、それはまた、湧いてきた時と同じように突然消えました。ひょっとしたら誰も詳しいことは知らなかったのかもしれませんし、またひょっとしたら、その噂があまりにぞっとするものだったので、そのことは深追いせずに、口にしない方がいいと思われたのかもしれません。この町にはもうそのことを考える人などはいなかったのではないかと思います。

ところが春になるとこのぞっとするような噂の真相がはっきりしたのです。散歩をしていた人が、ゴールさんところの知的障害の娘さん、もう大人になったその娘さんが、庭で遊んでいるのを見たというのです。一年前に連れ去られたのは娘さんではなくて、それは明らかに母親の方だったのでした。役所を欺き、娘の身代わりになって、あの施設に連れ去られることにゴールさんの奥さんは成功したのでした。生きるに値しない命、という死の宣告を下された人間すべてが国家によって収容されたあの施設に。

ゴールさんの娘さんのマルレーネは生きていました。森の墓地に葬られた壺に入っていたのはグドルン・ゴール、つまり、その娘さんの母親の灰でした。

冷たくそしてすべてをなぎ倒して降る雹のようにこの知らせは私たちの小さな町に降りかかりました。密告があり、そしておそらく病人は施設へ移送されただろうということでほっとしていた矢先でしたので、誰もがぎょっとして言葉を失いました。ゴールさんを見かけたり、期せずして話がゴールさんの家のことになったりすると決まって、麻痺したような沈黙が広がりました。まるで突然光のない闇が町を覆ったかのようでした。そして羞恥心と驚愕が長く続きましたので、戦争が終わるまでの一年以上、ゴールさんと娘さんは厄介もなく家で暮らしていくことができました。町の多くの人が真相を知っていましたが、誰もそれを声高に喋ることはしませんでした。熱心なナチ党員の中にも美しいグドルン・ゴールの死のことや、知的障害のマルレーネの許されざる延命のことを知っている人はいたに違いありませんが、そんな人たちも口を開くことはありませんでした。かんばしくない戦況報告、ロシア軍の進撃、イギリス空軍によるドイツの都市への空襲などがありましたから、ゴールさんの家のことを何か聞いたり見たりした人にも、二度目になる密告などはやらない方がましだと思えたのです。グドルン・ゴールが出頭しなくてはならない用事があっても、ゴールさんが出ていって、奥さんが来られないことを謝られました。役所の人間も文句を言わないで、彼女は病気なのかあるいは旅行にでも行っているのだろうということにしました。

戦争が終わって、マルレーネとその父親のゴールさんにとって危険性が一切なくなり、何はばかることなく町を歩けるようになっても、二人は世間と隔絶したそれまでの生活を続けられました。ゴールさんは誰の家にも出かけられませんでしたし、お客が来ることもありませんでした。娘さんのことは一人で面倒を見ていて、どんな援助も拒否されました。ただ、新しくできたグルデンベルクの郷土博物館における画家としての仕事を町から提供された時は、それを受けられました。それ以来ゴールさんは日に二回、博物館と家との往復の途中に私の店の前を通り、時折入ってきて、ちょっとした食料品を買っていかれます。やっぱりほとんど喋られませんし、町の誰とも友達ではありませんでした。

ゴールさんがグルデンベルクで働き始められたのと同じ年に、ジプシーたちも再び町に姿を現すようになりました。晩春にやってきて、ブライヒャー草地に宿営地を設置します。たくましい農耕馬をずいぶんたくさん連れてきていて、近郊の村の農民の収穫用に貸し出すのです。十月の始めになると、馬たちとともに姿を消しました。それ以来毎夏やってきました。

ジプシーたちの出現は物議を醸しました。いろんな住民集会では町長に対して、ジプシーを町から追い払うようにと要請が出されました。昔の町の外壁跡の向こうにあるフルート草地にやれとか、ほかの町に行かせろとかいったものでした。しかしジプシーたちは毎年やってきました。どんなに冷ややかな対応をとっても、町当局が罰をほのめかして脅しても、功を奏することなく、ブライヒャー草地に家馬車を据えて、夏の間中衆目の見守る中、奇妙な生活をやっておりました。

このような状況の中で、よりによってあの、寡黙で人とうち解けないゴールさんがジプシーたちと仲良くしているというのは、奇異に感じられました。毎年あの太ったジプシー男は二、三人の奥さんを連れて町のへりにあるゴールさんの家を訪ねるのです。みんなが言うところによると、ジプシーがやって来るのは夜で、太った男を先頭にして、数歩下がったところを腕を組んで女たちが歩いてくるのだそうです。深夜までゴールさんのうちにいて、歌ったり飲んだりしているそうです。ゴールさんがこの、いわば招かれざる客たちとつきあっていることを町のほとんどの人は裏切りと感じていて、最初、ゴールさんの苛酷な運命に対して抱いていた憐れみや、この年を取った画家の隠遁者のような生き方に対して向けられていた一定程度の理解はやがて影を潜めて、うち解けないその態度に対する怒りとか、ジプシーとの謎めいた関係に対する反感が表立ってきました。

ゴールさんはこのようなことには頓着しておられないようでした。住民たちがかりかりしていることとか、その不興とか怒りとかをゴールさんがご存じだったのかどうかちょっとわかりません。店にやってこられる時は、それまでと変わることなく礼儀正しく挨拶なさいました。入り用のものをおっしゃって、おしゃべりはなさいませんでした。出ていかれる時は、帽子をちょっと上げてありがとうとおっしゃいました。娘さんのことを尋ねたことなどはありません。奥さんの授業を昔受けたことがあり、奥さんのことを敬っていて好きだったということも言えませんでした。言っていたら喜ばれていたかもしれませんが、ずっと前から、「ご注文は?」、「以上ですか?」というよりほかのことが言える雰囲気ではありませんでした。

戦争が終わってもゴールさんにとっては何も変わっていないようなご様子でした。相変わらずひっそりと仕事をこなし、この町に、訪問者のように、よそよそしく、控えめに暮らしておいででした。不思議な感じで、近寄りがたく、常連の客ではあっても同郷人ではないといった感じでした。ただ、奥さんの骨が眠っている森の墓地の白い墓石の上には名前を彫られました。グドルン・ゴール、旧姓シュテファンスキー、そしてダッシュで結ばれた一九〇一と一九四三という年。この文字が石に刻まれていなかったら、ゴールさんが今もなお娘さんと自分のことを隠されていると人は思ったかもしれません。

トーマス

あの灰色の空の押さえつけてくるような暑さのことは覚えている。あまりに暑いものだから、空気が見えてきそうだった。焦がすような舗石の熱さがサンダル越しに感じられた。

学校では汗たらたらで睡眠不足の先生たちが授業を早めに切り上げて、僕らと同じくらいにぐったりとして、夏休みの来るのを待っていた。

一日中太陽は見えなかった。町を覆い、呼吸のための空気を奪ってしまうような不透明なベールの向こうにぎらぎらとぼやけた光としてあっただけだった。重たくどんよりした薄明かりの中で音も立てずに呻いているような家々は教会の塔のところまで押し合いへし合いして建っていた。夕立が待ち遠しかった。しつこい蒸し暑さが続くほどに、どしゃぶりの夕立が待ち望まれた。

大人たちは収穫の心配をしていた。いつまでも止まないこの蒸し暑さのことが町中で話題になっていた。

夏休みの一日目はからっと晴れた。ガラスのように透明で一様に青い空から太陽が顔を見せた。相変わらず暑くて、雨はほとんど降ってこなかったが、今度は、軽快で、十分耐えられるような暑さだった。

休みの最初の週に僕はエルスケのうちに行った。自転車で一緒にヴィルデンベルクへ行く約束をしていた。

二年前から通っている彼女の高校を見せてもらって、彼女の友達のところに行くことにしていた。彼女のうちに行ったのは、この約束を思い出させるためだった。僕が行ったのは、彼女のそばにいたいからだった。憧れていたし、怖れてもいた。僕よりもずっと年上だった、四歳も。とてもきれいだった。そして僕はと言えば、彼女にとって何ということはない小さな男の子にすぎなかった。僕がどんなに彼女という存在に憧れているか、ちょっとでも彼女が気づいてくれているかどうか、僕にはわからなかった。彼女のそばに座って、その肩に頭をもたせかけて、風のそよぎが撫でるよりもっと優しく指先で彼女の胸に触ることを望んでいた。彼女の横に座ると、僕にはその手を取る勇気さえなかった。笑い飛ばされるのが怖かった。そんなことにでもなったらもう生きてはいけないと思った。

あてがないみたいに町を歩いていった。エルスケの家のあるグラーベンシュプルングにゆっくりと近づいていった。期待もあったが不安でもあった。僕は自分が小さすぎて、きっと何をやってもおかしなことをしでかすことになって、きっと心の中で彼女が僕のことを馬鹿にして笑っているように思われて、絶望的な気持ちになっていた。

ショーウィンドー毎に足を止めて指の爪を噛んでいた。フィシュリンガーさんの店の前でも僕はふんぎりがつかずに立ち止まって、相も変わらぬ缶詰とか小さな陳列棚の何の変哲もない紙袋とかを眺めていた。店のドアが開いて、フィシュリンガーさんがバケツを手に出てきた。そのバケツを両手で引っ張ってきて、ゆっくりとした動きでその中の水を歩道の上に空けた。舗石が湯気を立てた。大きな水滴が灰色のビー玉みたいに石の上を転がっていき、土埃の中に染み込んでいった。数秒間だけ僕は洗われたような空気を吸った。からからに乾いた道が大きくため息をついて、すぐにまたしつこい硬直に戻っていったような感じだった。

フィシュリンガーさんの横に僕は立っていた。たちまち乾いていく石を僕らは一緒にじっと見ていた。

「何か買いたいの？」とフィシュリンガーさんが尋ねた。

「いいえ」

フィシュリンガーさんは僕のあごの下をつまんで顔を上げさせて、じっと見た。

「あんた、薬剤師さんとこの子じゃない？　パウルの友達でしょ？」

僕は頷いて、掴まれている手から身を離そうと、一歩後ずさった。フィシュリンガーさんは怪訝そうに僕を見ていた。口を軽く開けて、荒い息をしていた。あごにはあちこち長い毛が生えていた。上唇の横には褐色のしみがひとつあって、そこからも同じように二、三本の長くて白っぽい毛が生えていた。

「あんた、晩もあの子と一緒なの？　夜、パウルは何してんの？」

「知りません」

「坊や、あんたは何時に寝なくちゃならないの？」

「八時です」

「それであんたはもちろんちゃんと八時にはベッドに入ってるのね。おりこうさんね」

その口調は冷ややかで優しさの感じられないものだったので、からかわれているのだと思った。

空のバケツを歩道に置くとおばさんはエプロンドレスの右袖をまくり上げた。前腕には青みがかった赤いあざが見えた。

「坊や、これがなんだかわかるかい？」

「いいえ」

「パウルよ。あんたの友達がやったのよ」

まるで僕の責任ででもあるかのように、非難を込めてそう言われた。

「父親とそっくり」と、おばさんは続けて言った。「ろくでもない人間だわ」

フィシュリンガーさんは袖を下ろして、期待するような目で僕を見た。何と言ったらいいのか僕にはわからなかった。パウルのことを悪く言いたくはなかった。パウルがろくでもない人間などではないことははっきりしていた。僕より二歳年上だったけど、僕とは仲良しだった。とてもいろんなことを知っていて、教えてくれた。でも、僕に腕を突き出しているこの母親を目の前にしては、パウルを弁護することもできなかった。だから僕は何も言わないで、手の平くらいの大きさのあざが隠れているその袖をじっと見ていた。パウルが噛んだのかどうか知りたくて仕方がなかったけれど、それを尋ねる勇気はなかった。

フィシュリンガーさんはバケツを摑んで、もう一方の手で腰をさすった。

「パウルとはつきあわない方がいいよ、坊や」

それからおばさんは向こうを向いて、がに股の脚で店の中に入っていった。入り口の上には消えそうな文字で「輸入食料品」と書かれていた。開いたドアから僕はその後ろ姿を見ていた。おばさんはカウンターの向こうにバケツを置いて、はね上げカウンターを下ろした。それはカウンターを広くして、食料品の置いてある棚へ客が入り込まないようにするものだった。

カウンターで体を支えながらフィシュリンガーさんは僕を見た。「こんなお天気の日に外を歩き回るんじゃないよ。日射病になっちまう」

　ゆっくりと僕は歩いていった。パウルのことを考えた。どうしてお母さんを噛んだりしたのか理解できなかった。びっくりするようなことだったけれど、すごいとも思った。パウルに比べると僕にはからきし勇気がなかった。そして僕はエルスケのことを考えた。そして笑われなければいいがと思った。

第六章

なんで僕なんですか？　どうして僕が選ばれたんですか？

俺がおまえを選び出したわけじゃない。それは、おまえ自身だったんだ。

あなたに安らぎが見つからないんだったら、僕には安らぎをください。

坊主、まだわからないのか？　死者と一緒に生きていけないのはおまえの方じゃないか。それについて話さなくちゃならないのはおまえの方なんだぞ。死者たちはおまえたちのことなど忘れている。だがおまえたちが俺たちを忘れられないでいるんだ。

あなたたちなんて僕とは関係ありません。あの頃僕は子供だったんです。

おまえは多くの死者たちと関係がある。どうやって俺のことを忘れようってんだ？

死んだ人たちのことは思い出さないことにします。

やってみろ。やってみりゃいい。どこに行ったって俺たちと出くわすことになる。通りは死者で溢れているんだ。

クルシュカッツ

私は台所に一人で座り、自分で作ったうまくもないスープをすすっていた。その時、玄関の呼び鈴が鳴った。疲れすぎていたので、椅子をずらして、ドアを開けに行くのがおっくうだった。

「今日は、先生。どうぞお入りください」

彼はただ頷いて、私のそばを通り抜けた。

「先生、お越しいただいてありがとうございます」

「あなたに会いに来たわけじゃありません、奥さんのために来たのです。どちらにいらっしゃいますか？」

私は寝室のドアを開けた。イレーネは眠っているようだった。

「シュポデック先生がいらしたよ、イレーネ。入ってもらってもいいかい？」

シュポデック医師は妻のベッドに腰を下ろし、その手を取った。「いったいどうなさったんですか、イレーネ？」

私はそのまま、開けたドアのところに立っていた。

「先生、何か入り用のものがありますか？　何かお手伝いすることでもありましょうか？」

「じゃあ、二人だけにしてしてください」

私は寝室のドアを閉めて台所に戻った。スープを飲んで、食器を洗った。そしてやかんを火にかけ、開けた窓のところに立ち、暗くて、星も出ていない空を見上げた。お湯が沸くと、二つのポットに茶葉を入れてお湯を注いだ。イレーネ用のペパーミントティーと自分用の紅茶だった。シュポデックが台所に入ってきて、何も言わずにテーブルに座った。処方箋を書いていた。そして万年筆を上着に挿すと辺りを見回した。

「妻の具合はどうなんでしょう、先生?」

「大したことはありません。インフルエンザです。軽いサルファ剤を与えておきました。ここに書いたものを明日薬局でもらってください。毎日食後二回、昼と晩に服用させてください」

銀のケースに入れて携行している小さなスタンプを処方箋に押して、私にくれた。

「妻はこのところ具合がよくないことがよくあるんですが」

「町長、それは年齢のせいですよ。若返るわけにはいきませんからね」

「お茶でもご一緒にどうですか?」

「ワインでもありましたら……」

納戸から私は赤ワインを一瓶取ってきて、二人のグラスに注いだ。シュポデックはグラスに半分入ったワインを一気に飲み干し、グラスを置き、再び台所を見回した。

「イレーネのことは心配いらないということですか?」

「そうは言っていません。あなた方がここに来られてから私は奥さんのことを見てきています。私は奥さんのことが心配です。町長、奥さんはここでは弱ってしまいます。しおれてしまいます」

「だったら、先生、妻を助けてやってください」

「私の力ではどうにもなりません。奥さんは病気ではないのですから。奥さんは不幸せなんです」

私はワインを注ぎ足した。言われているのがまっとうなことであるのはわかっていたが、何も変えるわけにはいかなかった。自分の顔が色を失い、虚《うつ》けているのが感じられた。

「厄介なのは、自分に何ができるのかわからないということです」

「私にもわかりません。でも、何かやっていただきたいのです。町長、私たちのことはどうなってもいいのです。しかし、イレーネのことはしっかりと気にかけてやってください。あなたがこの世でやらなくてはならないことはそれをおいてほかにはありません」

突然私の手が小さく震え始めた。ほとんどグラスを持っていることができずに、ワインをこぼしてしまった。立ち上がり、布巾を取ってきて、テーブルを拭いた。シュポデックに見られているのを感じて、詫びながらこう言った。「ちょっと疲れているんです。私にはもう手一杯です」

「自分を犠牲になさっていますよね。倦むことなく、そして身を挺して町のことを気にかけていらっしゃる」

「先生、どうして逆撫でするようなことをおっしゃるんですか。私には年金生活者みたいな生き方はとてもできないんですよ」

シュポデックは興がって笑い声を立てた。「何のために人生を浪費なさっているんですか。この町にはそんな価値はありませんよ。こんなところには来られなければよかったのに」

「先生、そんなことはあなたの知ったことじゃありません」

「そうですね。でも奥さんのことがあります。大都会から連れ出してグルデンベルクみたいな片田舎に連れてくるべきじゃなかったですね。奥さんには大都会が必要なんですよ、気晴らしにね。せっかくのものがここじゃ生かされません。イレーネはそんじょそこらの女性とは違います。確かにあれこそが美人というものです」

「そんなことをおっしゃられるところを見ると、あなたちょっとばかり妻に惚れていらっしゃいますかな、先生」

「驚くようなことですか？　グルデンベルクでイレーネにちょっとばかり惚れているのは私だけじゃないでしょう。それぐらい彼女はこの町にとってはあまりに尋常ならざる美貌なのですから。確かに、私はちょっとばかり奥さんに惚れています。そしてだからこそ、町長、あなたがそんな美しい女性をこんなところに住まわせておられることに腹が立つんです」

私はシュポデックの熱のこもった激しい言い方に微笑んだ。「私がライプツィヒの市長ではなくて、グルデンベルクの町長になったのがあいにくでした」

「聞くところによると、あなたも歴史研究家なのだそうですね」

「だったんですよ、先生。私の頭は無味乾燥な学問向きじゃありません。実践向きの人間なんです」

「そうでしょうね。そして忘れてはいけないのは、学問上の業績を上げても、それが権力の座に結びつくわけではないってことですよね、そうでしょう、町長」

びんたを食らわしてもおかしくないところだった。その皮肉は、私がどんなにみすぼらしい田舎で時間と力とを浪費してしまったか、いやというほど思い知らせるものだっただけに、それだけひどく私にはこたえた。びんたを食らわすかわりに私は大声で、腹の底から笑った。役所勤め柄自制することには慣れていた。

「いったいどうして奥さんと一緒に木曜会にお見えにならないんですか。とてもいい刺激になる会合ですよ。それに、昔は歴史研究家だったというのならなおのこと……」

「先生、時間がないんですよ。日に四、五時間だけの診療ですませるなんてことはとてもできない性分でしてね」

「時間は作るものです。ホルンの講演は面白いですよ。ちょっと退屈ですが、いつも勉強になります。田舎ではありがたい気分転換ですよ」

私の中の目覚まし時計がつんざくような音で鳴り、私はシュポデックの目の中に注意深く窺うような輝きを認めた。何を聞き出したがっているか私にはわかっていた。

落ち着き払った声で私は尋ねた。「先生、郷土史のどういうところに関心がおありなのですか?」

「全然何も。私にとっては木曜会は単に脳味噌のトレーニングに過ぎません。精神をちょっとばかり緊張させることで、少しでもぼけるのがゆっくりになればいいと思っているだけです」

シュポデックはワインをちょっと飲んで、そして言った。「あなたはライプツィヒではホルンと同僚だったということですが」

「そうです」

「同僚だったけれども友達ではなかった。そうですか？」

「ホルンはライプツィヒでは私の同志でした」

「そうでしょうとも、町長。しかし、あなたとホルンの間には曰く因縁があったんでしょう？」

「誰がそんなことを言っているんです？　ホルンですか？」

「いいえ、ご心配なく。ホルンはそんなこと言いはしません。医者の立場からは、遺憾なことにと付け加えなくてはならないところです。そのことであの男の寿命は二、三年は縮まるでしょうから。あの男は、自分の殻を破ることができないのです。話もしません。構うことなく叫んだり吠えたりすればいいのに、できないんです。教科書的に言えばそのような人間は古典的な梗塞予備軍です」

彼は口を閉じ、期待に満ちた顔で私を見つめた。私は穏やかに彼の目を見て、その視線に耐えた。

「このことについておっしゃることはないんですか？」

「先生、あなたには関係ないことです」

シュポデックは頷いた。それから再び台所の中を見回した。食器棚と手作りの木棚を、まるでその造りの秘密を見つけ出そうとでもしているかのように、じっと観察していた。

「イレーネはあと二、三日は寝ていることになるでしょう。町長、あなたはお忙しい身だから、おいやでなかったら、うちの家政婦を毎日一、二時間ほど遣わせますが。イレーネのために」

「先生、いやじゃありませんが。ただ、人にやってもらうのには慣れていないものですから」

シュポデックは顔色ひとつ変えずに頷いた。それから立ち上がり、暗い窓に虚ろな視線を投げた。そして、警告するようなきつい声で言った。「この町に住むことをイレーネに強制しないでください」

これに答えるのは難しかった。次のように言ったときには、自分の骨から肉をはがすような気持ちがした。「先生、問題はこの町のことだけじゃないんです」

「それは察しています」

彼がそれ以上言葉を継がなかったことに私は感謝した。人を馬鹿にしたようなコメントとか、勝ち誇ったような微笑みなどされたら、耐えられないところだった。シュポデックが私のことを軽蔑していることはわかっていたが、その瞬間私は、自分を気遣ってくれる友達の庇護の中にかくまってもらっているような気持ちになって、自分を洗いざらいぶちまけてしまいたいという強烈な欲求を感じた。「戻っていったとしても片はつかんでしょう。それで今より幸せになるというものでもなかろうと思うんです。それに私は、私を残して去っていくことを許すわけにはいかんのです。先生、信じてください。イレーネをなくしでもしたら、私に残っているものといったら糞の塊くらいのものです」

シュポデックはせきをして、ぽかんとした目で不思議そうに私を見ていた。考え込んでいた。そして立ったままグラスを空け、飲み下す前に、閉じた口の中でワインを噛んでいた。ズボンからチェックのハンカチを取り出して、しっかりと鼻をかんだ。

「もう一杯どうですか?」と私が言うと、彼は頷いてまた腰を下ろした。ワインを注いでやった。たばこを一本もらって、煙を深くまで吸い込んだので、一瞬くらっとした。

「町長、あなたは時に神を信じることがありますか?」

「いいや」

「ひょっとしたら、自分の人生を一人で乗り切る助けになるかも知れませんよ」

「忠告はありがたい。しかし私は、松葉杖にすがって世界を渡るなんてまっぴらです。ひょっとしたら間違っているかも知れません。だけど、私はこれまでの人生で幾度となく間違いは犯してきております。何でよりによって今回だけ修正する必要がありましょうか」

シュポデックは閉じた目をこすっていた。それから眼鏡を外し、アイロンのかかったシャツの縁でレンズをきれいに拭いた。近視の目で必死になって、指先がレンズをちゃんときれいにしたかどうかを見定めようとしていたが、あまりうまくいかない様子だった。そうしながら彼は、最後に単調で、他人事のような口調でこう言った。「我々みんなを待ち受けているのは、あなたのおっしゃる糞の塊くらいのものですよ」

シュポデックは眼鏡をかけて、立ち上がった。私は戸口までついていった。玄関の前で彼はたばこの吸い殻を石の階段の上に投げて、靴の先で念入りに踏みつぶした。別れに私は手を差し伸べた。彼は糊のきいたワイシャツの一番上のボタンをはめながら、私が差し出した手を無視した。

「町長、あなたは奥さんを殺すことになりますよ」と言って向き直ると、彼は暗い通りを下っていった。

私は静かに寝室のドアをノックして入っていった。イレーネは眠っていた。掛け布団は半分床にずり落ちており、寝間着はずり上がって、腰の周りに不格好な形に固まっていた。その脚と剥き出しになった尻を目にして私の両手は改めて震え始めた。精一杯の優しさを込めて布団を掛けてやっていると、奇妙で馬鹿げた予感が押し寄せ、自分の死が避けられないものであるという思いに襲われた。

ゲルトルーデ・フィシュリンガー

ホルンさんが亡くなったあとユーレが、ホルンさんの部屋で宗教上の黙想をするためにやってきました。彼女の神父様のやるのを見て覚えてきたのです。死んだ人の魂と想念を祓ってやるというのでした。その翌日に私たちは家具をいくつか居間に戻しました。そしてユーレは私に、これからは決して知らない人には部屋を貸さないことを約束させました。私たちはコーヒーを飲みながら、ユーレは神父様のことを話し、私は死んだホルンさんのことを思い出していました。

ユーレが帰る時、私たちは長い間、何も言わないで抱き合っていました。それから私は言いました。「これで私、完全に一人だわ、ユーレ。犬のしっぽみたいにひとりぽっちだわ。自分用に孤児年金でも申請しなくちゃ」

ユーレは額にしわを寄せて、首を振りながら言いました。「あんたは一人じゃないわ、トルーデ。いつだって一緒にいる人がいるじゃないの」

「わかってるわ。ただ、ひげ面で男の汗くささがあればと思うのよ」

ユーレは口を尖らせました。腹を立てようとしていましたが、大きめのくすくす笑いを始めて、こらえきれずにさらに大きく噴き出しながら走り出ていきました。

パウルは九月二日にヴィルデンベルクに行ってしまっていました。機械組立工としての見習いをそこで始めたのです。父親がその見習い職を探してきて、又借りして住む部屋も見つけていました。トランクの荷造りをしながらパウルは嬉しそうでした。そそくさと無愛想に私に別れを告げると一人で駅へ行ってしまいました。見送りについていくこともできませんでした。これから先何ヶ月も会えなくなるし、便りが来ても、そっけない挨拶が添えられたお金の要求くらいのものでしかないとわかっていました。

九月の終わりの日曜日に夫がやってきました。パウルのものの残りを取りに来たのです。やってくることははがきで知らされていました。玄関の床にそのはがきを見つけて、夫の字だとわかった時は、不格好に腫れ上がった自分の脚がへなへなとなるのを感じました。部屋まで歩いていくことができませんでした。壁にもたれながら床にくずおれました。途方に暮れて私は玄関の床に、お婆さんみたいに脚を前に投げ出して座り込み、頭をドアの側柱にもたれかけさせて喘いでいました。

　その日曜日のお昼、夫は大きな車で家の前に乗りつけました。一人ではありませんでした。髪を金色に染めた、ちょっと豊満な体の女が一緒に車を降りました。明るい色のスーツを着て、どぎつい赤のハイヒールを履き、同じように赤いエナメル革のバッグを手にしていました。気づかれる前に私は窓際から体を離しました。

　呼び鈴が鳴って、玄関の戸を開けると、夫は挨拶もしないで私を指差しながらただ「この女だ」とだけ言いました。そして一緒にやってきたその女、モニを、自分の女だと言って紹介しました。私は、パウルのものの荷造りはすんでいると言って、それを見せました。そのボール箱を手にとって出て行ってくれればと思ったのですが、夫はそうはせずに、こう言いました。「トルートヒェン（ゲルトルーデの愛称）、俺たちを追い払おうってんじゃないだろうな。一緒に飯でも食えるんじゃないかと思ったんだがな」

　私には出ていってくれと言う勇気を奮い起こすことができないということが夫にはわかっていました。私は二人にパウルの部屋に座ってもらい、台所に行きました。じゃがいもの鍋を火にかけ、小さな塊肉を細く切って、タマネギとニンジンと一緒に炒めました。食事の間は夫が一人で喋っていました。ヴィルデンベルクに小さな会社を持っていて、くず鉄を買いあさっているという話でした。大したもうけになるようなことを言っていました。そして、自分が買ってやったアクセサリーを見せてやれと、女に言いました。自分の妻と自分の女が一緒にひとつのテーブルについているのが気に入っているようでした。

　男というものは何度も同じタイプの女を求めるというのが当たっているのであれば、私の夫は例外だったに違いありません。夫の女のモニは私とはまったく違っていました。私はテーブルで彼女の向かいに座っていましたし、夫がもっぱら例の、辺り構わぬ騒々しさで話の主導権を取っていましたから、彼女を観察するには十分なチャンスがありました。その目は始終夫に注がれていました。手がかすかにそして常に動いており、夫が口にするどんなことに対しても、幾度となくすばやく賛意を示しているのが見て取れました。彼女に私と似たところがあるとすれば、それは、黙って耐える幸せと、愛撫であれ打擲であれ、それに卑屈に甘んじる姿勢くらいのものでしょう。この姿勢は私は夫との短い結婚生活の間にさんざんたたき込まれたものでした。

　食事のあとで町を散歩しようと提案すると、夫は首を振りました。これから行くところがあるということでした。町に行くことはないだろうとはわかっていました。かつての飲み友達の多くと夫は喧嘩をしており、きっとその中の何人かには今も借金があるに違いありません。散歩の提案をすることで私は、もうそろそろ出て行かせようと思ったのです。

　玄関で私はひもでくくったボール箱を渡しました。

「それでパウルはどうしてますか？　時には会うことがあるんですか？」と私は尋ねました。

夫は頷きました。「大したやつだ。時々俺の手伝いをしてくれるぞ」

「仕事なんかさせるんですか？」びっくりして私は言いました。

「仕事だなんて。あいつはやりたいことをやってるだけさ。俺のところが気に入ってるらしい」と、夫は何ということもないように答えました。そして私がびっくりしていることに気づくと、続けて言いました。「何も反対することはなかろうが?」

「そりゃ反対しますよ。私はもちろん反対です。パウルはまだ子供なんですから」と私は答えました。

夫はただ笑っていました。

「まだ子供なんですから」と私は繰り返しました。「ならず者になっちゃ困ります。あんたみたいな」

夫は口を歪めてにたっとして、女に笑いかけました。

「どうしようもない馬鹿女だ」と夫は言いました。そしてボール箱を取り上げると、二人は家を出ていきました。それが夫を見た最後ですし、それが夫から聞かされた最後の言葉でした。

夫が出ていったあとで私はベッドに座り込んで大声で泣きました。夫が私の家までやって来たこと、そしてそれもあんな女を連れて来たことが悔しかったのです。でもそれ以上に悲しかったのは、息子のパウルが父親のところに出入りしていることがわかったことでした。

その三週間後にホルンさんは埋葬されました。ユーレと一緒に見送りに行きました。五年近くもうちに間借りしていたこの一風変わった男の人がお墓に納められ、三摑みの土を投げ込んで私が自分の中に感じたものは、ただ大きな心の安らぎでした。ホルンさんは内向的で親しみにくい人でしたが、私はそれを気持ちよく許してあげることができました。あの人は不幸だったんですから。私に対してなさったことを私は許しました。私が望まないことは何も起こらなかったんですから。私に対して優しさのひとかけらも奮い起こすことができなくて、どんなに親切そうな態度をなさってもそれはただ単に礼儀正しさからなのだということが見え見えだったとしても、これまで私が人生で出会ったどんな男の人とも違ってあの人だけが、その人にとって自分が何らかの意味とでも言えるものを持っているかもしれないという感覚を私に与えることのできた人でした。

あの年、ホルンさんが埋葬されて、私が夫に最後の再会をしなくてはいけなかったあの年、息子が引っ越していって私を見捨てて二度とそれからグルデンベルクに戻ってこないことになったあの年、ずいぶんと悲しくて、年老いた女の愚かな涙も流しましたが、それと同時に、自分の心臓が息を吹き返すような感じもありました。私の心臓をそれまで始終締めつけていたいくつもの鉄の輪がゆっくりと、わからないうちに解けていって、それまで知りもしなかった、果てしなく自由な空間が開きました。涙を流しながら心の中で、今や自分は息子に捨てられた孤児、間借り人に死なれた未亡人になってしまったといいながらも私は、脚は痛みましたが、生きることへの力と押さえきれない意欲を感じました。そして私は、光がないのにとても明るい、そんな遠くへと飛んでいくような心地でした。

車輪の上にかがみ込み、汗まみれの指でポンプをバルブに押しつけて、僕は勢いをつけて空気を入れた。スポーク越しに彼女の剥き出しの脚が見えた。

「終わった」と僕は言って、バルブを閉めて立ち上がった。自転車にポンプをセットして側溝の彼女の横に腰を下ろした。エルスケは引き寄せた脚を両腕で抱いて、小さな高い声で歌を歌った。

「一緒に歌うのよ」と彼女は言って、僕の方に軽く体を倒してきた。数秒の間僕は彼女の髪のにおいを嗅いだ。

「歌えないよ」と僕は素っ気なく答えた。彼女の接触、彼女のにおい、僕のすぐ前にある彼女の短くて濃いめの金髪が僕の心を乱した。彼女がぶつかってきたのはわざとじゃないこと、そして興奮して、どうしたらいいかわからないようになっているもとはただ自分の想像にすぎないんだとはわかっていた。

彼女は笑い、また脚を腕で抱くと歌い続けた。

僕は頭を自分の膝に載せた。彼女の日焼けした腕が見え、腋毛が見えた。僕はがっくりして、自分でわけがわからなくなった。目を閉じ、怒りに満ちた悲しみが甘くそして痛く体を貫き、僕はそれに身を任せた。

涙をこらえながら僕はエルスケの明るい歌声に耳をすませた。「三人目は心地よく眠り、ツィンバロン（打奏弦楽器）は木にかかり、弦には風がそよぎ、心の上を夢が通り過ぎた」（ニコラウス・レーナウの詩『三人のジプシー』）ちょっとでも体を動かすと硬い草が肌を刺し、脚にはひっかき傷ができた。その痛みを僕は心地よく感じた。僕の愚かなはっきりしない感覚よりは痛みの方が現実味があったし、それは根拠のない僕の涙を止めてくれるありがたい柵だった。咳払いをして僕は、エルスケの方を見つめてしまいそうになる自分を抑えた。それでも僕はずっと彼女の腋毛を嗅いでいるような感じがしていた。

「眠らないでよ。先があるんだから」とエルスケが言った。

僕たちは立ち上がり、通りまで歩いていった。エルスケが自転車を起こしてすばやくサドルに座った時、一瞬だったけれど彼女の腋毛が炎のように赤く燃え立った。太陽のコロナだった。エルスケはそれに気づいていなかったが、それは僕の目を焦がした。それに触ってみる勇気がなかったことで僕はがっかりした。自転車に飛び乗ると僕はいきなり立ってペダルを踏み、エルスケが大声で何か言っているのにも構わずに走り出した。

郡庁所在地のヴィルデンベルクに行った。エルスケが自分の学校と施錠されたプールを見せてくれた。アイスを食べに行って、ショーウィンドウを見ながらぶらついた。昼は居酒屋でシチューを食べた。二人の男が隣の席に座ってビールを飲んでいた。僕らのことを話しているのがわかった。僕に、おまえの姉ちゃんをこっちによこしな、と大声で言って笑った。

エルスケは自分の手を僕の手の上に置いて、「怒っちゃだめよ」とだけ言った。

それから僕らは彼女の友達のところに行った。クッションやぬいぐるみで飾ったベッドに座って僕は所在なく本のページをめくったり、彼女たちが学校の友達のことや先生のことを話しているのを聞いたりしていた。

午後僕らはまた町を回った。エルスケみたいにこだわりなくしていようとしたけれど、うまくいかなかった。彼女に触りたいとしじゅう思っていた。

靴屋の前で老人夫婦がエルスケを見て腹を立てていた。短い髪と小さくてぴっちりとしたショートパンツのことだった。

「何てかっこうよ」とお婆さんの方が怒って大きな声で言ったものだから僕らにも聞こえてしまった。「男の子みたい」

エルスケは笑った。その夫婦が行ってしまうと僕の方を向いて尋ねた。「あんたもそう思う？ 私って男の子みたい？」

白のコットンセーターの下で彼女のバストとその大きくて黒っぽい乳首がくっきりとした輪郭を描いていた。

「いいや」と僕はかすれ声で言った。この「いいや」で僕が伝えたかったことのすべてを彼女がわかってくれればと願った。しかしそのすぐあと、彼女がそれをわかってくれなかったということがわかった。ふだんと変わらない声で彼女はショーケースの中の靴のことを話したからだ。彼女のバストのことを何か言いたかったのだが、この「いいや」という一言で僕は力を使い果たしてしまっていた。自分が彼女のバストのことを夢に見ていると彼女に言うことはどうしてもできなかった。

帰り道では僕は何も喋らずに彼女のあとについてペダルを踏んだ。エルスケと沈黙の会話を交わし、その中では恥じらいもなしに自分のことを彼女に話すことができた。初めは僕のことを笑うんじゃないかと怖れていたけれど、しっかりと力を込めてそして雄弁に、僕が彼女より四歳年下だということは何という問題でもないということを彼女に言って聞かせた。そうなると自信が湧いてきて、何でもうまくいくような気持ちになり、僕の空想は年齢や僕のこだわりといった垣根を越えて僕を運んでいった。

うちに着いて息を切らせて自転車から降りた時の僕は以前と同じように寡黙でぎくしゃくしていた。エルスケについて部屋に上がった。ミネラルウォーターとレモンパウダーで彼女がレモネードを作ってくれて、二人でラジオの音楽を聴いた。自分が男の子みたいに見えるかどうかと、もう一度尋ねてほしかった。今度こそは勇気を振り絞って、自分が沈黙の独り言の中で彼女に幾度となく喋ったことを全部言えたらいいなと思っていた。

そのあと、彼女が僕とふざけ合って、腕をつねって小突いてきた時、僕はほとんど抵抗もしなかった。ところがある時突然、自分でも驚いたことに、僕はげんこつで彼女のバストを突いてしまった。どうして自分がそんなことをしたのか、どうして彼女のきれいなバストを痛くさせたかったのかわからない。それはとっさのことだった。うっかり誤ってそうなったと言い繕っても、僕は故意に、そして狙いすまして彼女のバストを突いたのだった。

エルスケは両手で僕の腕を摑んで、どうして女の人を小突いてはいけないか、話して聞かせた。

小さな子供に言い聞かせるみたいに僕にそれを話した。僕は真っ赤な顔をして彼女の前に立ち、自分がそのような子供みたいな行動を取ってしまったこと、そして、エルスケに、五歳の子供みたいに自分を扱うようなきっかけを与えてしまったことに腹を立てていた。

「きみを小突こうとしたんじゃないんだ。ただ僕は……」と言って、言い淀んだ。

エルスケは僕をじっと見て、尋ねた。「いったいどうしたかったの？」

僕は目を閉じ、そして早口でこう言った。「撫でたかったんだ」

彼女は黙っていた。僕は目を開ける勇気がなかった。すると彼女が小さな声で尋ねた。「何がしたいの？」

僕は答えなかった。黙って彼女の前に立って、彼女が口を開くのを待っていた。判決でも待つような気持ちでそれを待った。

ずいぶんと間を置いて彼女は尋ねた。「いったい何を撫でたいわけ？」

とても小さな声で、優しく話してくれたので、僕は答える勇気が出てきて言った。「きみの腋毛」

「だったら撫でれば」と彼女は言って僕の両手を取ってどんどん上へ持っていった。僕の指が、あの柔らかくて、ほとんど感触があるかどうかわからないような毛に触れるところまで。ゆっくりと僕は彼女の脇に指を這わせた。壊さないように、優しくゆっくりと。

「すてきだ」僕は息を切らせて囁いた。

「私の腋毛を撫でたいだけなの？」と彼女は尋ねた。

その息から僕は彼女の唇が僕の耳のすぐそばにあることを感じた。僕は返事ができなかった。そして、彼女が話を続けてくれればいいと、僕が口をきかなくてもいいように、もっと僕に話しかけてくれればいいと思っていた。

ところが突然彼女は僕の手を下ろさせて、言った。「トーマス、もう帰りなさい」

僕は手をぶらんと下ろしたまま彼女の前に立っていた。キスしてくれるのを期待していたのに、エルスケはまったく普通の声で「帰りなさい。私は宿題があるの」と言った。

それから彼女は窓のところに行って、本を手に取り、机の椅子に腰を下ろした。

「さようなら。また来てもいい?」と僕は言った。

「はいはい」と彼女はうんざりしたような声で、僕の方を振り向きもしないで言った。

階段を下りる時、体の骨がばらばらになるような感じだった。幸せな気持ちでもあり、不幸せな感じでもあった。そして気分が悪かった。

ドクター・シュポデック

六月の終わりにホルンから最後の木曜会の誘いがあった。ヴェンド人による支配とその移住習慣に関する話だった。私たちは塔の下の部屋に座っていた。いつものように二、三の机と椅子が置いてあり、ホルンは離れて、部屋の扉近くの小卓について、自分の論文を読んで聞かせた。落ち着いた、眠たくなるような声で読み上げ、ときおり専門用語の解説をしたり、付け足しの説明をしたりする時だけ顔を上げた。

講演のあとにホルンの同僚の女性がお茶をふるまった。窓がひとつ開いていた。夜風が柔らかく、穏やかに吹き込み、ろうそくの炎を揺らした。ブルクの周りに立っている古木の中でフクロウが一羽悲しげに鳴いていた。澄んだ夜から入ってくる唯一の音は、死に誘うと言われるこの鳥のもの悲しい鳴き声だけだった。フクロウが鳴くと決まって全員が開いた窓の方に頭を向けた。ホルンまでもが話を中断して、ほのかに微笑みを浮かべながら、鳴き声が止むまで耳をすませていた。

暑い夏日のあとだったのでこの壁の厚いブルクの部屋の湿った涼しさが心地よく感じられた。私は薄くて、麦わらみたいな味のするお茶を飲みながら、思いつくままに様々なことを考えていた。ホルンの喋っていることはほとんど聴いてはいなかった。微塵の熱気もなくだらだらと引き続いていく会話にも入らなかった。いつものように、講演のための予習をしてきて今質問をしているのは、小柄な教師夫婦だった。着古した安手のサージの上着を着て、薄い髪からは、頭を動かすたびにふけが飛ぶ、青白い色をして頬のこけた男。そして、いささか短すぎるスカートを好み、どんな言葉でも、侮辱を受けたみたいな、教え諭すような口調で話す、甲高い大きな声の、小太りの、夫と同じように青白い顔をしたその妻。

その晩の締めくくりとして、かつてオペレッタ歌手をしていた中年の女性が、短い小品を朗読した。記憶が正しければ、それはある老人の孤独、絶望の果てに平穏に至った孤独を物語るものだった。我々は黙ってお茶を飲み、その年取った女性が小品の文章を、輝く宝石の一繫がりのように読み上げるのに耳を澄ませていた。彼女は自分の声の調子を激しく変化させて、その文章に貴重な最後の磨きをかけていた。

オペレッタ歌手が本を閉じた時、全員がしばらく穏やかな気持ちに満たされてじっとしていた。そのような瞬間には宇宙のざわめきが聞き取れるような気がする。そしてホルンが立ち上がった。全員に気をつけてお帰りくださいと挨拶をして、次回の木曜会は夏の休館の終わったあとになりますと伝えた。九月の十二日ですが、その時は歴史的な水車の数々について、スライドを使ってお話ししますと彼は言った。それから彼は一人一人と握手をして別れを告げた。

私はイレーネ・クルシュカッツと一緒にブルクの入口のところに立っていた。ホルンが明かりを消して、博物館の部屋に鍵をかけ終わるのを待っていた。

弱く、冷たい星の光がイレーネを照らしていた。暖かい夜だというのに、彼女が震えているのに気づいた。上着を差し出したが、彼女はそれを断って、寒いのではなくて、ひどく疲れているだけだと言った。兄妹みたいにその肩に腕を回して、何か親身な言葉をかけてみたかったのだが、誤解されるのではないかと、いやむしろ、彼女に対してはもう友人めいただけの身振りなど自分にはできなくなっていることを気取られるではないかと怖れた。だから私は困惑して小学生みたいに彼女の前に立ち、星空についての博学めかした馬鹿な話を聞かせていた。私の冗談に彼女は笑った。私はその笑いに幸せを感じるほどにセンチメンタルになっていた。

ホルンがやってきたので、私たちはブルクの小さな丘のうねった舗道を、町へ向かって下りていった。辺りはとても静かで、自分たちの立てる足音がうるさく厚かましく、夜の静けさを叩き割るように響きわたった。

「夏には旅行に出られるんですか?」とホルンが丁重に尋ねた。質問する自分に対してもううんざりしており、その返答に対する注意力をふりしぼることができないでいることがその声から感じ取られた。

「いいえ。休暇に出かけるのは秋になってからです」とイレーネが答えた。

彼女は私の方を向いて言った。「先生、あなたは?」

「私は明日分農場に出かけます。この木曜会だけは出たかったものですから」

「えらくうれしいことを言ってくれますね。ありがとう」とホルンは言った。とても早口でつっけんどんな言い方だったので、私は頬を張られたような気がした。イレーネはびっくりしたように視線をホルンから私の方に向けた。私は仕方なく肩をすくめた。

黙って私たちは町を通っていった。街灯がちらほらと灯っていた。町に編入された地区の農家屋敷を通り過ぎる時に、犬が吠えたりした。それ以外は静かで、人影もなかった。ブライヒャー草地のところで私たちは取り決めてでもいたかのように立ち止まり、ジプシーの宿営地を眺めた。家馬車のシルエットがくっきりと浮かんでいた。ひとつの窓からは和らいだ光が射し、穏やかな声がガヤガヤと聞こえていた。

「何て不思議な人たちでしょう」とイレーネが言った。「あの人たちのことを知りたいのに、わからないわ。大人になるのをいやがっている子供みたい」

「まるでそれが手に入れる価値のあることみたいにね」とホルンはつぶやいた。

彼は上着のポケットに手を突っ込んで、たばことライターを取り出した。たばこを吸いながらホルンは尋ねた。「この町をできるだけ早く出ていかなくちゃいけないと感じたことはありませんか?」

「いいえ。でもどうしてですの? 逃げようとしたって、どこに行ってもそれはついてきますわ」

とイレーネは言って、微笑んだ。

「いい時を見計らって逃げさえすれば、少なくともちょっとリードすることはできます。二、三日分とか、二、三時間、あるいはちょっと息をつく間だけでもね」

「何か人生の敗北者みたいな言い方ですわね。何があったんですの?」

「イレーネ、私は人生の敗北者なんですよ。——ドクター、笑うのはよしてください」

「すみません。あなたのことを笑ったんじゃないんです。あのジプシー女のことをちょうど考えていたんです。先週私の患者を一人治したんですよ。ヘルペスを治す呪文を唱えて、それで治ったんです。私は認めざるをえませんでした。ひょっとしたら私は出かけていってジプシーの魔法使いのお婆さんに表敬訪問しなくちゃいけないところかもしれません。いわゆる自分の同僚としてね」

「ジプシーの施療がうまくいってがっくりするでしょう、先生?」

「イレーネ。そんなことはありません。いやな気持ちはしないんです。心の底では楽しんでいます。私が身につけた学問は魔女の術を認めはしません。その点では私は大学の先進医学の立場です。治療に当たって、神のご加護とか魔女の呪文だとかに頼るわけにはいきません。そんなことは許されません。自分の患者に対して無責任ということになりますし、そんなことをしたら人間の理性に対する冒瀆になりますからね。しかし、それに賛成しないとはいっても、私は自分に理解のできない、不思議なことが起こるということは認めます。十分な説明を与えてくれないからといって私は自分の学問に背いたりはしませんし、病人に対する手かざしのやり方の手ほどきをジプシー女から受けようとも思いません。しかし私はそれを認めることはできるんです」

私は喋るのをやめて、ホルンの方を見た。しかし彼はジプシーの宿営地に目を凝らしており、私の言ったことは聞いていなかったようであった。

「すみません。あなたを退屈させるつもりはなかったんですが」と私は続けた。「ただ、この人生のささやかな永遠性をあなたも受け入れられたらどうかなと思ったものですから。こんな穏やかな夜の中にいるとあなたもご自分に対して優しくなられるのではないですか？　あなたのことを思ってお願いしているんです」

「先生、それはおこがましいというものです」

低い、押し殺した声で彼はそう言った。たばこを地面に投げ捨て、それを靴の先で踏みつぶす激しい仕草が、その怒りを物語っていた。

「侮辱するつもりはありませんでしたが……」

「もういいです、先生」と私の言葉を遮って彼は言った。「もうたくさんです」

イレーネ・クルシュカッツはホルンの手に触れた。そして彼女は、家馬車のドアを開けて立っている若いジプシー男を指さした。馬車の石油ランプの揺らめく光の前にはその男のシルエットだけが、顔全体を覆った縮れ髪だけが見えていた。それからホルンは何も言わずに向き直り、私たちは歩き続けていった。町長の家の前で私たちはイレーネと別れた。彼女が私に手を差しだした時、その緑の目の中に私はある種の微細な震えを認めたように思った。耳では聞こえないある優しさの囁きのようなものを。しかしその時彼女は手を引っこめて、おやすみなさいと言って向こうを向き、玄関のドアの錠を開けた。

私はホルンと一緒にフェルバー通りを通って、私たちの道が分かれる酪農場まで歩いていった。私は、九月にはまた、木曜会にちゃんと間に合うように、町に戻ってくると約束をした。

「私のささやかな講演に向けるあなたの好意的な関心にも、私自身に向けられる関心にもどこか侮蔑的なところがあります」とホルンは答えた。「私に同情するなどという高慢さはどこから来るんですか？」

私は吹き出して笑い、彼の腕の上に手を置き、そして身をよじって笑いながら言った。「ホルンさん、あなたという人は。それは誤解です。あなたが私の同情と取られているのは、それはただ私の職業的な関心です。私はただ診断しているだけなんです」

「ドクター、じゃあ、いい休暇を」

「喧嘩別れはよくありませんよ。お互い大人なんですから」

「私はあなたと喧嘩をしているわけじゃありません。あなたは私には退屈です、ドクター。何か自分が独立不羈の人間でもあるかのように思われている。地方人の先入観など持たずに、そして諦めきったけちくさいこの町の人間たちの影響などは受けていないとでもいったふうに思い込んでおられる。だが、あなたの顔はすでにこの小さな町の惨めな色をしていますよ。陳列棚に置かれた白いレースのテーブルクロスのほの暗さや、すり切れた錦織についた防虫剤のにおいが張り付いていますよ。これ以上私に関心を寄せないでいただきたい。下劣でそして不躾です。ごきげんよう、シュポデック先生」

ホルンは向き直って行ってしまった。私は追いかけた。

「ホルンさん、ちょっと待ってください。あなたのその憎しみは何なんですか。発作みたいで、さっぱりわからないその憎しみのわけは何なんですか」

「もう行ってください。私は一人になりたいんです」

私は立ったまま、暗闇がホルンを飲み込んでしまうまでじっと見ていた。彼の感情の爆発の理由を理解しようとした。そしてその時、彼のために空けている私の頭の中のノートにホルンが今言ったことをメモしている自分に気がついた。

「ありがたいことに、これから三ヶ月はおまえらの馬鹿面を見なくてすむぜ」と私は、粗末なブリキ製の二本の街灯に照らされた、人気《ひとけ》のない通りに向かって大声で叫んだ。暗夜の家々が私の言葉を受け止めて、こだまのようにずっとそれを繰り返しているような気がした。イレーネのことを思った。私がそこに見たいと願ったあの優しさだけが認められたあの彼女の緑色の目を思った。クリスティーネのことを、そして母の死を思った。そしてあの変わり者の博物館長、ホルンのことを思った。

九月になったらきっと私に詫びてくる、おそらくもう今頃は自分の狂気の発作のことを後悔しているはずだと私は自分に言い聞かせた。

私の思い違いだった。その二ヶ月後、八月の末、ホルンは自殺した。

第七章

そしてそれから?

周りがまっ暗です。目の前がかすんでいます。あなたももう消えてしまって見えない。死んで、消えてしまいました。

そんなことを信じちゃいかん。

だけど僕にはわかっています。

それじゃあおまえと話をしているのは誰なんだ?　俺は無か?

わかりません。理解できません。

おまえはなんて退屈なんだ。

あなたの方は?　僕にはあなたが退屈です。僕には死んだ人たちは退屈です。あなたはただ自分の真実を見たいと思っているだけです。あなたにはほとんど何も理解できていない。あなたは生きている者に対して公正じゃない。何もかもがとても難しいんです。それなのにあなたは文句を言うことしかできない。

坊主、ひょっとしたら、おまえの言うのが正しいかもしれん。だが、俺は死んでるんだ。そのことを忘れるな。

死んだ人間だからって真実より重たいわけじゃありません。

俺は死んでるんだ。

死は証明にはなりません。

ああ、おまえには何もわかっていない。考えるんじゃない。思い出すんだ。

何もかもが矛盾しています。ぼうっとしていて摑めません。霧の向こうにあるみたいに。

話せ！　それからどうした？

トーマス

お爺さんのゴールさんは一人で塔の部屋にいた。壁に色を塗っていた。白いスモックを着て椅子に乗って前屈みに立っていた。左手を壁に突っ張って、前もってモルタルに鉛筆で描き写した絵に慎重に色を塗り込んでいた。へーゼルナッツの木だった。口には二本目の筆をくわえていた。イーゼルの上には絵の具を入れた皿が置いてあった。

ゴールさんは僕がやってきたのが聞こえなかったようで、入っていっても振り返らなかった。

「ホルンさんを探してるんですけど」と僕は言った。

「やあ」と穏やかな声でゴールさんは答えた。

「こんにちは。ホルンさんがどこにいるのかご存じですか?」

ゴールさんは何も言わないで描き続けた。キツネの巣穴に変化のないことに僕は気がついた。小さな支柱は植え込んだヒースの間に置いてあったし、ジオラマのキツネの通り道はただ穴が開けられただけだったし、ホルンさんと僕が使った子供用のシャベルは砂に刺さったままだった。この地方の荒野の林を描くことになっているジオラマはこの四日間手をつけられていなかった。相変わらず、くしゃくしゃに丸めた亜麻布で体を壁に突っ張りながらゴールさんは頭を僕の方に向けた。「どこに行ってたんだい?」

「来られなかったんです」と僕は答えて、さらに言い足した。「禁足をくらったんです。逃げ出してきました。三十分だけ」

ゴールさんはゆっくりと頷いた。そして慎重に椅子から降りた。眉毛をつり上げて僕の方をじっと見つめた。でも、何も言わなかった。そのままゴールさんは、絵の具缶の載ったベンチに行き、古い缶詰の缶で筆を洗った。

ホルンさんがどこにいるのかもう一度尋ねた。ゴールさんは洗い上げた筆を亜麻布にこすりつけ、その穂先を親指と人差し指の間に挟んで用心深くひねり、窓際のベンチに置いてある低い陶器の壺に挿した。

「事務室だ」やっとゴールさんが言った。「事務室にいるんだよ」

僕がもうドアのところまでやってきた時、後ろから呼び戻された。

「行くんじゃない。行っちゃいけないんだ」

僕はドアのところで立ち止まった。ゴールさんの方を向いて、その先を待った。ゴールさんは窓際のベンチの壺を脇に寄せて、腰を下ろした。袋から弁当を取り出した。オープンサンドの包みと、リンゴが一個、それと魔法瓶。左の膝の上に小さなナプキンを置いた。いろんな色の絵の具のシミで覆われたスモックの上でそれは白く輝くようだった。小さなナイフでリンゴを剥き始めた。

「どうしていけないんですか？」と僕は尋ねた。

一瞬、ホルンさんが僕のことを怒ってるんじゃないかという考えがよぎった。僕はこの四日間ブルクに来ていなかった。そのことを詫びることさえできなかった。ゴールさんがこっちへ来いと合図をした。ベンチの上に席を空けてくれて、リンゴを一切れくれた。食べている間ゴールさんは壁を見つめていた。

「アナグマのコーナーができあがったよ」と彼は言って、入口のドアの横の狭い壁を指した。僕はアナグマの巣穴をじっと見た。茂みと草が植え込まれており、それがその一番奥では壁に描かれた森へとつながっていた。僕は立ち上がってそのジオラマのところまで行って、仕切りの上から身を乗り出して、壁の絵をじっと見た。

「すごい。ゴールさん、本物の草がどこで終わっているのかほとんど見分けがつかないや」

そして老人のところに戻ってまた繰り返して言った。「すごいや。僕もこんなに上手に描けたらいいな」

ゴールさんはサンドイッチのパンの堅いところをナイフで切り取ってそれを一口の大きさに切り分け、それを突き刺して口に持っていった。僕はその前に立って、どうしてホルンさんのところに行ってはいけないのか、その理由を聞きたくて、待っていた。

「いたって簡単なことなんだ」とゴールさんは言って、突き刺したパンを口に入れるのを止めた。

「私は人の目を欺くんだ。遠近感が騙すのさ」

ゴールさんは壁に目をやった。そこには等身大の植物や垂れた枝があり、そして葉っぱで覆われた草地があった。それは、一番奥にある絵の具で描かれた緑の森の暗闇へと続いていた。

「ちょっとしたこつだな。ある原理があるのさ」と、パンを噛みながらもごもごとゴールさんは喋った。「たったそれだけ。それだけでもう区別がつかなくなるんだ。人間の目なんて役には立たん。簡単に騙される」

「どうしてホルンさんとこに行っちゃいけないんですか？」

僕はもう我慢ができなくなっていた。急いで家に帰らなくちゃいけなかったから。

老人はまた僕の方に向き直って言った。「ホルンさんにはお客が来てるんだよ。坊や、厄介事なんだ。君が関わるようなことじゃない」

僕は黙り、そして待っていた。でもゴールさんはまた今手がけている壁の方を向いた。それは鉛筆描きの絵で、モルタルを迷路のように絡まった描線で覆い、絵の具を塗られるのを待っていた。そして言った。「君のホルンさんは具合の悪いことになってるんだよ、トーマス。だけど君もわしも助けてやることはできないんだ」

「それってジプシーのせいなんですか？」と僕は尋ねた。

どうしてそんな質問をしたのか、自分でもはっきりとはわからなかった。

驚いた目をしてゴールさんは僕の方を見た。「ジプシーのせいだって？　どうしてそんなこと思うんだい？」

「だってゴールさんはジプシーと知り合いでしょ」と僕は言った。

「ああ、ジプシーとは知り合いだが。だが、それはホルンさんとは何の関係もない」

「そうだろうけど」と僕は食い下がった。「ゴールさん、僕に言ってくれないから」

その時僕は、ゴールさんがジプシーのことを何か話してくれるんじゃないかと期待していた。ゴールさんは、ジプシーが話しかける町で唯一の人間だったからだ。ジプシーが家にまでやってくるのだった。

ゴールさんが何も返事をしないから僕はもう一度繰り返した。「ゴールさん、僕に言ってくれないから」

「あーそうだな」とゴールさんは言った。ナプキンを膝から取り上げ、はたいて丁寧に畳んだ。そして弁当の残りを袋にしまうと立ち上がった。足で椅子を向こうにちょっとずらして、スモックの上ポケットに挿してある筆を選び出し、ぴかぴかの金属プレートの上で絵の具を混ぜ始めた。何も口に出しそうになかった。

「もう行かなくっちゃ」と、僕は言った。「僕がやってきたことをホルンさんに伝えておいてくださいね。今度来られるのは来週の水曜日ですから」

「わかったよ、囚われの身君」とゴールさんは絵の具から顔を上げることなく言った。

僕は塔の階段を下りた。ブルクの中庭で立ち止まった。ちょっと思案してから本館へ通じる階段をこっそり上っていった。大きなドアを静かに閉めるとそこで立ち止まった。息が激しく大きな音を立てているのがわかった。心を静めようとした。閉まっている事務室のドアの向こうで話し声が聞こえた。不意打ちを食ったりしないようにドアの脇に立った。そして前屈みになって鍵穴から中を覗いた。ホルンさんが見えた。壁際の安楽椅子に座っていた。二枚の大きな額入り写真のちょうど間に。唇の動くのが見えたが、何と言っているのかはわからなかった。

ホルンさんは僕にとっては楽な人ではなかった。その冷ややかな灰色の目を見ただけで身がすくんだ。四十三歳の父さんとおそらく同じ歳くらいだったと思うけれど、ずっと年寄りじみていたし、弱々しい感じだった。今から考えてみると、意気消沈して元気をなくしており、自分の人生がもたらした侮辱を決して許すことができないでいたのだと言えると思う。でも当時はただ、悲しみに沈んだ男の人の、ほかの人を寄せ付けない孤独感しか感じ取ることはできなかった。最初にホルンさんに会ったのはあの日曜日、父さんと弟と一緒に郷土博物館に行った時だったけれど、もうその時からこの人には、すべてを拒否して閉じこもっている感じがあった。礼儀正しく父さんと話をしていたけれど、その冷ややかな目とどんな親愛の情も引き出せそうにない顔は、それを見るだけで、僕たちとは遠く離れた存在だということが感じられるようなものだった。あの時、僕は父さんのことが恥ずかしかった。すぐに立ち消えになりそうな会話を必死になって何度も活気づけようと苦労していたから。父さんにはこだわりがなかった。そして僕は、父さんがこの取っつきにくい男の人に対してへりくだっているのが恥ずかしかったのだった。その後、ホルンさんと一緒に陳列室を準備したり、並べたりするようになって僕はその好意を得たいと思っていた。それで時には何週間も毎日午後ブルクで仕事をしたりした。ホルンさんの指示に従ってきちんきちんと動いた。でも、どんなに丁寧に仕事をしても、何も言わずに聞き置くだけで、ただ悪いところを指摘するか、何かを説明するくらいしかしてくれなかった。ほめられたことは一度もないし、それが辛かった。あの寡黙なゴールさんでも僕に対してはもっと優しかった。

鍵穴からホルンさんが見えた。その小さな、青ざめた顔、まばらな茶色の髪。始終たばこを吸っているために黄色くなってしまった指。見ていると吐き気のしてくるような、汚くて病的なその黄色。博物館でいつも着ているジャンパー姿で、安楽椅子に座って低い声で話していた。それからほかの男の声がした。その男はドアのすぐ向こうに立っているに違いなく、言葉が全部聞き取れた。とても穏やかな声で、ホルンさんに理解を求めるかのように話していた。

「マリアンネ・ブロックマイアーはあなたの妹さんですよね？」とその声は尋ねた。

ホルンさんはじっとそこに座っていた。ずいぶん経ってからホルンさんはこの質問に答えた。今度もとても小さな声だったので聞き取れなかった。ドアの向こうの男はまた質問をした。

「妹さんは西ドイツにお住まいですよね？」

「我が国を非合法的に出国なさっていますよね？」

「あなたはこの妹さんと何らかのコンタクトを取っていらっしゃいますか？」

「外国で妹さんとお会いになったことはありませんか？」

ホルンさんの唇が動き、返事をしているのが見えたが、声は聞こえなかった。ただ低くて、意味の取れないもごもごした声だった。それに、椅子の背に頭をもたせかけて座り、頭も目も動かしていなかったので、その返事を推し量ることもできなかった。

それからまたドアの後ろの男が喋った。穏やかな声だったが、近くに迫った危険に注意を促そうとするような、切迫した声だった。「ホルンさん、あなたは誰のために働いているんですか?」

ホルンさんの口が開くのが見えた。その顔が突然紅潮した。手が動き、指が広がった。それから鍵穴が暗くなった。ドアの向こうで音がした。ぎょっとして僕は立ち直ると、出口のドアに走った。ドアを出て、音を立てないようにしてそれを背後で閉めた。そしてブルクの中庭に走り込んだ。振り返る勇気はなかった。事務室の窓から見られてしまって呼び止められるのじゃないか、そして自分までが尋問されるのじゃないかと思って、気が気ではなかった。ブルクの門の、鋳鉄でできた大きな取っ手を両手で引き、同時に肩を使ってそれを押し開けた。町へ向かう急斜面の舗道を駆け下りる時、小声で祈った。ああ神様、ホルンさんがキツネの巣穴を一緒に作ろうと僕を待っていてくれますように。

ドクター・シュポデック

九月三日にクリスティーネがホルンの死に関する知らせを持ってきた。

彼女はその日の午前、家の様子を見て花に水をやるために、町に出かけた。昼には戻り、グルデンベルクでみんなからホルンについて耳にしたことを話してくれた。その話を私は、中断することも質問をすることもなく、聞いた。ホルンの死は予感していた。偶然性の、ささいな、そしてびっくりするような細部にわたるまで予感していたと言ってもいいくらいなのだが、それでも私はその知らせを聞いて驚いた。

ホルンの死は、その生と同じように、臆病者のそれだった。その生き方は不面目なものだったし、誤解を恐れずに言えば、それは文字どおりの意味で不名誉な人生だったとさえ言えると思う。それは、私がホルン以上に尊敬に値すると思っている人間はグルデンベルクの町にはほとんどいなかったという事実にいささかの変更も加えるものではない。そして不名誉な人生と言えば、結局は私の人生にしてもそうである。

妻が中身のない、空疎な言葉を並べてホルンを憐れみ、その死に方を悼むのを聞いた時、私はこの死者への尊敬の念から、親指を静かに動かして、いっぱいに満たされたスープ皿の縁を押し上げて、その中身を全部テーブルクロスの上にこぼし、黄色く汚した。娘は笑い、妻はぎゃっと叫び声を上げ、それから口をへの字にしていやな顔をして私をじっと見ていた。そしていつものように奥歯を食いしばっていた。私は立ち上がって部屋を出た。誰かに話しかけることも顔を見ることもなく、ただ「食欲がない」と言い捨てて。

書斎に上がり、破風窓の前に腰を下ろした。心を静めようとした。もう木曜会はないのだという考えが頭をよぎった。そう考えると心が沈んだ。

ホルンの木曜会は退屈ではあったが、私にとっては快適な気分転換のひとつだった。日頃の仕事をひどく中断されて困るということもないし、外出する理由としては喜ばしく、時には待ち設けもする機会だった。外出するきっかけというのが、昔も今も私には極めて少ない。仕事やせっかくの暇な時間や、とりとめもない考え事をするのを邪魔されるのは厄介だから、ふつう私は外出を避けている。事実というものはどんなものでも限界のあるものだと、私は経験によって教えられた。人間の起こす事件とか世界の実情とかは、ただ刺激として役に立つだけであり、その先の展開はただ我々の人生の凡庸さを明らかにするだけである。現実は、ただその魅力的な萌芽において認識するにとどめておいて、それが陳腐になってしまうところまで何でもかんでも追いかけるなどしないでいる方が楽しい。この世のことごとは、人間のことも含めて、もっとうまい考え方ができるものである。このような考え方は、神秘主義的であるとか思弁的であるとかいって、疑いの目で見られるかもしれないが、それは的を射ていないように思う。存在する諸条件からあらゆる可能な帰結が考え得る時、それに対して合理的な反論の根拠がないというのであれば、もっとも簡単な筋道というものも考え得るだろうし、それに対しては私も尊敬を惜しまない。というのも、いずれにしてもそういう道筋が実際の事実に、つまり、我々が畏敬の念を持って現実と呼び習わしているものに沿ったものだからである。

このことについてはこれくらいの暗示をするにとどめておきたい。自分の考えの正当性を披瀝することは私の関心の外だし、大衆を啓蒙するという教育的な傾向など持ち合わせていないからでもある。いずれにしても余談に走ってしまった。私が言いたかったのはただ、クリスティーネがホルンの死について話してくれた時に、私がまず思ったのは、木曜会がなくなるということだったということである。

心乱されることもなく私は私用の症例研究のノートに手を伸ばした。ホルンのページを探し出し、これまでの記録のあとに続けて、彼の死の様子とその状況とを書き入れた。それから私は書類を、完了したカルテを臨時保存しているピンク色のボール紙の間に挟んだ。

ホルンに関する記録は多くはなかった。診察に来たのは六回だったが、詳しい記録を残しているのは二回で、その時はかなり長い間話をした。最後に来たのは三月で、死ぬ五ヶ月前のことだった。食欲不振と軽い頭痛を訴え、徹底的に調べてくれと言ってきた。

「先生、私のこの機械をくまなくチェックしてください。どこかに砂が入り込んでいるんです。ひどくギシギシと軋むんです」と彼は言った。

「痛むんですか」

「いいえ。この機械が全部おしゃかになっているんじゃないかと思うんです。ちゃんと動こうとしないんです」

「博士、創造主を汚してはいけません。我々が持っているのは、とてつもなく驚嘆に値する機械なんですから」

「それはそうでしょう。ところがあいにくなことに私のは明らかに保証期限が切れてます。そうなるとだいたい二つや三つの修理不能の故障が生じるものです。あなたの診断の先回りをするつもりはありませんが、スクラップの山ぐらいしか見つからないでしょう」

長い時間をかけて私は診察をした。その間二人とも黙っていた。私の短い指示の言葉、それを聞いて彼が数を数えたり深呼吸をしたりする音、そして彼の胸を叩く私の指先の音が聞こえるくらいのものだった。

「問題ありませんよ、博士」と私は、デスクの反対側に腰を下ろし直して言った。「ちょっとばかり気をつければ、あなたのブルクくらいの歳までは生きられますよ」

「もう今から私は博物館の化石になっているような気分です。でも、お願いですから、私を博士なんて呼ばないでください。ご存じのように私は五年前からこの肩書きは持っていないんですから」

「すみません。他意はありません。でも私は、あなたが正当に手に入れられた肩書きを誰かが勝手に奪い去ることができるとは思わないんですが」

「その肩書きは剥奪されたんです。だから、私にはそれを名乗る権利がないんです。先生、そういうことにしておいてください。もうこの話はいいでしょう」

「いいでしょう、ホルンさん。しかしここでは私が医者です。私はあなたの体の不調のもとを探り出さねばなりません。そして、あなたが生きていくのが苦しくなって私のところにも来なくてはならなくなったことにはこの肩書きの件も関わりがあると想定して間違いないと思われます」

「先生、あなたはどうやら心理学がちょっとお好きのようですが、薬を処方するか、ヒポコンデリーの診断を出すかどっちかにしてください。お願いですから私のプライバシーを引っかき回すのはやめてください。あなたには関係のないことです」

「しかしホルンさん、そのあなたのプライバシーがそもそもの病巣だとしたら、と私は考えているんです」

「そうだとしてもです。だったとしたら私はあなたに助けてもらわなくてもいいわけです。精神的な苦痛を治す医者を必要としているわけじゃありませんから」

「ホルンさん、あなたを苦しめているのはあなたの過去です。それではやっていけません。あなたの過去は……」

「失礼させていただきます」

ホルンは立ち上がって、シャツのボタンをかけた。上着を着て、薄いスプリングコートを羽織った。黙って私は見ていた。彼が帽子を手に取った時、私は言った。「自分の過去に関しては私たちは誰もが難儀しています。あるものは苦しい夢を見ることになり、またあるものには早い死が訪れます。あなたが感情を害されるような理由はありません。お座りください」

ホルンはしばらくじっと私を見つめていたが、そのままコートを脱ぐと腰を下ろした。

「お吸いになりたかったら、たばこを吸われても結構ですよ」と私は言って、灰皿を押しやった。

ホルンは緊張を解いたようだった。頑張って力を使い果たしてへとへとになって、元気を取り戻さなくてはならないみたいに、椅子にへたり込んでいた。デスクの下の引き出しから私は一冊の雑誌を取り出して、ページをめくり、あるところを開いて彼の前に置いた。ある短い欄を私は指で示して、それを読むように言った。彼は頭をちょっと回して、その目がじっと興味なさそうにその数行を追っていた。そして呆れ顔で私を見た。

「先生、あなたは映画のテクニックに興味がおありなんですか」

「いいえ、全然。見にも行きはしませんよ。患者さんのために定期購読している雑誌類を眺めていてその記事を見つけたんです。たまたま読んだんです」

「で、これのどこに惹かれたんですか」。ホルンは雑誌の上にかがみ込んで、軽蔑したように見出しを読み上げた。「穴を開けた鏡、シュフタン手法の一ヴァリエーション?」

「まあ、タイトルは関係ありません。興味深いのは、このテクノロジーの遊びの裏に潜んでいる思いつきです。それは我々の歴史記述がこれまで持っていた信頼すべき真正さに対する恥知らずと言ってもいい攻撃で、そんなことが可能になったんです。ここには哲学があります。あなたは歴史研究家だから、これにはぎょっとされるでしょう」

「先生、あなたにはついていけません。何のことをおっしゃっているのか、わかりません」

「この発明のことを言ってるんですよ。何人かの映画撮影技師が、映画からドキュメントとしての価値をすべて取り去ってしまうことのできるようなひとつの手法を編み出したんです。もともとの映像は、真ん中をくり抜かれた鏡に投影され、それが改めて撮影されるのです。そして、鏡と鏡の角度をどれくらいにするかによって、映像のある部分を見えなくしたり、あるいは新しい別の、もともとそこにはなかった映像を映し込ませることができるんです。こうして映像ドキュメントを好きなように改造し、気に入らない部分を気に入ったものと取り換えることができるんです。どう見ても手を加えてはいないとしか見えない、オリジナルな映像が提供されます。ホルンさん、あなたの専門分野としての歴史記述はまたしても主要な証人を失ったのではありませんか。新たな歪曲があなたには迫っているんです」

「あなたの見方は暗すぎますよ、先生。あなたが歪曲とおっしゃったことは我々にとっては日々の糧です。歴史なんてものは、伝えられたもの、恣意的に、あるいは意図的に保持されたものの寄せ集め以外の何物でもありません。次の世代はそこから自分たちのイメージに合わせてひとつの像をこねて作り上げるんです。歪曲とか我々の誤謬とかいったものはこれらの像の間を埋めるパテでして、それがあることで像が形をなして、扱えるものともなるんです。我々が得た教訓がそうやってわかりやすいものとなるわけです」

「あなたにもシニカルなところがあるなんて知りませんでした」

「これはシニカルなことではありません。職業的な経験というやつです。しかしこの、穴を開けた鏡にあなたが本当は何を見つけたのか、もう明かしてくれてもいいでしょう。歴史記述のことが気になって、そのためにあなたが眠れなくなるなんてことはありそうにも思われませんが」

「おっしゃるとおりです。このけしからぬ発明が私はひどく気に入った、と言ってもよろしいと思います。人間の記憶力のことを述べようとする時に、今日では好んで映画のことが比較として取り上げられます。事実我々は何かを思い出す時に、視覚的に、目で見えるものとして思い出します。それは我々の頭のカメラに捉えられた像で、それが我々の心の中の目の前に、ちょうど映画のスクリーンにおけるように流れるのです。我々の頭脳はデータを抽象的にではなくて、もっぱら具象的に保存します。その限りで言えば、映画との比較は的外れではありません。しかし、言わせてもらうと、それでは私はまったく満足できません。この映画撮影のテクニックの小さな発明が私の不満足感の原因を明らかにしてくれました。我々の思い出は主観を排した記録などではなく、映画の撮影とは違ったものなんです。我々の意識は無数の鏡で働いていて、その鏡のひとつひとつにまた無数に穴が空いているんです。我々が認識したり思い出したりするのは、生まれつき決まったこの鏡の数と、その欠け方とその角度に拠っています。物事は、我々の思い出に納まって確定されるまでに決定的な変化を被っています。我々が記録するのは我々の遺伝子に応じた歪みなんです。我々が頭の中に蓄積するのは、出来事などではなくて、ある出来事に関する我々の意識であり思考なんです。思い出は一人一人で異なっているということです。つまり、少なくとも次のことは言えます。我々の思い出のすべてが与えてくれるのは世界の像ではなくて、その像に、自分自身の個人的な鏡を置いて、取り除いたり付け加えたりしたものであり、我々の頭の鏡部屋を通して描き出されて、ジグソーパズルのようになったものだということです。それは世界の像として見えるかもしれませんし、世界像として提示されるものでもありますが、本当はそれは単に我々の意識、つまり、我々の脳にある、穴の開いた鏡のことをそう呼ぶことになっていますが、その意識が描き出したものに過ぎないんです」

ホルンはたばこを吸い、窓から外を眺めていた。

「私の話は退屈ですか？」

ホルンは私の方を向いたが、何も答えずにただ温情を込めた目で私に微笑んでいた。

「つまり、私が言いたかったのは、自分の思い出を疑いなさいということです。これには騙されますからね」

「先生、じゃああなたは私に記憶を捨てて生きろとおっしゃるのですか？」

「いいえ、そんなのはナンセンスです、そんなことはできない相談ですから。私が言っているのはただ、自分の思い出を疑いなさいということです。あなたの記憶があなたの生きるのを不可能にしているのであれば、疑いを向けるべきは、あなたの頭の中に蓄えられたいくつかの像の方であって、生きること自体の方ではないと考えるのがより理性的だろうということです。そっちの方が理性的です。つまり、これまでに私が述べたことが証明になっていればいいのですが、自分たちの思い出が我々を根本的なところで騙していないということについては何の確証もないのです」

「ひょっとしたらあなたの言われるとおりかも知れません。しかし我々はこれからも自分の記憶とともに生きていかなくてはしようがないんです。記憶をなくして生きていくことを望むなんて、考えただけでもぞっとします。そうなったら経験もなしに、知識もなしに、そして価値観もなしに生きていかなくてはならないことになります。記憶を消してしまったら、その人間が人間であることを消してしまうことになるんですよ」

「そうですね。誇張して言えばそういうことになりましょう。しかし、もうひとつの誇張に対しても用心していなくてはなりません。我々の危うい記憶を絶対的な尺度とするという誇張です。そんなことをすると生きていけなくもなりましょう。自分自身を疑いましょう。理性は高慢で、ユーモアを解しません。我々の経験などは不完全なものです。我々の思い出には、穴の開いた鏡にある隙間や欠け目があります。そこに足らないものを我々は無意識のうちにお粗末な洞察によって補っており、そうして、道に迷ってしまう危険を冒しているのです」

「それで、先生、あなたの忠告というのは何ですか?」

「これはあなたにとっては、私にとってと同じように、受け入れにくいことと思います。スペインの思想家グラシアン翁は、何事においても時を自分の側につけることを旨とせよ、と言っています。これに従って思い出をうまくアレンジできれば、あなたも生きていくのが楽になるでしょう」

ホルンは小さな声で、長いことくすくすと笑っていた。まるで絶妙なジョークを私が口にしたかのように、笑いで体を震わせていたが、ようやくのことで返事をした。「先生、そんなことやったら人生なんて金メッキした糞の塊じゃないですか」

コートを着、帽子を手に取った時もホルンは笑っていた。私に手を差し出して言った。「先生、そんな知恵がおありなら、あなたは長生きできますよ」

「そうでしょう」と私は答えた。

そのまま私の手を握り、私の目をじっと見据えながら彼はこう言った。「へどが出ます」

ホルンは出ていった。私はデスクの後ろに座り、部屋を眺めた。棚と、医療器具と、そして自分の手を眺めて言った。「ホルン博士、そんなことは私にもわかっていますよ」

マルレーネ

ママ！　ジプシーたちがうちにやってきてるわ。でもわたし、挨拶に行かなかった。この部屋は出ないわ、下には行かないの。もう一度歌が始まっても。

わたし、見てたの。ジプシーたちがやってきたとき、カーテンの後ろにいたわ。わたしのハンサムで若いジプシーのカルロスもいたわ。とても悲しそうな顔をしてたから、わたしすぐに泣き出したわ。これ以上悲しい思いをさせたくないから、わたし、下りてはいかない。わたし、カルロスとはもう結婚できないのよ、ママ。もう結婚してしまったから。

ママ、どうしてわたしの結婚式に来てくれなかったの。ああ、ママ、どうしてうそをついたの。どうしてわたし結婚しなくちゃいけなかったの。どうして、結婚がすてきなものだなんて言ったの。ママ、すてきでなんかなかったわ。死ぬかと思ったわ。夜中泣いてたわ。

結婚したらどうして寂しくなるの。ママだったらきっと教えられるわよね。ママも寂しいんだし、ママはわたしのたった一人のお友達なんだから。ママ、教えてちょうだい。どうしてあんなにひどく痛くてあんなにたくさんの血が出ることがすてきだなんて言うの、なでられもしなかったのよ。

どうしてだれも教えてくれなかったの、どうしてほんとうのことを言っちゃくれないの、そしてうそをついて、すてきなものだなんて言わなくちゃいけないの。それともママたちみたいな頭のおかしくなった人間のあいだでは、すてきってことはぞっとするっていう意味なの？　言葉もおかしくなってしまっちゃってるの？

ママ、痛いだけだったわ。三日間もベッドに横になって泣いていたわ。パパに、わたし結婚したのよって言ったら、パパも泣いてたわ。それからパパはわたしを連れてヘーデルおばさんのとこに行ったの。そしたらおばさんはわたしをひっぱたいて、わたしのあそこに手を突っ込んだわ。それでわたしまたベッドに横になって、痛くて泣き叫んだわ。

ママたちみんな、あんなものをすてきだなんて言うんだったら、頭がおかしくなってるに違いないわ。ひとりでベッドに横になって体をなでている方がずっとすてきだわ、ちょっと悲しくはあるけど。

ママ、ひょっとしたらママがわたしの結婚相手に会うことはないかもしれない。パパは言ってた。あの男はもう来ない、お前に会いに来ることは決してないって。どうしてあの人が来ないのか、わたしにはわからないわ。わたしもぞっとしたけど、あの人も同じようにぞっとしたのかもしれないわね。もう一度やって来たりしたら、ママたちと同じように頭がおかしいってことになるかもね。

ママ、母親というのは、ママがわたしに話してくれたようなあんないいかげんな話は娘にはしちゃいけないわ。知ってる？　ジプシーたちはあんな下らないことを話したりしたことはないわ。わたしあなたと結婚するのって言ったら、カルロスは泣いたわ。わたしの手にキスをして、わたしのことをお姫様って言ったわ。そしてお酒を飲んでわたしに微笑みかけて、それまでよりずっと悲しそうだったわ。結婚がすてきなものだなんてジプシーたちは決して言いはしなかったわ。

わたしの花婿はキスもしなかったし、なでてもくれなかった。わたしをつかんで地面に放り投げたわ。気絶するかと思った。わたしのあそこがほしくてあわてていたものだから、服を引き裂いたわ。はじめはあまりにおかしかったので笑ってたけど、じきに泣いてわめいたわ。痛かったんだもの、ママ。痛かったのよ。キスしてもくれなかったわ。頭のおかしな女にキスなんてしねえよ、って言われたわ。そしてげんこつで殴られて、口中血だらけになったわ。

ママ、どうしてわたしの結婚式に来てくれなかったの？

自分の娘がいつ結婚するのか母親だったらわかるはずよ。わたしにわかってなくっても。わたし、前もって何も知らなかったんだもん。この男の人がわたしと結婚したがっているってことも、わからなかったんだもん。

ママがあの人と知り合うことはないわ。わたしも名前を知らないんだもの。わたしにわかるのは、その人がお酒くさかったってことだけ。

ああ、ママ、わたしたち女っていうのはみんな頭がおかしいのにちがいないわ。でなかったらどうして、痛いだけなのに結婚なんてするわけ？　なでられもしないし、キスもされないのに、どうして？　ものすごく血が出て、殴られるだけだっていうのに。

ママ、最近わたし夜になると公園へ行ってるの。ひょっとしたらもう一度わたしのお婿さんに会えるかもしれないと思って。名前が聞きたいの。名前を言ってくれるだけでいいの、そうしたらわたし、自分の名前が何ていうのかわかるでしょ。結婚したら自分の名前を知らなくっちゃおかしいでしょ。

下では歌ってるわ。カルロスの声が聞こえる。自分のお姫様のことを尋ねて、悲しがるんだわ。ジプシーたちがうちにやってくるのはわたしのとこだけよ、わたしとパパのとこ。町のほかのだれのところにも行きはしないわ、わたしたちのうちだけ。自分たちのお姫様に会えなくてとても悲しがってるんだわ。でもわたしカルロスのところには行けないわ。わたしもう結婚したんだもん。自分の名前も知らないけど。

ママ！　ママにちょっとでも考える力があったら、わたしみたいな娘を生むなんてことはしなかったでしょうに。でもわたしがこうなったのも、親がふたりとも頭がおかしいからなのよね。

クルシュカッツ

ホルンの死後バッハオーフェンは私を更迭しようと躍起になった。いろんなところに手紙を送り、電話をかけ、私のマイナス点を熱心に収集し、役所の中に常に胚胎されている不満を刺激して煽り立てようとした。耳ざとい連中が居並び、口さがない連中が囁き合った。役所の連中の物腰やまなざしの中に私はバッハオーフェンのやり方が功を奏していることを感じ取った。日に日に明るくなっていくその顔つき、そしてあの男を目立つほどに若く生き生きとさせる、さもしくはあるが利発なそのエネルギーを見て、あいつが、あの熱心な煽動モグラめが、着々とことを運んでいるのを感じていた。うまくやっていた。私がそれをいかにも容易なものにしていたのだった。私の失敗と過誤は嵩み、そして、バッハオーフェンの計画では、ホルンの死が、私を埋めるピラミッドの最後の石になるはずだった。

ホルンのせいで私はいつ屠殺されてもおかしくないところまで追い込まれていた。八月中旬の町議会で私は監督不行届きのかどで非難された。バッハオーフェンは郡からの書類、つまり、ホルンの一件を調査した同志たちの報告書を盾に取った。その中では私に関して、指導行為をなおざりにし、敵対的陰謀をむやみに助長したという評定が提出されていた。また私は、注意深い同志、これはバッハオーフェンとブロンゲルのことだったが、その同志の助言と指摘を軽視し、共同指導の原則に抵触したとされていた。私は町議会の前において弁明もしないわけにはいかず、愚かしくもくだらない言葉を並べた。バッハオーフェンのことを危険な敵として認める心の準備がなかったものだからへまをしてしまった。ただくさいにおいを出し始めたからというだけで、南京虫などとことを構えたくはなかった。これはバッハオーフェンの作戦リストには載っていなかったかもしれないが、これが私の最大の誤算だった。それは素人がやるような誤算だった。戦略家だったら誰でも、ただその勝利が不可避のように思えたがために負けてしまった戦いというものを私に山と数え上げることができるだろう。その時私は、相手が南京虫であろうが、ちゃんと同等の敵として相手をしなくてはならないということを学んだ。

九月の終わり、バッハオーフェンは完全成就を目前にしていた。自分の勝利をしっかりと確信していたので、公の席上でホルンの自殺の責任を私に押しつけるような卑劣なことまでやった。あなたが、階級の敵の恥ずべき所業を助長し続けなかったら、そして、啓蒙ならびに可能な自己認識や改悛への道を塞ぐことがなかったとしたら、最悪の事態は避けることができたはずです、と言って私を責めた。ホルンの自殺は本人の罪を告白するものであり、社会主義に敵対的な、堕落した思考様式の告白であったし、それに対して困惑を禁じ得ないのは、自殺が無意味で、避けることのできるものであったからであり、それがほとんど宿命的に必然的なものになったのはただひとえに、一人の、盲目のふりをした幹部のせいであったからである、とバッハオーフェンは述べた。私は、このように破廉恥な非難にまともに対することは拒否した。何も言わないでいると、それを認めたと思われるとはわかっていたし、町会議員の中には、信頼できる人間は二人しかいないとはわかっていたし、またこの時点で、町議会がバッハオーフェンの側に立っており、郡の指導部にもほとんど味方はいないとわかってはいたのだが。

この町議会のあった晩、私は目前に迫った自分の免職のことをイレーネと話して、その時は即刻グルデンベルクを立ち退こうということに二人で決めていた。

その十一日後、私の休暇の二週間前、私はそれまでよりももっとどっかと自分の安楽椅子に座っており、バッハオーフェンはへりくだり、めそめそと、町役場から追い出されないように心を砕いていた。勤勉に、たゆむことなく彼は自分の出世を進めようと努めてきたが、その腐れ仕事のすべてはたった一通の手紙でくたばった。私を救ってくれたのは、私の経験や器用さではなくて、バッハオーフェンが書いた数多くの手紙のうちの一通、彼が書き過ぎてしまった一通の手紙だった。

十月八日の夜、ゲルダ・シュネーベルガーから電話があった。先の町長、つまり私の前任者である夫のフランツが帰ってきていないということだった。彼女を宥めようとして私は、フランツはどうせ友達と飲み屋にいて、記念日の祝杯でもあげているんですよ、と言った。ひょっとして、酔っぱらって疲れてしまって、うちに帰ってこなかったりしたら、明日探させますよ、と約束した。

しかし翌日の朝になってもフランツ・シュネーベルガーは家に戻らなかった。誰に尋ねてもその行方を知らなかったし、前日の政治集会以後見かけたものもいなかった。昼になって私は秘書からある示唆を受けて、ヴィルデンベルクの未決監の署長に電話をした。署長は、確かにフランツ・シュネーベルガーは収監されていると言った。その根拠については何も言おうとしなかった、あるいは言えなかった。どうして奥さんに通知が届いていないのかと私は尋ねた。彼の答えるところでは、連絡は入れたとのことだった。受話器を置いた。そして、ゲルダ・シュネーベルガーのうちへ行った。自分の知っているわずかのことを伝え、彼女が少し落ち着きを取り戻すまで、そばにいてやった。翌日、車の手配をして、ヴィルデンベルクまで送らせることを約束した。午後私は郡の同志たちと電話で話をした。フランツのために何でもすると約束してくれた。

十月十二日の土曜日、逮捕から五日後、フランツ・シュネーベルガーは家に戻った。検察庁は訴えを吟味し、それを完全に根も葉もないものとして棄却した。フランツは、祖国を裏切り、夜陰に乗じて西ドイツへ逃亡した住民が残していった財産を着服したとの密告を受けたのだが、実際は、取得物や没収された遺品を対象とした公設の競売でその高級食器を合法的に入手していたのだった。バッハオーフェンのやつはその密告を、私に知らせもしないで真に受け、おかげで、浅はかで馬鹿げたシュネーベルガー逮捕などという事態になったのだった。

シュネーベルガーの釈放の前日、私は町に寄贈され、ブルクのホールに設置して町の住民たちに供されることになっていた一台目のテレビをシュネーベルガー家に贈った。町で最初のこのテレビの設置はすでに期日付きで公示されていたし、二台目のテレビがいつグルデンベルクに来ることになるのか誰も言えないという状況だったのだが、私はこの決定を自分一人で、誰にも知らせないで行った。そしてこの決定を次の町議会で事後承認させた。反対の声はなかった。バッハオーフェンさえもが、旧町長に対するこの高価な贈り物に賛成した。

休暇の二日前に私はシュネーベルガーの家を訪ねた。夫人がドアを開けてくれた。彼女は居間に戻っていって、声をかけた。「フランツ、同志クルシュカッツが見えてるわよ」

彼女は私を招じ入れて、ドアを閉めた。フランツ・シュネーベルガーは安楽椅子に座ってテレビに見入っていた。振り返りもしなかったし、何も喋らなかった。

「今日は、フランツ」

彼は黙っていた。私はその後ろに馬鹿みたいに突っ立って、彼の背中とテレビのちらちらする画像を見ていた。

「バレエが気に入ったのかい？　フランツ」長い沈黙に耐えきれずに私はこう尋ねた。

ようやく彼は口からパイプを外して言った。「これはバレエなのかい？」

「そうさ」と私は口早に言った。「白鳥の湖だ」

「これがバレエというものだったら」とフランツが言った。「わしはバレエが気に入ったよ」

それから彼はパイプをくわえて、また黙って、テレビの小さな画面の上を跳びはねている灰色の、幻のような人間の姿を見つめていた。

「ゲルダを見てくるよ」とうとう私はそう言って、台所へ行った。

彼女はレンジのところに立っていた。鍋摑みを手にソースパンを持ってお湯の沸くのを待っていた。カラフルな布で覆った台所用の椅子のひとつに私は腰を下ろした。

「話をしてもらえないよ」と、へとへとになって私は言った。テーブルの上に頭を載せてしまいたいほどにくたくただった。

「あんたとだって話はしやしないだろうよ」と、彼女は答えた。レンジから鍋を下ろし、そのお湯を少しポットの中に注いだ。そしてその陶器のポットを揺すって、お湯をまたソースパンに戻した。

「あーあ、何て馬鹿げたことだ。フランツみたいな人間に疑いをかけるなんて」

彼女は用心深くコーヒーをスプーンですくってポットに入れた。声に出さずに数えており、唇が動いていた。コーヒーの缶を片付けるとこう言った。「こうやってあんたらはあの人を殺すんだ」「ああ、ゲルダ、何てことを。フランツみたいな男にとっちゃ五日間なんて何でもないさ。五日間だよ。こんな目に会うのは初めてじゃないじゃないか」

彼女は首を振って、ただ繰り返して言った。「こうやってあんたらはあの人を殺すんだ」

私は、彼女が塩を一つまみポットに入れてお湯を注ぐのをじっと見ていた。

「そんなにひどかったのかい?」と、私は尋ねた。

「残忍なものだったよ」と、彼女は穏やかな声で言った。

「何てことだ、ゲルダ、何てことを言い出すんだい」

私は手でテーブルを叩いた。この老人二人の頑固さに私は絶望的な気持ちになった。

「同志、私には自分が何を言っているのかわかっているよ」と彼女は答えた。「私は留置所のフランツのところに行ったんだよ。何で逮捕なんてされたのかってそこの若い連中に尋ねたんだ。そしたらあいつら笑って、こう言ったんだ。あんたの旦那に対する非難に間違いがなかったら、旦那さんはここを出る時には、ずいぶんくたばっていることだろうよってね」

「そんなこと言ったのはどいつだ?」

「二人の看守だよ」

「調査してやる。ゲルダ、約束するよ」

「そんなことしてもフランツには何の役にも立ちゃしないよ」お盆にカップを置いた。そして私の方を見てこう言った。「フランツはもうおしまいだよ。あの人のことはわかってるんだ」

台所の戸棚まで行って、一山の伝票を取り出し、ぱらぱらとめくり、その中の一枚を私に差し出した。それは、食器類一揃いを百二十マルクで購入したことを証明する領収書だった。

「いつも戸棚に入れていたんだよ。訊いてくれりゃよかったのに」

この家全体に漂っているすっぱいにおいを感じた。

彼女はお盆を持って居間に入っていき、私もついて行った。三人で黙ってコーヒーを飲んだ。フランツはテーブルの前に座らずに、テレビの前にかがんで、動く画像に見入っていた。彼女はコーヒーカップを安楽椅子の横においてやった。私はカップをかき回して、仕方なくチャイコフスキーの音楽に耳を傾けていた。

別れを告げる時私はもう一度フランツ・シュネーベルガーに話しかけた。「フランツ、テレビを気に入ってもらって嬉しいよ」

「何なら、持っていってもらってもいいんだ。わしから頼んだわけじゃない」

町役場に戻ると私はバッハオーフェンを呼びつけた。入ってきた彼を私はドアのところに立たせておいた。じっとこの男を眺めながら私は、何があったら自分のかつての上司をあんなふうに痛めつける気になれるのだろうかと考え込んだ。私にはわからなかった。この男を足で踏みつけたいと思った。

「腰はかけないでいてくれ」私は言った。「今、フランツ・シュネーベルガーのところから戻ったところだ。あの男のところにはもう行かないでくれ。その方がフランツのためにいい」

バッハオーフェンは短く頷いて、かすれた声で尋ねた。「同志クルシュカッツ、それだけですか?」

「そうだ」と私は答えて、言った。「同志、きさまはへどが出るようなげす野郎だ」

バッハオーフェンはそれから五年間、グルデンベルクの町議会にいた。その後、外国旅行を利用して、西ドイツに逃亡した。その後何年かして私は、かつての同志のバッハオーフェンがハーナウでキャンピングカーのレンタル会社を持っていると耳にした。私が年金生活に入る一年前、バッハオーフェンはグルデンベルクにやってきた。大きなアメ車に乗って町を行き、尋ねるものたちみんなに、ヘッセンのある小さな町の町長をやっていると語っていた。

ゲルトルーデ・フィシュリンガー

ユーレだったら、そんな関係は許されないわと言うに決まっているようなことが起こったのは、ホルンさんがここに住まれて二年目のことでした。

新年になってから三日間、私は棚卸しのために店を閉めました。パウルはまだ学校が休暇中で、ヴィルデンベルクの男の子のところに泊まってくると言って出かけていました。一日中私ははしごを上ったり下りたりして、紙包みや紙箱や缶を数え上げて記帳しました。昼は店の奥の部屋に一時間ほど横になっていましたが、足は鉛のように重たいままでしたので、はしごから落ちてしまうのではないかと気が気ではありませんでした。床に落ちて、助けも呼べない状態で、誰かが見つけてくれるまで店に横たわっていることを想像するとぞっとしました。入口のドアは開けていました。この忌々しい脚のせいで、床の上で小麦粉や砂糖の袋と棚の間に挟まれて死んでしまうなんていやでした。

午後遅くにユーレがやって来て、助けてくれました。店を動き回って私に数量や値段を大声で言ってくれますので、私はその数字を書き込んで、脚を上に上げておくことができました。それから私たちは一緒にワインを一杯飲み、ユーレがまたしても神父様のことを話しますので、私はそれを辛抱強く聞いてやりました。ありがたいと思いました、おかげで一人でいなくてよかったのですから。

うちに帰るとホルンさんが私のために台所にパンの載ったお盆を置いてくれていました。私が戻ったのを聞きつけて、部屋から出てきて私と一緒に台所に入られました。私はうろたえました。そんな優しさを示されたことはこれまでなかったからです。

「お邪魔でなければいいのですが。あなたはお忙しいから」と彼は言いました。

私は台所のテーブルについてそのパンを食べました。私にはとても多すぎる量でしたが、気を悪くさせたくなかったので、全部食べてしまいました。店の棚卸しのことを尋ねて、そして博物館でも毎年所蔵品の検査をしなくてはならないことを話されました。私が食べ終わるとこう言われました。「ワインに招待してもいいですか？」

招待などということに感動してしまって私は、疲れていてただ眠りたかったのに、それを受けてしまいました。部屋まで行きました。掃除はホルンさんが自分でやって、これまで一度も呼ばれたことがありませんでしたから、この部屋に入るのはホルンさんが引っ越してきてから初めてのことでした。辺りを見回しました。自分の家の部屋に客として来ていることが妙な感じでした。

「きれいになさいましたね」と私が言うと、

「ほとんど何も変えてはいません」とホルンさんは言われました。

「そうですね。でもすてきな絵を掛けておいでです。前の絵は私ももういやになってたんです。新しい絵を探すことがなかなかできなくて」と私は言いました。

かつての自分の居間を歩いてみて、そこの絵を眺めました。

「これはサモワールですか？」と私は尋ねながら、サイドボードの上の器具を指さしました。

「そうです。モスクワで買ったものです。使ってみましょうか。お茶をお飲みになりますか？」と言われました。

「いえいえ。こんなもの見るのは初めてだったものですから」

どんなふうになっているのか、説明してもらいました。それから私たちはテーブルにつきました。ワインを注いでもらって、乾杯しました。二人ともちょっときまり悪い感じでした。ホルンさんはにこにこしながらグラスを回しておられました。私はぎこちない言葉でワインのことをほめました。「私はむろんまだ……」と話し始めてホルンさんは中断して、立ち上がられました。衣装戸棚のところに行って引き出しを探り、封を切った高級チョコレートの箱を出してこられました。それをテーブルの上に置いて、箱を空けて、どうぞ、自分は食べないからとおっしゃいました。私もチョコレートは食べないとは言えなくて、一切れ取って口に入れました。微笑み合いながら、何の話をしたらいいのか二人ともわからないでいました。

ホルンさんはちょっとずつしか飲まれませんでしたが、グラスをいつも手に持って、口にされていましたのですぐに空になりました。注ぎ足して、私にも飲み干すようにと言われました。言われるとおりにしました。自分の手をふと見ると、爪が汚れていました。指先が隠れるように手を組み、膝の上に置きました。それで私は赤くなりました。ホルンさんは私をご覧になっていました。顔をじっと見られていると感じて、私はまた自分の手を見ました。目を上げるとホルンさんは手を伸ばして、指先で私の頰を優しく撫でられました。ただ同情からのものだとはわかっていましたが、それでも私は目を閉じて、幸せの感覚に身を委ねました。

「撫でられるって気持ちがいいわ」と小さな声で私は言いました。

同じように小さな声でホルンさんが「私たちはおそらく誰もが、撫でてくれる人間を必要としているんです」とおっしゃった時、私の心はとても穏やかでした。

ホルンさんは手を引っ込められ、私たちはグラスを飲み干しました。私はその手を取って握りしめたいと思いました。

ホルンさんが立ち上がってまたワインを注ごうとされた時、断りたかったのですが、そうできなくて、頷いてしまいました。私の横に立ってワインを注ぎ、そして前にひざまずいて額にキスをされました。すべてを私は夢のように受け入れ、そしてただそれが覚めていくまでじっとしていました。

私たちはワインを一本空けてしまいました。私が立ち上がると、まだいてくれるように、そばにいてくれるようにと頼まれました。私を名前で呼ばれました。

「ゲルトルーデ、一緒に寝てください」と言われました。

「私もおぼこじゃありません」と私はあっさりと言いました。

ホルンさんが私の手を取って、私たちはベッドに行きました。そこに並んで座りました。私はおぼこみたいに息を切らしていました。

私たちの懇ろな関係は半年続きました。月に二回か三回、ホルンさんが私のところにやってこられ、一緒に寝ました。それから半時間ほど一緒に横になっておられました。たばこを二人で吸いながら、小さな声でちょっとばかり話をしました。私はあの人をじっと見ていました。うんざりされるんじゃないかと思って怖かったのです。でも気がついたのは、私の脚を見たり触ったりしないようにされているということくらいのものでした。

私たちの関係は、その始まりと同じように突然、数ヶ月で消えました。六月のある晩、私の部屋をホルンさんがノックされました。私はミシンに向かって座っていました。ベッドには布きれや裁縫道具がちらかっていました。あの人が入ってこられた時、私は立ち上がろうとしました。ホルンさんは座ったままでいてくださいとおっしゃいました。ホルンさんを見ましたが、あの人はただ黙って私の前に立っておいでででした。片方の手をうなじに当てて、しげしげと私の裁縫道具をご覧になっていました。

「ゲルトルーデ、許してください」ようやくあの人はこう言われました。そしてまた口を閉じられました。私はその先を待っていました。言葉を見つけるのが難しそうでした。私の顔を一度も見られませんでした。

「私がやったことは正しいことではありません」と、また口を開かれました。「私は、ゲルトルーデ、あなたのことが好きです。でも愛してはいません。そして私には、あなたも私のことを愛してはいないことがわかっています。あなたに対して、子供みたいな愚かな振る舞いをしたことを許してください」

そう言いながらあの人はとても落ち着いた様子でした。私は一月のあの日以来、この日、この話がやってくるのを待ち受けていました。驚きはしませんでした。

「私たちが罪を犯したとは思いません」と私は言いました。「いずれにしても私には後ろめたい気持ちはありません。でもあなたのおっしゃることはわかります」

「許してください」とあの人は同じ言葉を繰り返されました。

「何も許さなくてはならないようなことはありません」と私は答えました。「私は大人の女です。あなたに強いられてやったことなど何もありません。私がやったことはすべて私が望んでやったことです。それに、あなたに罪があるというのなら、それは私も同じことです」

それでもあの人は同じ声でただ「ゲルトルーデ、許してください」と繰り返されました。

そしてあの人は向き直ると、私の方を見もせずに、ドアの方へ行かれました。私は自分の手が震えているのを感じました。

「許さなくてはならないことなんてありません。そしてあなたに許してもらわなくてはならないこともありません」と、そう言いながら私は、声が震えてしまうのを必死に抑えようとしました。「哀れなものが二人この世で寄り添ったからといって、神様はそれを罪とはお思いにはならないでしょう」

あの人は私の言葉に耳をすませて立っておられました。それからドアを開けて、「おやすみなさい、ゲルトルーデ」と言って出ていかれました。

私はミシンの前に座って、膝の上の色鮮やかなカーテン生地をずっと撫でていました。トルーデ、トルーデ、これでまたおまえは見捨てられたね、と私は自分に言いました。その考えが私を朗らかな気分にしてくれました。そして、理由もなく私は一人でかすかに笑いました。

第八章

全部話しました。

まだ十分じゃない。

あなた、僕はもう眠りたいんです。眠って忘れたいんです。

忘れるだと？　どうやって忘れようってんだ？

どうしてあなたたちは安らぎをくれないんですか？

やろうと思ったってどうできるってんだ？　何でそんなことしなくちゃならないんだ？

死んだ人たちと一緒には生きていけないからです。死んだ人たちの真実だけが真実じゃないからです。生きている人間たちの真実だってあるんです。

それで、俺の死は？

それが真実のすべてというわけじゃありません。

おまえたちが何も言わないでいたら、石たちが叫び出すことだろう。

あなたたち死んだ人間たちは重たいんです。とても重いんです。

思い出すんだ。

僕は疲れてるんです。

さあ、坊主。もっと、もっと。思い出してくれないと。

夏休み最後の日パウルが僕のうちにやってきた。玄関のベルが鳴った時うちでは昼食の最中だった。弟が出て、入れてやった。父さんはパウルに何の用かと尋ね、食事が終わるまでテーブルに座っているようにと言った。それからいろいろとパウルに質問した。パウルは、親は誰だとか、将来どんな仕事につきたいと思っているかとか話さなくてはならなかった。両親がパウルのことを気に入ってないことが感じられた。パウルは初めてうちにやってきたというのに、父さんたちは根掘り葉掘り尋ねて、疑わしそうに品定めをした。

母さんが砂糖漬けにしたスグリの実をボウルに入れてやったが、それをパウルはペチャペチャ音を立てて食べた。父さんはスプーンを脇に置いて嫌悪のまなざしをパウルに向けていた。でもパウルは何とも思っていないようだった。気づいてもいなかった。

食事を終えて僕はパウルと出かけた。

「さっさと来いよ。見せたいものがあるんだ」とパウルは言った。

パウルは走り出し、僕はそのあとをついて走った。

「どこに行くの?」息を切らして僕は尋ねた。

「すぐにわかるさ」

入植地を過ぎ、さらに町の外へ出ていった。突然パウルが立ち止まった。「何も言うんじゃないぞ、誰にも。いいか？」

僕は、何のことかわからずに、頷いた。それから僕はまた彼について走っていき、パウルが僕の家に来てくれたこと、何か重要なものを見せたくて僕を連れに来てくれたことを満足に感じていた。一本のナナカマドの木のところでパウルは僕に立ち止まるように言った。

「ここで待ってるんだ。すぐに戻るから」

パウルは茂みを分けて行き、下生えの中に見えなくなった。しばらく枝がポキポキいう音が聞こえていたが、やがて静かになった。ブナの梢を通して太陽の光が射し、赤いナナカマドを輝かせていた。僕はポケットナイフを開いてそれを人差し指の上に立ててバランスを取ろうとしてみた。それからそれを柔らかい苔の生えた地面に投げつけたりした。

パウルがいきなりそばにいたのでぎょっとした。歩いてくるのが聞こえなかった。手に短い木の棒を持ち、その皮を剥いていた。

「万事オーケーだ。さあ行くぞ」

パウルのあとをついて行った。茂みで脚にひっかき傷ができた。

「いいか、俺が見つけたんだからな」

僕は、何のことを言っているのかわからなかったけれど、頷いた。両手で枝をかき分けながら、屈んで下生えの間を通っていった。ポケットナイフはまだ開いたまま手に持っていた。体を立てることができるようになるとパウルはただ、「驚くなよ」と言った。

そしてパウルは僕を一歩前に押した。パウルが見せたいものは何なのだろうと周りを見渡した。何のことかわからずに振り向くと、パウルは苛立った声で「あそこだよ」と言った。指しているのは一本のブナの木だった。やっぱり何も見えなかった。やがてようやくその男が目に入った。幹の真ん前にぶら下がっていて、幹と同じような暗さだった。顔は見えなかった。

「ホルンだよ」とパウルは言った。「博物館の。今朝見つけたんだ」

僕らはその死人に近づいていった。傍らには絵の具で汚れた椅子がひっくり返っていた。それは博物館のもので見覚えがあった。ホルンさんがよく仕事に使ってたやつだった。それから僕は死人を見上げた。開いた目で僕を見ていた。僕はぎょっとして脇に跳び退いて、足がもつれてしまった。ほとんど原形をとどめていなかったけれど、実際それはホルンさんだった。目は飛び出て、舌は黒ずんでだらんと口から垂れ下がっていた。死人を見ているのがいやで僕はパウルの方を見た。パウルは僕のことなど気にはしてはいなかった。おそるおそる死人の脚を棒で突いた。もう一度もっと強く死体を突くとようやくそれはちょっとの間ぶらぶらと揺れた。

「死体を見るのは初めてか?」とパウルは尋ねた。

僕は頷いた。

「俺は違う」とパウルは言った。それからまた死んだホルンさんを棒で突いて揺らした。僕はやめさせたかったけれど、何も言わなかった。

「ぞっとする眺めだな」とパウルは言った。そして近づいていって死体の上着のポケットに手を突っ込んだ。僕は体が麻痺したようになって、それを眺めていた。

「警察に届けなくちゃ」やっと僕はそう言った。

パウルは用心深く上着のもう一方のポケットを探った。そして前の開いた死人の上着を棒でひっくり返した。しかしさすがに内ポケットの中まで調べることはしなかった。そのあと木の幹に腰を下ろし、棒で地面を叩き、ホルンさんの死体の方を見ていた。

「そうだな。誰かほかの人間が見つける前に行こう」とパウルは言った。

僕らは急いで戻っていった。歩きながらずっと僕はあの、博物館から持ってこられた汚れた椅子のことを考えていた。ホルンさんの手伝いをして高い枠のついた陳列台の据え付けをする時に僕もそれに立ったことがあった。

「何か報奨金でももらえるかな?」とパウルは言った。

「わからない」と僕は答えた。

警察署に行ったけれど、日曜日で誰もいなかった。そこで、警官のランプレヒトさんが住んでいるモルケ通りに向かった。いたのは奥さんだけだった。ランプレヒトさんは庭仕事をしているということだったので、その庭へ行く道を教えてもらった。見つけた時はもう四時になっていた。ランプレヒトさんはパウルの話をじっと聞き、僕らは三人で彼の家にとって返し、そのまま警察署に向かった。警察署では僕はドアの前で待っていなくてはならなかった。パウルが、ホルンさんを見つけたのは自分だけで、この子はただついてきているだけだと言ったからだった。だからランプレヒトさんは僕に外で待つようにと言ったのだった。

三十分して二人は出てきた。パウルは何も僕に喋ってくれなかったし、目をくれることもなかった。僕の方を振り向きもせずに警官と並んで歩いていった。僕はそのあとを走って追いかけた。だけど、僕が尋ねる前にパウルは、失せろ、と言った。ランプレヒトさんに死体を見せなくちゃならない、おまえは関係ない、と。

どうして追い払われたのかわけがわからなかった。警官がそう言ったのかもしれないし、あるいは報奨金のことがあって、自分一人で死体を見せたかったのかもしれない。気持ちがわからなかったし、とてもがっかりした。それから僕はホルンさんのことを思い、そして、町ではまだ誰もホルンさんが死んだことを知らないということを思った。うちに帰ろうと思った。父さんにそれを知らせたかった。でも僕はエルスケのうちに向かった。

彼女は優しく迎えてくれた。でも、僕が死体発見のことを切り出す前に、お願いを聞いてちょうだいと言い出した。クレメンスに届けてと言って、一通の手紙を差し出した。

「急いでちょうだい。急な用事なの。クレメンスは明日早く戻っちゃうから」と彼女は言った。

クレメンスというのはミュンヒェンの高校生で、夏休み、この町に住んでいるおばあさんのところにやってきているのである。原っぱの興行師たちの出店が出ているところに一日中立って、おしゃべりをしている男だった。何の関わりもなかったけれど、僕はこの男が大嫌いだった。僕と話をすることは決してなかった。ただ女の子たちとだけ、あるいはもっと年上の男の子たちとだけ話をしていた。

僕はエルスケの手紙を持って原っぱに走っていった。クレメンスは空気銃を並べた屋台にもたれかかっていた。女の子が二人前に立っていて、彼の話を聞いていた。

「手紙をことづかってきた」と僕は言って、封筒を手渡した。

ぞんざいな手つきで彼はそれを受け取った。

「ちょっと待ってな」と彼は女の子たちに言った。そして向こうを向くと、手紙を破って開けて読んだ。二人の女の子は肩越しに覗き込み、手紙を読もうとした。

クレメンスは向き直ると、「それでお前は誰なんだ。弟か?」と尋ねた。

「いいや」と僕は答えた。

「エルスケのちっちゃなボーイフレンドなんだろ」とクレメンスはにたにたしながら言った。

女の子たちがくすくす笑った。僕は眉ひとつ動かさないで相手の目を見据えた。クレメンスはまた向こうを向くと、何か手紙に書き、それを開いた封筒の中に入れた。

「エルスケに持っていけ。遅れるなと言っとけよ」

その手紙を僕に渡した。僕はそれを何気なさそうにズボンのポケットに突っ込んで行きかけた。

「ちょっと待て」とクレメンスに呼び止められた。

追ってきて、手を僕の肩に載せて言った。「読むんじゃないぞ。わかったな」

「そんな手紙、誰が読みたがるもんか」

「よし。お前が読まないということは信じてやろう」と彼は答えた。

むかむかしながら僕は原っぱを離れた。酪農場の前で立ち止まり、手紙を取り出した。中身は読まないと約束をしていた。約束は破りたくなかった。僕はそれをずたずたに引き裂いて、歩道にまきちらした。そしてうちまで走って帰って、自分の部屋に走り込んだ。ベッドに身を投げ、エルスケのことを考え、そして自分自身に腹が立った。母さんがやってきて、父さんが話すことがあるそうよ、と言った。僕は立ち上がって父さんの書斎に行った。ドアをノックした。お入り、と声がした。

「お座り」と、目を上げないで父さんは言った。そして万年筆を脇に置いて、暗い目つきで僕を見つめた。「トーマス、言っておきたいのだが、お前の友達というのが父さんはどうにも気に入らないよ。あのパウルというのはお前がつき合うような人間じゃない。――父さんが話している時はちゃんと目を見なさい」

僕は父さんを見つめて、必死の思いでつっかえつっかえ言った。「ホルンさんが首を吊っちゃったんだ」

それから僕は両手で顔を覆って泣き喚いた。大きな声で、ワアワアと泣き喚いた。エルスケの裏切りを思い、そしてパウルが一緒に連れていってくれなかったことを思って泣き喚いた。死んだホルンさんのぞっとするような顔を思い、そして自分が十二歳でしかないことを思って泣き喚いた。

父さんは立ち上がって、僕の方にやってきた。僕の頭を自分の体に押しつけて、優しい声で言った。「それは大変なことだったね。お前がそんなにホルンさんのことを好きだったとは全然知らなかったよ」

僕は怒り狂い、絶望して首を横に振った。自分が泣き喚いているのは死んだホルンさんのせいじゃない、そのせいだけじゃないということを言いたかった。でも一言も言葉が出せなかった。猛烈なしゃっくりに襲われて、自分ではどうしようもなく、痙攣みたいにしゃくり上げるばかりで、頭をしっかりと強く父さんに押しつけるだけだった。

クルシュカッツ

一月である。窓からは重たくて暗いみぞれが向かいの屋根の上に積もっているのが見える。冷たく、そしてそっけなく私に向かってほの明るく光っている。その向こうの空は灰色の、湿っぽい厚紙で、光もなければ太陽もない。私は不平は言わない。もう慣れた。窓の向こうはいつも耐え難い。灰色すぎるし、冷たすぎるし、湿っぽすぎるし、暗すぎて、暑すぎる。ほかの部屋にしてくれと言ったのに、いつも新手の言い訳を持ってきやがる。騙されているし、裏では笑われている。しかし怖れられてもいる。怖れのためにやつらは私に一番ひどい部屋を、ここで一番ひどい部屋をくれやがった。ここでは太陽が射し込むこともない、緑もない。冷たい灰色、暑い灰色、それでよしとしなくてはならない。窓際に寄ったとしても、大きくて重たいゴミ箱がいくつか見えるだけだろう。この眺めを私に与えたのは、恐怖のため、恐怖と憎悪からだった。だが私は不平は言わない。じじいたちの誰かをこの部屋に押し込めようとしない限りは、不平は言わない。ああ、あの、ひっきりなしに部屋の前を歩き回る、性悪のおしゃべりのじじいたちめ。しょっちゅう行ったり来たり、タッ、タッ、タッ、タ。加えてあの、我慢ならん、むかつく馬鹿話、蜂蜜みたいに甘ったらしい陰険さ。

「あ、顔色がよくないですな。とてもひどいですよ。また悪い夜を過ごされたんでしょう」

「とっとと失せろ」

「ほう、えらくご立腹ですな。我々は誰もが、遅かれ早かれ死ななくちゃならんのですよ」

「ほっといてくれ」

髭も剃っていなくてこけた頬をして、ぎらぎらした抜け目のない目をして、何でもかんでも熱心に記憶にため込むあの、禿頭の歯なしの馬鹿どもめ。そんな馬鹿の顔を見たいなどと思うことがあったら、この部屋に鏡を掛ければすむことだ。私のこの部屋にはあいつらを入れやしない、一人も。あいつらなんぞ見たくもない。あいつらには我慢ならん。

私の部屋には誰も面会にやっては来ない。やってきそうなやつなど一人もおらん。来てもらいたくもない。何で私が外の人間に来てほしいなどと思わなくちゃならんのだ。いやだ。コートを脱ぐ時間さえ惜しむようなあんな同情めかした偽善者など。目を盗んでカップの汚れを探し回るようなやつらなど。私がついにこれを最後に目をつむるのを待っていて、そうなったらすかさず急いで預金通帳を探そうと考えている。

この部屋のドアは閉めてある。

この部屋にもうどれくらい座っていることだろうか。窓の前の灰色のコンクリートと灰色の空を目にしながら、あと何年ここに座っていることになるのだろう。

だが、それが何だというのか。すべて、遠い昔のことだ。すべては疾うに過ぎ去ってしまった。

ここに住んで七年か八年になるだろうか。もうよく覚えていない。職を辞して、早めの年金生活を願い出たのは、六十四の時だった。さっさと決断しはしたが、十分に考え抜いた末のものだった。その一年後にここを指定された。自分にふさわしいものを手に入れたわけだ。

あの当時、ずいぶん昔、ようやくグルデンベルクを去ることができた時のこと。お別れの時のことは覚えている。九月に町は新しい消防ポンプ小屋の落成を祝った。土曜日の午後、消防団がブライヒャー草地で公開訓練をした。完全装備で男たちが広場を走り回り、障害物を乗り越え、前もって地中に打ち込まれていた木を倒し、にわか作りに建てられたバラックの壁をよじ登り、このためにわざと起こされた小さな火事を消した。その晩はパブ『黒獅子亭』で消防祭が開かれた。町は消防団を招待し、町長として私もその宴会に出席せざるをえなかった。肉の皿とたくさんのビールがふるまわれて、二、三の挨拶があり、たわいなくがさつなジョークが語られた。私は楽しくて穏やかな気持ちだった。満足して騒ぐそこの若い連中のテーブルについていると気分がよかった。何か挨拶をと頼まれた。ビールでほろ酔いになっており、また妙に気分がよかったので、じきに折れて承諾した。自分がこの町にやってきた時のことを語り、シュネーベルガーやバッハオーフェンのこと、マルテンスやブロンゲルのことを話し、ホルンやジプシーのことを語った。そしてイレーネのことを話した。突然私は周りに生じている静けさが、私の話に聞き入っているためではなくて、退屈しているせいだと気づいた。私は口を閉じた。若い連中を順繰りに眺めた。その顔には同情と、寛容な無関心さが読み取れた。

微笑みながら私は「みなさんをひどく退屈させてしまったみたいですね。年寄りは話好きですが、残念ながらあまり実のあることは言わないものでして」と言った。

何も反応はなく、自分の言葉が正しかったことがはっきりした。

一人の若い馬鹿者がしゃしゃり出てきて言った。「全然そんなことはありませんよ、町長。僕らにとってとても面白い話でした。僕もまだ覚えていますよ。森で首をくくった人には知的障害の娘さんがいたんじゃなかったですかね」

私はただそっと首を振った。

「こんな昔の話はやめましょう。グラスを取って、すばらしい消防ポンプ小屋に乾杯をしましょう」

私は近くの者たちとグラスを打ち合わせて、ビールを一気に飲み干し、椅子の背にもたれかかった。二、三分後にはその場はまた騒がしく快活な声に包まれていた。

その二日後、月曜日の朝、辞職願を書いて、早めの年金生活を申請した。それと同時に、故郷のライプツィヒの養老院に入所申請を出した。十月に退職証書と哀れなメダルを受け取った。そのメダルは、町に対する私の功績を讃えるためということであったが、私自身が、いろんな人間にお追従で幾度となく贈呈してきたものだった。私は何も言わずに感謝の意を表し、挨拶を乞われても応じなかった。自分の長い職務期間にわたって幾度となく私は、いいことに対しても悪いことに対しても言葉を押し殺してきた。そのおかげで今になってそれがへどのように口からこぼれ落ちでもしないかと心配だった。私は口を閉ざして何も言わなかった。もう何も言うことはなかった。

私は今でも口はきかない。黙って部屋に座って、記憶を追い払うのに必死である。それは夜毎私の胸の上にうずくまって、私の中に入り込もうとする。夢また夢、永遠にくり返される、人生の総体。迫り来る夜が私は怖い。夜は私に眠りを連れてくる。それは死の弟で、たちの悪い弟である。いっそ、すべてから逃れられるように死ぬことができれば。夢を見なくていいように、死ねればいいのだが。

イレーネ、後生だから、私に心の安らぎをおくれ。行ってくれ、私から去って、これ以上やってこないでくれ。私の愛情と、私がかつておまえにとって意味したものに免じて、私を赦してくれ。私はおまえを真心で愛した。だが夢に出てくるお前の顔は見ていられない。お前の愛が、闇とともにやってきて、夢魔のように胸の上に乗りかかって、心臓に手を伸ばして締めつける、締めつける。去ってくれ。

夜よ、夢よ、行ってしまってくれ。行ってくれ、年のいった私を、くたばった私を憐れんで、行ってしまってくれ。夢も光も思い出も取り去ってくれ。おまえたちの兄、おまえたちよりも優しくて安らかな兄さんが待ち遠しい。待っている。私はそれを待っている。

ゲルトルーデ・フィシュリンガー

ホルンさんが埋葬されたのは、冷たい雨模様の十月のことでした。私は町長秘書から閉店許可証を発行してもらいましたが、それは、その秘書が四年以上も前に、頼みもしないのに私の家に回してきて、ここに住まわせることになったその人を、お墓までつきそいするためでした。

友達のユリアーネが一緒に行ってくれました。二人で森の墓地までの遠い道を歩いていきました。ユーレはぺちゃくちゃ喋っていました。私は、自分の脚がこの道を行って戻ってこれればいいがと心の中で考えていました。

森の墓地の拝礼堂の横にある霊安室の前には葬列客が四十人くらい集まっていました。町長とその美しい奥さんの姿が見えました。プルスさんも、薬剤師さんも、シュポデック先生も、そして町役場や博物館の職員たちもいました。グルデンベルクの住民でない、見たことのない三人の人間も交じっていました。棺が霊安室から出されて、小さな車に乗せられました。ホルンさんのお墓は、森の墓地の中の、かつては自殺者用の区画とされていたところでした。自殺者用の区画というものがなくなってからは、そこには無神論者の人たちが埋葬されました。自殺した人もむろんそこでした。

埋葬式は厳かさとはおよそかけ離れた、あわただしいものでした。弔辞を述べたのは、九柱戯（現在のボウリングの前身でピンが九本ある）レーンのあるパブ『クルメ・クルーク』の店主バニアさんで、短い挨拶でした。ホルンさんは倦むことを知らぬ方で、かけがえのない人物でありまして、もともと土地の人ではありませんでしたが、町には多大の貢献をなさいました、と挨拶されていました。その死は悲劇的なことであったと述べられました。バニアさんはホルンさんとは面識はなかったと思います。

それから墓穴までみんなが並んで移動し、花と土を投げ入れました。ユーレは私のあとをついてきました。私の順が終わって元の場所に戻った時、ユーレは小さな木鉢から土を手に取りましたが、見ていると、それを投げ入れないで、墓の向こう側に立ちました。その挙動は目立つものでしたので、みんなが動きを止めました。するとユーレは歌い出しました。中年女性の細い声で、賛美歌の一節を、震える声でそしてしっかりと自信に満ちて歌いました。「夜も近づかば、はや朝まだきとは様変ず、この世に我ある限り、逃れがたき死の怖れ、ああ神よ、キリストの血に抛り乞い願う、我が死の時ぞ、安らかなれかし」

石になったように私は立っていました。穴があったら入りたいほどに恥ずかしい思いでした。葬列の人たちの動揺が感じられました。中には笑いをこらえている人もいました。ユーレは頭を頑なに高くそらし、誰の顔も見ないでまっすぐ前を見ていました。歌い終わると、手にいっぱいの湿った土を墓穴に投げ入れ、昂然と私の横に戻ってきました。ようやくまた葬列者が動き始めました。墓に近づいて、木鉢に手をつっこんで三掴みの土を死者の棺の上に投げるのでした。

「あんた、神様じゃないのよ、ユーレ」小さな声で私は囁きました。「あんたはあの人に審判を下さなくてもいいの」

彼女の方に目をやると、ユーレは上と下の唇をしっかりと閉じていて、そのために鼻がぴんと尖っていました。

「私にはちゃんとわかっているのよ」生意気そうに彼女はそう囁き返しました。

帰り道は雨の中をずっと黙って並んで歩いて帰りました。人家のあるところに着いた時、私はもう我慢できなくなりました。

「ユーレ、こう言っちゃ悪いけど、時々あんたってほんとうにお馬鹿さんね」

腹を立てるでもなく、傷ついたというふうでもなくユーレはただくすくす笑って、満足そうに私の脇を肘でつつきました。

「あんたの神父様だったら何とおっしゃるだろうかね」と私は続けました。「神聖な歌をあんたが、信仰心も持たない自殺者の墓で歌ったってお聞きになったら」

「あんなのは神聖な歌なんかじゃないわ」と嬉しそうにユーレは答えました。顔を歪めて、とてもずる賢そうな顔つきをしたので私は、それ以上質問するのを諦めました。また何か信用ならないような説明を準備していて、私にあれやこれやと細かいことを言い立てて食ってかかろうとしているのが私にはわかっていました。

店の前で私たちは別れました。私は店に入り、黒いタフタ織のドレスを脱いでエプロンドレスに着替え、片付けをしました。昼には日曜日に作った豆スープを温めて、暗くした店で食べました。そしてボール箱を地下室に運び、棚を雑巾で拭いて、商品を補充しました。掛けておいた閉店許可証を二時頃に入口のガラス窓から外し、ショーケースのブラインドを巻き上げて店の入口の錠を開けました。白墨を溶かした液を入れたポットを手に持って外に行き、ガラス窓に「新鮮なザワークラウト、新鮮な卵」と書きました。それからカウンターの後ろに腰を下ろして待ちました。ホルンさんのことを思いました。やっと今お墓の中で安らぎを手にしているホルンさんのことを。まだ雨が降っていました。時折風が吹いて雨滴をショーウィンドーのガラスに叩きつけていました。雨滴はすぐにガラスを伝って落ちて、書いたばかりの文字を消しました。

雨の中を埋葬されるのはぞっとすることに違いないと思いました。外の通りを眺めました。家々の壁はふだんよりも一段と薄暗い感じでした。フードを被った小学生たちが店のそばを走りすぎていきました。私は立ち上がって、納戸から電気ストーブを取ってきてカウンターの後ろに置きました。足を伸ばしてその赤く光るニクロム線で暖めました。

遺言書を書いておかなくちゃいけないな、と私は自分に言いました。こんなひどい天気の日に埋葬されるのはいやでした。火葬にしてもらいたいと思いました。一生の間冷たい足に苦しめられたのですから、少なくとも死んだ時ぐらいは暖かくしていたいと思いました。

店のドアが開きました。ランドセルを背負った二人の小学生が入ってきました。きれいにした床に雨水が滴りました。私は立ち上がって、何がほしいの、と尋ねました。

ドクター・シュポデック

九月三十日に私は分農場を閉めて町に戻ることにした。クリスティーネは既に朝食をすませて妻と一緒に、洗濯物や町での生活に必要な品物をグルデンベルクに持っていくために出発していた。二人が出発したあと、私は書斎に入って、本やノート類を箱に詰めた。そして、居間に座って人形の服を縫っているヨハンナを見にいった。一時間ほど散歩してくるよと伝えて、家を出た。

分農場の周りを一度ぐるっと回り、それから森に入っていった。林道に沿って歩き、清らかでなつかしい自然の寂寥を、その年最後の機会として堪能した。鳥の歌声に耳をすまし、シダや苔に手を触れ、樹脂のしみ出た木の皮のにおいを嗅ぎ、生き生きとした木を撫で、切り倒されて積み上げられた幹の年輪を数えた。自分の最期を知っているかのように私は森のにおいを深く、そして熱く吸い込んだ。甘くそして痛みを感じさせる別れの感覚に身を任せた。森と夏、そして平和な静けさから別れていく感覚に。これで私は心穏やかに町に戻っていくことができる。この年にはいろんなことが起こったが、どれひとつとして私を驚かすものはなかった。そしてこれから先何が起こることになっても、それを泰然として受け入れる心はできていた。

昼にクリスティーネが、娘と私を連れに戻ってきた。一緒にもう一度部屋を見回って、鍵をかけた窓の点検をしながら私はクリスティーネとふざけあい、彼女は幸せそうに笑った。感謝の気持ちを込めて私は彼女の頬を撫でた。すると突然彼女は私の手を握り、それに激しく口づけをし、そして自分の胸に持っていった。私たちは向き合って立ち、目を見つめ合った。彼女の柔らかい胸と高鳴る心臓に触れ、手を引くことができなかった。

「クリスティーネ、お願いだ」と私は囁いた。

「はい、先生」と彼女は言って、私の手を放した。

私たちはヨハンナを連れて車に乗り込み、グルデンベルクに向けて出発した。町の入口のところでクリスティーネは車を脇に寄せ、家馬車に乗り、馬を引き連れて町を出ていくジプシーたちに道を空けてやった。男たちが御者台に座り、投げやりな様子で手綱を握っていた。最後の馬車のあとには一群の馬が早足で駆けていった。一頭の茶色の雌の裸馬に一人のジプシーの少年が裸足で乗っていた。その子も私たちには一瞥もくれなかった。彼らが通り過ぎると、私たちは町に入っていった。中央広場にある、妻が待っている我が家へ。

旧東ドイツ（ドイツ民主共和国）の支配政党、ドイツ社会主義統一党の党首だったエーリヒ・ホーネッカーは「我が国には検閲などというものはなかった」と、一九八九年の「転換」のあとにも語っているが、旧東ドイツには「印刷許可手続」という形で歴然と実質的な「検閲」が存在していた。書籍用の原稿はどんなものでも「書籍出版販売中央管理部」に提出させられ、検査を経なければならなかった。この役所は紙や印刷設備の供給に関して権限を有していたのである。

現実に「検閲」は確かにあり、数々の作家たち、特に東ドイツの体制に対して批判的な傾向を持つ作家たちは、出版ができなかったり、長いこと待たされたり、修正を要請されたり、部数を制限されたりして数々の辛酸をなめさせられている。それ故に、東ドイツの作品は生まれつき忍耐力を持たざるを得ない体質を持っていたと言えるかも知れない。

この作品『ホルンの最期 Horns Ende』がドイツで発刊されたのは一九八五年のことである。実は一九八四年刊行の予定だったのだが、例によって書籍大臣クラウス・ヘプケの意向で一年間の凍結を余儀なくされたのであった。（一年間の猶予くらいでこの「危ない」作品がよく刊行までこぎつけたものだと思う。）今年が二〇一四年であることから計算すれば、この作品が日本で翻訳刊行されるにはかれこれ三十年もの月日が経ったことになる。日本でこの作品を読みたいと熱望していた読者を想定すれば、その人は三十年もの間待たされたということになる。

このようなことはなかなかあることではないと思われる。外国の文学作品が、いわゆる古典的作品以外で、翻訳刊行されるには、原著刊行から数年から長くて十年くらいが限度であろうと思われる。その期間が過ぎるともう作品は翻訳される時機を逸してしまうことになると言えるだろう。

この作品がこの度日本で翻訳刊行されることになった理由はいったいどこにあったのだろうかと考えてみると、それはこの作品自体が持っている「執念」とでも言えるものではないかと思われてくる。何と言ってもこの作品は、その焦点人物たるホルンが東ドイツ当局の追及に遭ってついには自殺に追い込まれるという作品である。亡くなったホルンは各章の冒頭で今では大人になったトーマスに「思い出せ、思い出してくれ」と対話の中で執拗に要請している。自分の死を、そしてその原因追究を忘れないでくれ、過去は過ぎ去ってはいないのだと主張するのである。そのことがホルンのそして作品全体の要請である。

そのような内容を持ったこの作品が今頃になって日本で翻訳されて出版されるというのはいかにもこの作品のありようにぴったり相応したものであると思われる。翻訳に当たった訳者としては、この度日本でこの執念の作品にようやく命が与えられることを心から喜びたいと思う。

クリストフ・ハインは一九四四年生まれの旧東ドイツの作家である。東ドイツの作家を大ざっぱに分けると、東ドイツの体制に順応して、その政策にも対応して創作していった作家が一方にいて、他方には東ドイツの体制を根本的に否定して、結局東ドイツを去って行ったり、あるいは東ドイツからの出国を余儀なくされた作家がいる。その彼らの中にも、西ドイツの体制を迎え入れたものがいるかと思うと、西ドイツに出ても西ドイツに対して批判的だった作家たちもいる。そして最後に、東ドイツの体制に対して批判の目を向けながらも、最後まで東ドイツにとどまり、そこにおける新しい社会主義の可能性に賭けた作家たちがいる。極めて大ざっぱではあるがだいたいこのように分けられると思われる。クリストフ・ハインはこの最後の作家の一人である。体制批判的とも言えるだろうし、あるいは改革社会主義的とも言える作家である。一九八七年には東ドイツ作家会議における講演で「検閲」制度を徹底的に批判しており、あるいは一九八九年十一月の五十万人とも百万人とも言われているベルリンデモでも、デモを鼓舞する演説をしている。東ドイツに対しても西ドイツに対しても同じように、批判の目を向けてきた作家である。

彼の作品には戯曲や小説や評論があるが、日本には一九九〇年に小説『龍の血を浴びて』（藤本淳雄訳、同学社、一九八二年作）、そして一九九一年に評論集『僕はあるときスターリンを見た』（小竹澄栄、初見基訳、みすず書房、一九九〇年作）が翻訳されている。そのほかにも二〇〇四年には子供向けの小説『ママは行ってしまった』（松沢あさか訳、さ・え・ら書房、二〇〇三年作）が刊行され、また短編『ベルリンの街のアルバムから』（福元圭太訳、一九八〇年作）が一九九二年刊行の『エルベは流れる――東ドイツ短編集――』（同学社）の中に訳出して所収されている。

この『ホルンの最期』の中では一九五二年と一九五七年というのは特別の意味を与えられた年号である。前者は歴史学者ホルンがその学問的偏向を理由に党籍と博士号を剥奪された年であり、そのために彼は左遷されてグルデンベルクにやってくることになるわけである。そして後者はホルンが密告を受けて党からの再度の追及を受けて自殺することになる年である。これらの年が歴史的にどのような時期であったのか見ておこう。

一九五一年は東ドイツでは「反フォルマリズム」のキャンペーンが吹き荒れた年であった。社会主義革命を推進して、内容を重要視する社会主義リアリズムを文化政策の根幹とする東ドイツは、形式的実験を旨とする当時の芸術思潮であるフォルマリズムを否認し、敵視するに至るが、様々の文学芸術的試行をひっくるめて「フォルマリズム」というレッテルを当てはめて否定するという策に出る。「資本主義」、「帝国主義」、「アメリカ的なもの」、「デカダンス」、「コスモポリタニズム」、「自然主義」、「モダニズム」、「平和主義」等々はすべてが否定的な意味合いで引き合いに出されたものばかりである。一九五二年には彫刻家エルンスト・バルラッハの展覧会が開かれるが、彼は「後ろ向きの芸術家」、「ペシミズム」、「デカダンス」、そして「フォルマリズム」、「反社会主義」というレッテルを貼られて否定されてしまう。これ以降、公刊禁止や演劇の上演禁止が相次ぐことになる。ホルンの歴史学者としての見解が問題とされたのはそのような時期に当たっている。

また、一九五三年のスターリンの死を受けて、一九五六年にはスターリンに対する個人的崇拝がフルシチョフによって批判され、東ドイツの締め付け体制は雪解けに向かうかと思われた。しかし、その半年後一九五六年の十月にポーランドとハンガリーにおいて動乱、蜂起が起こり、それ以降逆に知識人に対する締め付けが強化される結果となる。「修正主義」という言葉が乱発されて、さまざまの文学的、芸術的、学問的方向が粛清された。『ホルンの最期』の舞台である架空の町グルデンベルクからさほど遠くないと思われるライプツィヒ大学では、奇しくも一九五七年に哲学者のエルンスト・ブロッホが「修正主義」との批判を受けて辞職を余儀なくされている。

つまり、一九五二年前後と一九五七年前後という二つの時期は、東ドイツでちょうど表現と出版の自由の制限が頂点を迎えた時期だったということが言える。

作品のタイトルは『ホルンの最期』ではあるが、この作品におけるホルンの位置は独特である。作品の中でホルンに関する筋は、かつてのライプツィヒにおける事件、グルデンベルクの博物館での勤務や木曜会のこと、グルデンベルク博物館における筆禍事件、の三点に集約されると思われるが、それらはむろん作品の形式上、直接ホルンの口から伝えられることではなくて、語り手たちの語りの中で伝えられる話である。ホルンは直接語り手として語る権利を与えられていない。

そのようなホルンはむろん「主人公」とは見なされえない。加えて作品全体の筋がこのホルンを巡る筋に収斂するわけでもないことを思えば、彼は「中心人物」とも言えない。

そのような形式的な事情には、内容的な事情も絡んでいる。つまり、ホルンはその形式的な叙述の特性に合わせて、「積極的な人物」としても描かれてはいない。たしかにクルシュカッツもシュポデックもあるいは木曜会の参加者たちもホルンのことを評価してはいる。しかし、人間として批判されざるをえない面をこのホルンは数多く有している。語り手などからホルンはある面では見透かされている。ゲルトルーデはホルンが性交渉の際にも彼女のコンプレックスである静脈瘤の足を見ないようにしていることに気づいているし、クルシュカッツも所詮は生き抜く力の不足した男だったと見ているし、ユリアーネに至っては疫病神のようにホルンを嫌っており、その死後にはお祓いをさえ行う。

しかし、作品の全体が向かっているところとして、ホルンの運命、死、そしてその原因があり、かつ、各章の冒頭におかれたトーマスとの対話が、ホルンの抱えた問題に読者の関心を引きつけていることは確かなことである。

というわけで改めてホルンの位置を考えてみれば、それは「焦点人物」とでも言えるものではないかと思われる。そして、その際に表に出てくるのは生身の人物としてのホルンというよりは、その思想であり、その歴史哲学である。身体をなくして声だけとなって、各章の冒頭でトーマスに語りかけるホルンである。

作品は、五人の語り手の語りによって、あたかもジグソーパズルが組み上がっていくように、できあがっていく。それも時には繰り返されることもあり、あるいは叙述が前後して語られることも少なくはない。例えば、クルシュカッツが妻のイレーネに「吐き気がする」と言われるショッキングな場面は第二章にも第四章にもある。このような形式は、繰り返したり、逆行したりする人間の思考形式そのものに沿ったものではなかろうかと思われる。

しかし、読者はそれなりの苦労を余儀なくされる。次々に交代する語り手ごとの事情を記憶の引き出しの中にしっかりとしまっておかねばならないからである。

加えて、語り手はホルンのことを中心に据えて考えたり語ったりするわけではなく、それぞれに悩みを抱えて生きている各人が自分自身の生活のことを中心に語るから、いきおい作品はそれぞれに独立した部分部分によって構成されているという形態になる。つまり、ここでは部分が全体に対して（必ずしも）奉仕しないという原則が貫かれる。

トーマスが語る父親の前半生への思い込み的想像、あるいはゲルトルーデが語るゴール家の秘密、あるいはクリスティーネとシュポデックの情交など、この作品にはそれだけで一小品をなすようなエピソードに溢れている。実はよく見るとそれらはゆったりと全体との繋がりを見せており、作品世界の広がりを作り出している。

この作品のこのような形式の原則は、作品の内容とうまく絡んでいると思われる。つまり、作品の中で提起される歴史思想、ホルンが主張する思考法は、これも個（部分）が共同体ないし社会（全体）に対して奉仕しない、ひるまないというものだと言えるからである。

この作品の中ではホルン、町長クルシュカッツ、医師シュポデックという三人の知識人に体現される三つの（歴史）思想が提示されて、それらが作品全体の中でせめぎあっている。それを牽引し、対照させている焦点がホルンであり、その思想である。

まずクルシュカッツのことを見てみよう。彼がライプツィヒでの事件のことを総括して語る言葉から見えてくる思考法は極めて典型的なものである。「もう一つ上のモラル」、「歴史的に必然的な不正」、「より高き正義」、「歴史の名の下に」と並べてみれば明白なように、それは東ドイツに限らず社会主義体制の国を支えた歴史観であるマルクス主義的史的唯物論である。

そこでは、過去から未来にわたる社会の発展の見取り図が導き出され、その見取り図の発展方向に沿ったものが正しく、そして勝利し、そうでないものは誤りと判断され、それは必然的に敗退していくものとされる。個人レベルから見られた正しさの判断が、共同体や社会などから見た正しさと食い違うことは往々にしてありうる。時代はまだ十分に熟してはおらず、それ故に個はより規範力を有した全体に従属せざるをえない。ライプツィヒの事件で党幹部としてホルンに対したクルシュカッツはしっかりとこのマルクス主義的史的唯物論で理論武装していたと思われる。

しかし、彼にとって生きていく上で最高の価値だった妻のイレーネの愛情とその生命を失ったあとクルシュカッツは虚無主義に陥り、変節する。そこで彼は味わい深い自説を展開する。人間というものは死に対しては神々を、時間の喪失に対しては歴史を作り出し、このふたつを前後にはめてコルセットとすることで直立歩行できるようになっていると分析するのである。変節した彼は歴史そのものを否定するのだが、ばりばりと働いていた頃の彼は言わば史的唯物論というコルセットをしっかりと身につけていたのである。

ただ、彼の場合は浅薄で教条主義者に過ぎないバッハオーフェンなどと比べると、その思想は数倍強固で骨肉化されていた。自分でも言うように彼は「叩き上げ」なのである。それはジプシーに対する頑固にリベラルな態度やホルンの筆禍事件に対する対応の鷹揚さの中に現れている。それは党の方針にすら楯突きかねない自力を持っている。彼は作中人物としては最も読者に興味を抱かせる人間の一人であろう。

そのクルシュカッツはしかし、最後の最後に至って権力に対する弱さを露呈する。彼の意識の中では弱さと感じられていないのかも知れないが、第三章でホルンの筆禍事件に関して自分までもが党からの追及を受け、その結果、自己批判を表明する彼の言い方とその後の素振りは、言外に自分が権力に対して敗北し、それを恥じていることを表している。

そのような弱さを妻のイレーネはどこかで敏感に感じ取るのであろう。それも頑なほどに志操堅固なホルンが一方にいるのであるから。それでイレーネの心はクルシュカッツから離れていくことになり、それがもとで結局クルシュカッツの変節に結果することになる。

元気に溢れてホルンに対する時のクルシュカッツは、その彼に対するホルンの拒絶的な態度から感じられるように、ホルンから見れば否定体以外の何物でもない。ホルンにとっては真実は一つしかなく、個人から見た真実と共同体から見た真実とが別に存在するなどということはとても認められないからである。

著者のハインはそのエッセイ『第五計算則』の中で、クルシュカッツが体現しているような思考法、党のイデオロギーを批判している。それはこのようなものである。ふつうの四則計算の上に、第五の特殊な計算法が被さる。そうなると、これまでの一つ一つの計算の結果にお構いなしに、当初から想定されていた結果が解として出てくる。つまり、計算してもしなくても結果は初めから出ているのである。例えばそれは社会主義国家の勝利であったり、プロレタリアートの勝利であったりするのである。

次にシュポデックを見てみよう。彼はもっぱら憎悪と嫌悪の人間として現れる。それはひとえに父親との関係に由来している。町の大立て者ではあるが彼にとっての父親は横暴で粗暴な人間で彼を経済力で支配する。その経済力の前に完全に拝跪したシュポデックは屈辱にまみれ、自分への自信や矜持を完全に打ち砕かれている。そのような中でも彼はむろん生きて行かざるをえない。そこで彼は独特な自分の姿勢を作り上げる。それは父親や町長が象徴する町をそしてそこの住民たちまでもを憎悪し軽蔑し、それらを達観する特別の孤高の位置に自分を据えるというものである。そして、生きていくからには押し寄せてくる現実があり、あるいは特に身を苛むこれまでの記憶というものがある。そういうものに対しては、その根源をぎりぎりと追求しないことを旨とする。つまり、否定できない現実が存在すれば、その現実そのものにかかずらうのではなくて、自分が受け入れることのできるような現実の捉え方を別に探すという、言わば現実追従主義を身につけるのである。それがホルンとの対話の中に出てくる「シュフタン方式」の中で象徴的に示されている。

「シュフタン方式」というのは映画の一つの撮影方式で、四十五度に傾けた鏡をカメラの前に立て、その鏡に背景となる像を映しておき、その鏡の中央部分の反射薬剤を削り落として透明にし、その透明部分を通して今度は遠くの人物を同時に映すという手法である。こうすると背景となる書き割りを実物大で作る必要がなくなり、また書き割りの像を変更することで中央の人物たちが立っている場所を勝手に変更して組み合わせることができるというものである。

シュポデックはこの方式を持ち出すことで、記憶を疑って相対化するという、現実の切り抜け方を提示してホルンに忠告をしようとするのである。一九八六年の西ドイツにおける「歴史家論争」の中で、保守陣営がどうにかしてナチズムを相対化する道を探ろうとしたのと同相である。

今さら変更しようのないライプツィヒの事件がホルンの心の中で現在まで尾を引いていることを察してシュポデックはそのような忠告をするのであるが、ひたすらに真実を追究することを歴史家の責任であると考えるホルンは、人間は記憶をなくして生きていくことはできない、と言って厳しく拒絶する。ホルンの体現する歴史把握のあり方からすればこれも、クルシュカッツのイデオロギー的歴史把握と同じように否定の対象でしかない。

しかし、ここで考え直してみれば、シュポデックは父親の横暴性、そしてそのナチへの親和性を批判し、あるいはかつての町や住民ののあり方を批判し、ナチを歓迎する心情はどこか外からやってきたのではなくて、穏やかな町の中から醸し出されてきたものだったと語って、ナチズムに対する批判性を根底的なところから強く表していた。何よりもそのために町の歴史を「低劣の歴史」として書き継いでいるのである。その中では例えばクリスティーネとの、自分としては恥ずべき後悔の過去も避けることなく描き出していると語っている。つまり、この彼の書く歴史の中では自分自身までもが低劣なものに属するものとして自罰的に描写の対象となっている。シュフタン方式のことを「へどが出る」と言ってホルンに厳しく否定されるシュポデックだが、彼はその後一人になって「そんなことはわかっているよ」と独りごちるのである。そのような自分の否定性すらもが実はシュポデックによって対象化されているのである。

クルシュカッツもジプシーに対して鷹揚な対し方を示し、彼とは違って強硬策をとろうとするバッハオーフェンを叱責する中で、ナチ的な思考法や対応を批判している。しかし、クルシュカッツは最後に権力に対して降参する姿勢の中に、そしてシュポデックはその現実追従的な姿勢の中に、ちょうどかつての大衆がナチを歓迎したのに似た人間の弱さをほの見せている。ナチズムに対してまっとうに抵抗することの難しさが、こうしてこの作品の中では表されている。

残る三人の語り手、トーマスとゲルトルーデとマルレーネは、この論議には立ち会わない。トーマスの父は大人性を示し、あるいは住民の差別意識（ないし自身の優等意識）を示している。彼は町に入植者が増えたことを嘆き、ジプシーやパウルに対してはいい印象を持たず、そのあり方に対して差別的、批判的である。あるいは薬剤師である彼は、客にドクターと呼ばれることを好み、医者のように客のことを患者と呼ぶ。そのような父の体現する大人性、市民性に辟易しているトーマスは言わば「ナイーブさ」を、「子供性」を体現している。四歳年上の「ガールフレンド」エルスケとの関係で思い知らされているのも自分の「子供性」であり、町を破壊してしまいたいほどにそのことを嫌悪している。子供とはそのような被差別者である。

小売店を切り盛りする心優しい婦人ゲルトルーデ・フィシュリンガーは、さんざんな家庭を持たされている。夫は新しい別の女と出ていき、素行の悪い息子のパウルにはほとほと手を焼いている。その彼女がひょんな巡り合わせからホルンを家に住まわせることになり、ホルンとは最も個人的な関係を持つことになり、ホルンのプライバシーはもっぱらゲルトルーデの語りによって読者に知らされる。彼女には唯一の心の友と言える女性ユリアーネがいる。この彼女がいるおかげでゲルトルーデの心はどれだけ慰められているか知れない。この作品の中では特別に、唯一温かい人間関係がこの二人の中にはある。痛めつけられるだけ痛めつけられることになる彼女だが、様々のものから「捨てられ」てからも、彼女は自分の中に漲る力を感じる。それは彼女が天性持っている明るい希望、生きる力である。このような彼女が表しているは、女性という被差別者である。

マルレーネは障害者として、被差別者である。ナチの体質である密告の犠牲にもなっている。マルレーネとその父親のゴールは、戦中以来町の人々とは没交渉である。ゲルトルーデもゴールのことを、店に買い物には来てくれるが「同郷人」ではないと言っている。町の住民との関係がなく、唯一ジプシーとつきあっているということから、周りから冷たい目で見られるようになる。そうなるとさらにジプシーとは被差別者同士となり、彼らはふつうでは想像できないような親しい関係を作り出している。マルレーネもジプシーたちもそして彼らとつきあうゴールもやはりおしなべて被差別者である。

子供、女性、障害者そしてジプシーという被差別者が、彼らを差別する人間たちの知覚と思考のあり方を自分たちの存在そのもので相対化し、対象化する。ホルンとは直接関係しない部分でも自分たちの問題を様々に広がったエピソードとして提出して、作品の世界を広げている。ここでの差別者というのはかつてナチスドイツを支え、現在東ドイツの体制を支えている者たちのことである。「密告」という補助線を引いてみれば、両者は同質のものであると判明する。考えてみれば、歴史学者ホルンも、その歴史思想を党イデオロギーから批判されて追放された被差別者の一人である。このように見れば、「歴史」や「過去」というものに加えて、この作品のテーマとして「差別」というものが大きく浮かび上がってくる。

さて、ハインは二十年後の二〇〇四年にこの『ホルンの最期』の「続編」を書いている。原題は『Landnahme』という。辞書的な翻訳で言うと「領土獲得」とでもなるところであるが、意味するところは「その土地のものになる」くらいのものである。作品のテーマは、戦後旧ドイツ東方領土から追放になったドイツ人家族がある町にやってきて、どのようにしてそこの土地のものになっていくかという問題である。その町で同郷人として受け入れられるようになるにはどれだけの辛酸をなめなくてはならないか。ある時は、親を殺され、愛してやまないペットを殺され、あるいはいかがわしい仕事をしたりしながら過ごした半生が、長編小説の形で描かれる。舞台は驚くことに『ホルンの最期』と同じく「グルデンベルク」である。中には重要な役割を果たして、告解に関わってくる「ゲスリング」という神父すら登場する。そして作品は「五人の語り手」によって語られる。こう書いてみるとまさに「続編」と見られてもおかしくない。ただ、テーマと形式はいくらか『ホルンの最期』とは異なっている。話を語る五人は『ホルンの最期』のジグソーパズル方式ではなくて、もう少し「理解しやすく」、時代ごと、章ごとに分けられて、五人が順繰りに担当させられて、中心人物ベルンハルトと関係の深いことごとを語る。したがって『ホルンの最期』ほどには中心人物から離れたところまで話が進展することはあまりない。

全体が描き出して、ようやく片がついたと思われた問題が実はそんなに生やさしいことでないということが最後の方に示されることになる。町はカーニバルを祝っている。そのお祝いの中に今では町の重要人物として受け入れられているベルンハルトがいる。ところがその息子のパウル（！）はそのお祭りの席から、入植者としてドイツにやってきているフィジー人を「あいつらはよそ者に過ぎない」として叩き出してしまうのである。ベルンハルトは自分も自分の父親ももとは「よそ者」だったのだと諭すのだが、息子はそれを聞く耳を持たない。「排外主義」、言葉を換えれば「差別」という問題はなかなかに解決のつかない問題であることをこのことが暗示している。

ハインのエッセイに「歴史家論争」のことを激越に書いた『過ぎ去ることのできない時代』というものがあるが、その中に「我々がそれに対峙しないでいる過去は、過ぎ去っていかないだけではなくて、それはもとに戻ってくるような恐れがある。新しいユダヤ人たちがもう確認されている。そして私の国でもそれは外国人たちなのである」というくだりがある。「新しいユダヤ人」とは被差別者の謂である。この文は明らかにこの『Landnahme』を思い起こさせるものである。異質な存在に対する不寛容な対応、つまり「差別」という問題から言えば、この作品は明らかに『ホルンの最期』に接続している。それは、ハインの終生のテーマである。

最後にこの翻訳本を出版するに当たってお世話になった方々にお礼を申し述べておきたい。

ズーアカンプの版権部のハルト女史にはひとかたならぬお世話になった。二〇〇六年に無謀にも私が書き送った翻訳権譲渡依頼の書簡に目をとめてもらい、快く翻訳権譲渡を承諾いただいた。そして、翻訳ができあがるまで気長に待ってもらい、できあがったあとは日本のエージェンシーに対して適切な日本の出版社を探すように強く依頼していただいた。あるいは、著者のクリストフ・ハイン氏へは幾度かメールで質問をさせていただいた。夜のうちにメールを送信しておくと翌日には必ず、懇切丁寧な返信メールが届いているという、喜ばしい格別の親切を示していただいた。また、本文中に時折現れるラテン語文に関しては、九州大学名誉教授の高橋憲一氏にお尋ねし、極めて丁寧にご教示をいただいた。以上お三方には心からの感謝の念を述べておきたい。そして、今回の同学社からの出版に関しては社長の近藤孝夫氏に直々の編集担当をしていただいた。要領が悪く、自分勝手な訳者は氏から優しく適切なアドバイスをいただき、ようやく出版までこぎつけることができた。ここに感謝申し上げる次第である。

なおこの本は今回、九州大学大学院言語文化研究院の「田中俊明ドイツ語およびオランダ語基金」の多大なる助成を受けてなったものである。田中俊明先生のご遺志に沿えるものをとの一心で翻訳に当たらせてもらった。そのことがひょっとして形になっているとすれば、これに勝る幸せはない。

二〇一四年　十月

津村正樹

訳者
津村正樹（つむら　まさき）
一九五〇年生まれ
一九七八年京都大学大学院修士課程修了
現在　九州大学大学院言語文化研究院教授

訳書
ハンス・マグヌス・エンツェンスベルガー『ヨーロッパ半島』（晶文社）共訳
ヴォルフガング・エメリヒ『東ドイツ文学小史』（鳥影社）監訳
ハンス・アイスラー『ヨハン・ファウストゥス』（「東ドイツ文学Ⅲ」所収）

ホルンの最期

原著者	クリストフ・ハイン
訳　者	津　村　正　樹
発行日	2015 年 2 月 20 日　初版発行 **定価本体 2,500 円（税別）**
発行者	近　藤　孝　夫
発行所	株式会社　**同　学　社** 〒 112-0005　東京都文京区水道 1-10-7 電話　03-3816-7011（代表） 振替　00150-7-166920
印刷所	研究社印刷株式会社
製本所	井上製本所

ISBN978-4-8102-0306-6　Printed in Japan